FLYNN BERRY
NORTHERN SPY – DIE JAGD

aufbau taschenbuch

FLYNN BERRY ist eine amerikanische Autorin, die bisher bereits mit dem Edgar Award ausgezeichnet wurde. »Northern Spy« wurde in zahlreiche Sprachen übersetzt und von der »Washington Post« als einer der besten Thriller des Jahres ausgezeichnet.

Wolfgang Thon, geboren 1954 in Mönchengladbach, studierte Sprachwissenschaft, Germanistik und Philosophie in Berlin und Hamburg. Thon arbeitet als Übersetzer und seit 2014 auch als Autor in Hamburg, tanzt leidenschaftlich gern Argentinischen Tango und hat bereits etliche Thriller von u. a. Brad Meltzer, Joseph Finder, Robin Hobb, Steve Barry und Paul Grossman ins Deutsche übertragen.

Tessa ist Produzentin im BBC-Büro in Belfast und im Sender, als eines Tages die Nachricht von einem Überfall hereinkommt. Die IRA mag in den Untergrund gegangen sein, aber sie ist nie wirklich verschwunden, und in letzter Zeit gehören Anschläge wieder zum Alltag. Als der Moderator um Hilfe bei der Suche nach den Verantwortlichen für den jüngsten Überfall bittet, erscheint Tessas Schwester auf dem Bildschirm. Tessa beobachtet schockiert, wie Marian sich eine schwarze Maske über das Gesicht zieht. Die Polizei glaubt, dass Marian sich der IRA angeschlossen hat, aber Tessa meint zu wissen, dass man ihre Schwester zu diesem Überfall gezwungen hat. Schließlich wurden sie beide dazu erzogen, jede Gewalt abzulehnen. Und außerdem macht Marian gerade Urlaub am Meer. Tessa hat erst kürzlich mit ihr gesprochen.

Doch als die Wahrheit über Marian ans Licht kommt, ist Tessa gezwungen, sich zu entscheiden: zwischen ihren Idealen und ihrer Familie, zwischen Unbeteiligtheit und Handeln. Sie begibt sich auf einen zunehmend gefährlichen Weg und fürchtet nichts mehr, als die einzige Person zu gefährden, die sie noch mehr liebt als ihre Schwester: ihren kleinen Sohn.

FLYNN BERRY

NORTHERN SPY
DIE JAGD

THRILLER

AUS DEM AMERIKANISCHEN
VON WOLFGANG THON

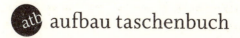

Die Originalausgabe unter dem Titel
The Northern Spy
erschien 2021 bei Viking, New York.

ISBN 978-3-7466-3988-8

Aufbau Taschenbuch ist eine Marke der
Aufbau Verlage GmbH & Co. KG

2. Auflage 2023
© Aufbau Verlage GmbH & Co. KG, Berlin 2023
Copyright © 2021 by Flynn Berry
All rights reserved including the right of reproduction in
whole or in part in any form. This edition published by
arrangement with Viking, an imprint of Penguin Publishing
Group, a division of Penguin Random House LLC.
Umschlaggestaltung www.bueroseud.de, München
unter Verwendung von Motiven von © Al Higgins / Millennium Images, UK und © Vandathai / Shutterstock
Satz LVD GmbH, Berlin
Druck und Binden CPI books GmbH, Leck, Germany
Printed in Germany

www.aufbau-verlage.de

Für Ronan und Declan

Sie werden euch vergessen.
Wir nicht.

IRA-GRAFFITO, 2019

TEIL EINS

1

Wir werden mit einem Schreckreflex geboren. Offenbar wird er durch das Gefühl des Fallens ausgelöst. Manchmal streckt mein Sohn in seiner Wiege die Arme aus, und ich lege meine Hand auf seine Brust, um ihn zu beruhigen.

Das passiert jetzt seltener als in den ersten Monaten. Er denkt jetzt nicht mehr ständig, dass ihm der Boden unter den Füßen wegbricht. Ich dagegen denke das schon. Mein Schreckreflex war noch nie so stark wie jetzt. Das ist auch klar, denn es trifft im Moment auf jeden hier zu. Es gehört zum Leben in Nordirland, zu diesem Zeitpunkt, in dieser Phase des Terrorismus.

Es ist schwer zu sagen, wie viel von der Angst begründet ist. Die Bedrohungslage ist ernst, andererseits ist sie das schon seit Jahren. Die Regierung stuft terroristische Organisationen auf der Grundlage ihrer Fähigkeiten, ihres Zeitrahmens und ihrer Absichten ein. Im Moment sollten wir uns bei der IRA in allen drei Punkten Sorgen machen. Ein weiterer Anschlag könnte unmittelbar bevorstehen, aber niemand kann vorhersagen, wo.

Immerhin stehen die Chancen gut, dass es nicht hier geschieht. Nicht auf diesem Weg, auf dem ich mit dem Baby spazieren gehe. Kein Bewaffneter wird plötzlich hinter einer Biegung dieser Straße auftauchen. In Belfast, auf dem Weg zur Arbeit, halte ich immer Ausschau nach ihnen, aber nicht hier draußen, zwischen Hecken und Kartoffelfeldern.

Wir leben im Grunde genommen mitten im Nirgendwo. Mein Haus liegt auf der Halbinsel Ards, einer Landzunge zwischen dem Strangford Lough, einer tiefen Salzwasserbucht, und dem Meer. Greyabbey ist ein kleines Dorf an einer Biegung der Straße zum Lough. Vierhundert Häuser inmitten grüner Felder, Gassen und Obstgärten. Am Ufer des Loughs dümpeln Kanus im Schilf. Das hier sieht nicht wie ein Konfliktgebiet aus, sondern wie ein Ort, an den man nach einem Krieg zurückkehrt.

Finn sitzt in seiner Babytrage auf meiner Brust und blickt nach vorn auf die Straße. Ich plaudere mit ihm. Er reagiert mit Plappern und stößt mit den Fersen gegen meine Oberschenkel. Vor uns verschwinden Vögel in Lücken der Hecke. Am Rand der Weide zieht sich eine Reihe von Telefonmasten an der Straße entlang. Der Himmel hinter ihnen ist weiß bis zum Meer.

Mein Sohn ist sechs Monate alt. Der Konflikt könnte zu Ende sein, wenn er laufen oder lesen kann. Er könnte zu Ende sein, bevor er klatschen lernt oder sein erstes Wort spricht oder aus einer Tasse trinkt oder ganze Früchte statt Püree isst. All das wird ihn vielleicht nie berühren.

Eigentlich sollte es längst vorbei sein. Meine Schwester und ich wurden kurz vor dem Ende der Unruhen geboren.

Als im Jahr 1998 das Karfreitagsabkommen unterzeichnet wurde, waren wir noch Kinder. Wir malten Friedenszeichen und Tauben auf Bettlaken und hängten sie in unsere Fenster. Damals sollte all das eigentlich zu Ende sein.

Allerdings wurden immer noch Leichen in Torfmooren entlang der Grenze gefunden. Man suchte weiter nach Informanten, welche die IRA hatte verschwinden lassen. Noch waren nicht alle Untersuchungen der Rechtsmediziner abgeschlossen, ebenso wenig wie die Ermittlungen über die geheimen Absprachen mit der Polizei. Und noch immer kommt es jedes Jahr während der Marching Season zu Ausschreitungen. Bei bestimmten Beerdigungsmärschen mischen sich Männer mit Skimasken und verspiegelten Sonnenbrillen in die Trauerzüge, zücken Pistolen und ballern neben den Särgen in die Luft. Sonderbar, da sie behauptet hatten, sie hätten alle ihre Waffen abgegeben.

Es herrschte also nie wirklich Frieden. Denn das Grundproblem des Konflikts war noch nicht gelöst: Die meisten Katholiken wollten immer noch ein vereinigtes Irland, die meisten Protestanten wollten Teil des Vereinigten Königreichs bleiben. Die Schulen waren immer noch streng nach Religion getrennt. In jeder Stadt wusste man, wo die katholische Bäckerei war und wer das protestantische Taxiunternehmen führte.

Wieso haben die Menschen es nicht kommen sehen? Wir lebten auf einem Pulverfass. Es war klar, dass es sich irgendwann entzünden würde, und als es dann so weit war, waren viele Männer bereit, sich wieder in den Kampf zu stürzen. Frieden war nichts für sie. Sie hatten davon nicht profitiert. In ihren Erklärungen und Mitteilungen spürte ich ihre Erleichterung, als wären sie Schläfer, die in einem feindlichen Land zurückgelassen worden waren und jetzt froh waren, dass man sie nicht vergessen hatte.

Von der Straße biege ich auf den Feldweg zum Lough ab. Das Wasser glänzt im Sonnenlicht wie Platin. Heute wird es wieder heiß. Ich möchte, dass dieser Spaziergang nie aufhört, aber schon bald sind wir an der Hauptstraße und in der Kindertagesstätte. Ich küsse Finn zum Abschied, wie immer zuversichtlich, dass ich bis morgen früh endlich den Trick herausfinde, wie ich den Tag sowohl auf der Arbeit als auch mit ihm verbringen kann.

Mein Handy klingelt, als ich mich der Bushaltestelle nähere. »Hast du heute schon etwas von Marian gehört?«, fragt meine Mutter.

»Nein, warum?«

»Es soll ein Gewitter geben.« Meine Schwester Marian ist für ein paar Tage an die Nordküste gefahren. Sie wohnt in einem gemieteten Cottage auf einer Landzunge bei Ballycastle. »Sie geht doch nicht tauchen, oder?«

»Nein«, sage ich. Ich erwähne nicht, dass Marian mir erzählt hat, sie wollte in den Höhlen von Ballintoy schwimmen, wenn sie es mit den Gezeiten abstimmen könnte.

Ich hatte gehofft, dass sie es tun könnte. Mir gefiel die Vorstellung, wie sie durch die Kalksteinbögen tauchte und im Wasser des Höhleneingangs schwamm. Die Ruhe und die Weite wären wie ein Gegengift, das genaue Gegenteil von Belfast, von ihrer Arbeit als Sanitäterin. Da saß sie hinten in einem Krankenwagen, der über rote Ampeln raste, und bereitete sich auf den Moment vor, in dem sich die Türen öffneten.

»Es wäre dumm, das allein zu tun.«

»Sie geht nicht tauchen, Mom. Wir sehen uns heute Abend, okay?«

Donnerstags senden wir unser Programm. Dann holt meine Mutter Finn immer aus der Kindertagesstätte ab, da ich es nicht rechtzeitig nach Hause schaffe. Das bedeutet, sie hat einen langen Tag. Sie arbeitet als Haushälterin bei einem Ehepaar in Bangor. Sie putzt das Haus, kauft ein und wäscht die Wäsche. Die Heizung ist das ganze Jahr über so hoch eingestellt, dass sie in Shorts und Tanktop arbeitet. Zweimal pro Woche zieht sie einen Mantel über, um die Mülltonnen die lange Kiesauffahrt hinunter- und wieder hinaufzuschleppen. Vor Kurzem haben sie eine halbe Million Pfund für einen beheizten Swimmingpool unter ihrem Haus ausgegeben. Meine Schwester und ich können nicht glauben, dass Mom ihn noch nie genutzt hat.

»Nicht mal, wenn sie weg sind?«, fragte Marian.

Unsere Mutter lachte darüber. »Sei nicht albern.«

2 Während der Busfahrt in die Stadt schaue ich durch meine Reflexion in der Scheibe auf den See. Auf seiner riesigen Oberfläche spiegeln sich schwach die Formen der fernen Mourne-Berge.

Ich schicke Marian eine Nachricht und scrolle dann nach oben zu dem Bild, das sie mir gestern geschickt hat. Sie steht auf der Seilbrücke von Carrick-a-Rede. Früher warteten die Touristen stundenlang, um die Brücke überqueren zu können, aber jetzt ist sie die meiste Zeit des Jahres verlassen, und nur die Wellen brechen sich hundert Meter darunter am Ufer. Auf dem Bild ist Marian allein, hält sich an den Seilen fest und lacht.

Marian trägt ihr welliges braunes Haar offen oder steckt es mit einer goldenen Spange auf dem Kopf zusammen. Wir sehen uns ähnlich, wir haben die gleichen Augen, Wangenknochen und die gleiche dunkle Mähne. Allerdings sind Marians Haare einen Zentimeter kürzer als meine und weicher. Wenn sie nicht spricht, wirkt ihre Miene offen und amüsiert, als warte sie darauf, das Ende eines Witzes zu hören, während ich eher ernst bin. Beides hat seine Schattenseiten. Ich muss den Leuten oft versichern, dass ich mir keine Sorgen mache, wenn ich in Wirklichkeit nur nachdenke, und Marian, die seit sechs Jahren Rettungssanitäterin ist, wird immer noch bei jeder Schicht gefragt, ob sie neu in diesem Job sei. Sie sagt zum Beispiel: »Ich lege jetzt einen Infusionsschlauch.« Dann sieht der Patient sie erschrocken an und fragt: »Haben Sie das denn schon mal gemacht?«

Keine von uns sieht aus wie unsere Mutter. Die ist blond und untersetzt und strahlt eine lebhafte Herzlichkeit aus. Wir schlagen nach unserem Vater und seiner Seite der Familie, seinen Schwestern und Eltern. Das ist irgendwie ungerecht, da wir weder ihn noch einen aus seiner Sippe jemals zu Gesicht bekommen.

Ich träume vor mich hin, bis die Straße wieder vom See wegführt, dann aktiviere ich mein Smartphone und lese die Nachrichten. Ich produziere ein wöchentliches politisches Radioprogramm bei der BBC. Manchmal enden die Sendungen damit, dass sich Lokalpolitiker gegenseitig anschreien, andere dagegen sind sehr spannend, besonders zurzeit. Man kann heutzutage nicht in Nordirland leben und sich nicht für Politik interessieren.

Als wir Belfast erreichen, hole ich mir kurz bei *Deanes* einen Flat White. Das Café und die anderen Kunden wirken vollkommen normal. Man sieht es der Stadt nicht an, aber die IRA hat sie unter ihrer Fuchtel. Sie betreiben Schutzgelderpressung im großen Stil. Jede Baustelle muss ihnen Schutzgeld zahlen, und alle Restaurants in West-Belfast haben Türsteher. Ein IRA-Repräsentant sagt zu dem Besitzer: »Du brauchst zwei Türsteher, am Donnerstag- und Freitagabend.«

»Sei kein Idiot«, erwidert der Besitzer. »Ich brauche keine Türsteher, das hier ist doch nur ein Restaurant.«

Dann schicken sie ihm zwanzig Schläger, die den Laden demolieren, kommen am nächsten Tag zurück und sagen: »Siehst du, wir haben dir doch gesagt, du brauchst Türsteher.«

Es ist einfacher, sie zu bezahlen, als sich zu beschweren. In Anbetracht der Alternativen ist es bei vielen Dingen einfacher, zu tun, was sie verlangen.

Der Sohn unserer ehemaligen Nachbarin wurde von der IRA beim Drogenverkauf erwischt. Sie beschuldigten ihn – ohne jeden Funken Humor –, das Wohl der Allgemeinheit zu gefährden. Man befahl ihr, ihn zur Bestrafung hinter die Riverview-Läden zu bringen. Es endete damit, dass sie ihm die Kniescheiben zerschossen.

»Du hast ihn dorthin gebracht, damit sie ihn zusammenschlagen konnten?«, fragte ich sie.

»Ja, aber ich habe ihnen nicht erlaubt, auf ihn zu schießen. Sie hatten keinen verfickten Grund, ihm die Knie zu zerschießen.«

Ich verlasse das Café und biege in die Dublin Road ein. Das Broadcasting House liegt vor mir, ein Kalksteinbau mit riesigen Satellitenschüsseln auf dem Dach. Ich bin erst seit ein paar Wochen wieder bei der Arbeit. Die sechs Monate Mutterschaftsurlaub waren sehr intensiv und wichtig. Als ich zur Arbeit zurückkehrte, fühlte ich mich wie Rip Van Winkle, als wäre ich nach Jahrzehnten wieder aufgewacht, nur dass niemand sonst gealtert war. Im Büro hat sich nichts verändert, und ich muss so tun, als hätte auch ich mich nicht verändert. Wirke ich abgelenkt oder müde oder arbeite langsamer als früher, könnten meine Chefs auf die Idee kommen, dass jemand ohne Baby oder zumindest eine nicht alleinerziehende Mutter die Arbeit besser bewältigen könnte. Also tue ich so, als wäre ich ausgeruht und konzentriert, obwohl ich nachts in Vier-Stunden-Schichten schlafe und Finn mehrmals am Tag so sehr vermisse, dass mir jeder Atemzug wehtut.

Im Funkhaus halte ich meinen Ausweis an den Scanner und lege mir dann das Schlüsselband um den Hals. Unsere morgendliche Mitarbeiterbesprechung beginnt gleich. Ich laufe die Treppe hinauf, einen Korridor hinunter und betrete einen Besprechungsraum, in dem sich Redakteure und Korrespondenten drängen.

»Morgen«, sagt Simon, als ich einen Platz gefunden habe. »Heute ist ganz schön was los. Es geht offensichtlich um die Schießerei auf dem Milltown-Friedhof. Was ist da passiert?«

»Es war ein Selbstmordversuch«, informiert ihn Clodagh.

»Und wie ist der Zustand des Opfers?«

»Die Irish News schreibt, sein Zustand sei kritisch, und der Belfast Telegraph schreibt, er sei tot.«

»Na klar. Wir warten ab, bevor wir etwas veröffentlichen.«

»Wen haben wir letztes Jahr noch mal vorzeitig für tot erklärt?«, fragt James.

»Lord Stanhope«, antwortet Simon. »Ich habe einen sehr lebhaften Anruf von ihm bekommen.«

»Und wer ist jetzt dieser Kerl?«

»Sein Name ist Andrew Wheeler«, informiert ihn Clodagh. »Er ist Projektentwickler.«

»Warum sollte sich ein Projektentwickler auf dem Friedhof von Milltown erschießen wollen?«, werfe ich ein.

Clodagh zuckt mit den Schultern. »Wir wissen nur, dass er auf dem Friedhof gefunden wurde.«

»Wir sollten abwarten«, sagt Esther. Ihr Ton ist neutral, aber alle fühlen sich trotzdem getadelt. Wir berichten nicht über Selbstmorde, um nicht unbeabsichtigt andere Menschen ebenfalls dazu zu ermutigen.

»Liegt es überhaupt im Interesse der Öffentlichkeit, sie über den Fall zu informieren?«, fragt Simon. »Hat er irgendeine paramilitärische Verbindung?«

»Keine Gruppe hat ihn für sich beansprucht.«

»Okay«, entscheidet er. »Esther hat recht, halten wir uns erst einmal bedeckt. Gibt es heute noch andere interessante Themen?«

»Ein weiterer Spesenskandal«, sagt Nicholas. »Roger Colefax war heute Morgen in *Today*.«

»Er war alles andere als brillant, das muss man schon sagen. Die ganze Sache war sehr dubios.«

»Hat er sich entschuldigt?«

»Das nicht, aber es sieht so aus, als würde er zurücktreten.«

»Das bringen wir heute nicht, es sei denn, er tritt tatsächlich zurück. Priya?«

»Wir berichten über den Prozess gegen Cillian Burke. Er dürfte jeden Moment platzen.«

»Hat man sein Geständnis nicht schon aufgezeichnet?«, will Nicholas wissen.

»Es war eine verdeckte Überwachung«, antwortet Priya. »Und der MI5 weigert sich, seine Methoden offenzulegen. Ihr Zeuge behauptet immer wieder, er könnte aus Gründen der nationalen Sicherheit nicht aussagen.«

Nicholas stößt einen Pfiff aus. Cillian Burke steht vor Gericht, weil er den Anschlag auf einen Markt in Castlerock befohlen hat, bei dem zwölf Menschen getötet wurden. Er ist seit dem Ausbruch des Konflikts ein Anführer der IRA und verantwortlich für mehrere Autobomben und Schießereien. Nun wird er entweder zu lebenslanger Haft verurteilt oder freigesprochen und weitermachen.

»Es wird nicht zu einer Verurteilung kommen«, spekuliert Priya. »Nicht, wenn der MI5 die Aufnahme nicht herausrückt.«

Ich bezweifle, dass der Geheimdienst Kompromisse eingehen wird. Der MI5 kommt hierher, um neue Methoden zu testen, um Kapazitäten aufzubauen, um seine Agenten auf ihren eigentlichen Kampf gegen internationale Terrorgruppen vorzubereiten. Wir hier dienen ihnen nur als Übungsplatz.

Simon dreht sich zu mir um. »Tessa? Was hast du diese Woche in Politik?«

»Die Justizministerin kommt«, antworte ich, und einen Moment genieße ich erfreulicherweise allgemeine Aufmerksamkeit. »Das ist ihr erstes Interview, seit sie das Gesetz vorgeschlagen hat.«

»Gut gemacht!«, lobt Esther, und die Runde geht weiter, bis sie beim Sport angelangt ist und keiner mehr glaubt, zuhören zu müssen. Ein paar Mitarbeiter lesen auf dem Schoß Zeitung, während Harry etwas über Rugby erzählt. Aber wir alle sind der Sportredaktion dankbar, denn sie kann sämtliche Lücken in der Sendung füllen, so sehr sind sie daran gewöhnt, ausführlich über nichts zu reden.

...

Nach dem Treffen suchen Nicholas und ich uns einen Tisch in der Kantine im obersten Stockwerk. Es liegt auf der Höhe der anderen Dächer und der Rathauskuppel. »Also gut, was haben wir?«

Ich präsentiere ihm die Reihenfolge der Beiträge, obwohl er nur sehr wenig Nachhilfe braucht. Nicholas wurde schon vor Jahren unser politischer Korrespondent. Er fing in den 90er Jahren bei der BBC an, fuhr mit dem Fahrrad zu Aufständen und lief durch Felder, um britische Spezialeinheiten zu interviewen.

Ich spiele gern mit mir selbst das Spiel, eine politische Figur oder Statistik zu finden, die Nicholas noch nicht kennt. Er könnte das Programm des heutigen Abends wahrscheinlich aus einem Graben präsentieren, aber wir sitzen trotzdem zusammen und arbeiten die Fragen durch. Eine liest er laut vor. »Hier sollten wir etwas schärfer rangehen, meinst du nicht?«

Persönlich ist er freundlich und liebenswürdig, aber er ist ein sehr unangenehmer Interviewpartner. »Diese Leute haben eine Menge Macht«, sagt er. »Das Mindeste, was sie tun können, ist, sich zu erklären.«

Wir arbeiten weiter, bis Clodagh ihn anruft. »Helen

Lucas wartet an der Rezeption, und Danny ist noch nicht aus Stormont zurück. Kannst du das Interview aufnehmen?«

»Na klar, sicher.« Nicholas sammelt seine Unterlagen und seine Kaffeetasse ein. »Tessa, wir sind gut gerüstet für heute Abend, nicht wahr?«

»Wir sind großartig.«

Nachdem er gegangen ist, setze ich mir Kopfhörer auf und höre mir eine Rede an, die Rebecca Main letzte Woche in einer Schule in Carrickmacross gehalten hat. Sie ist erst seit ein paar Wochen Justizministerin, aber sie mobilisiert jetzt schon eine große Menge von Anhängern und Demonstranten. »Das Vereinigte Königreich wird sich niemals dem Terrorismus beugen«, sagt sie. Ich halte den Clip an und lehne mich vor. Sie trägt eine kugelsichere Weste. Unter ihrem Hosenanzug erkennt man schwach die klobigen Umrisse.

Rebecca Main lebt in einem Haus in Süd-Belfast mit einem Panikraum und Sicherheitsbeamten vor dem Haus. Ich frage mich, ob ihr das beides hilft, sich sicher zu fühlen. Und wie sie mit dem Gefühl, ständig bedroht zu werden, klarkommt.

Am Anfang, als der Konflikt gerade begann, war es noch spannend. Niemand will das zugeben, aber man muss es einmal aussprechen. In den ersten Wochen, als die Proteste, die Unruhen und die Entführungen anfingen, war der Konflikt nur lästig und hat den Alltag durcheinandergewirbelt. Man konnte nicht mehr seine gewohnten Wege gehen. Bestimmte Kreuzungen waren von Menschenmengen blockiert – meist von schreienden jungen Männern, einige mit freiem Oberkörper, von denen manche Steine warfen – oder durch einen Bus, der auf die Seite gekippt und in Brand gesetzt worden war. Manchmal standen wir auf dem Dach des Broadcasting House und sahen, wie schwarze Rauchfahnen über der Stadt aufstiegen. Bei der Arbeit oder auf dem Weg zu meiner Wohnung in Belfast fühlte ich mich einfallsreich und kompetent, weil ich einfach das tat, was ich immer getan hatte.

Eines Morgens hockte ein amerikanisches Nachrichtenteam in dem Café um die Ecke von meiner Wohnung. Der Reporter trug Bauarbeiterstiefel, Jeans und eine kugelsichere Weste. Ich beobachtete mit Neugier und Spott seine Vorsichtsmaßnahmen. Ich dachte: *Du bist nur auf der Durchreise, du lebst nicht hier wie ich.*

Ich habe mich oft gefragt, wie es wohl wäre, damals in den Vierzigern während des *Blitz* gelebt zu haben, und ich glaube, jetzt weiß ich es. Zuerst wirkten Angst und Adrenalin wie Scharfmacher, sie machten einen wacher. Vielleicht sogar glücklicher. Nichts war mehr langweilig. Jede Handlung – das Aufhängen nasser Wäsche, der Kauf einer Flasche Bier – fühlte sich bedeutsam an, schicksalhaft. In gewisser Weise war es eine Erleichterung, sich um größere Dinge als um sich selbst kümmern zu müssen. Und dass andere Menschen diese Sorgen teilten.

Kürzlich las ich eine wissenschaftliche Abhandlung, in der es hieß, dass Mordopfer vor ihrem Tod mit Serotonin, Oxytocin und anderen Hormonen überschwemmt werden, die ein Gefühl der Euphorie hervorrufen, da der Körper versucht, sich vor dem Wissen um das, was passiert, zu schützen. Das ist, glaube ich, mit mir in diesen ersten Wochen passiert.

...

An meinem Schreibtisch formuliere ich Nicholas' Einleitung für Rebecca Main. Ich feile an der Reihenfolge der restlichen Beiträge herum, rufe Pressesprecher an und beantworte E-Mails. Dabei habe ich ein Auge auf die Nachrichten, die von unseren externen Quellen eingehen. In einer Meldung heißt es, die Kraftwerke befürchten Stromausfälle. Es wird erwartet, dass das Gewitter bis zum Abend das Land erreicht. Ich denke an Marian, wie sie das Unwetter heraufziehen sieht. Vielleicht hat sich der Himmel über der Nordküste bereits verdunkelt, haben sich die Wolken über den Fischerbooten im Hafen von Ballycastle, der Seilbrücke und den Schornsteinen zugezogen. Vielleicht schwimmt sie schon, wenn die See nicht schon zu rau ist. Ich checke mein Handy, obwohl sie meine Textnachricht noch nicht beantwortet hat.

Bevor unser Gast eintrifft, setze ich mich nach draußen auf die Feuertreppe, esse einen Mars-Riegel und trinke eine Tasse Tee, während Colette eine Zigarette raucht. Sie kommt auch aus West-Belfast, aus Ballymurphy. Sie kennt meine Cousins und Cousinen und meine Onkel.

»Wie kommt Rory in der Schule klar?«, frage ich.

»Er hasst sie immer noch. Wer kann es ihm verdenken?«

»Liegt es an den Kindern, oder sind es die Lehrer?«

»Beides. Er sagt, er will auf das St. Joseph's, kannst du das glauben?«

»Mein Gott, dann muss es ja wirklich schlimm sein.«

Colette seufzt. »Ich denke über einen Hund für ihn nach.«

Letzten Sommer war Colette auf der Falls Road unterwegs, als eine Autobombe explodierte. Sie wurde durch die Explosion zu Boden geschleudert, hatte aber nur Prellungen davongetragen und schaffte es nach Hause. Bei der Arbeit am nächsten Tag sah sie Esther an, als wäre sie verrückt geworden, weil sie ihr eine Auszeit angeboten hatte.

»Wer ist heute Abend in *Politics*?«, fragt sie.

»Die Justizministerin, Rebecca Main. Hattest du sie schon mal auf deinem Stuhl?«

Colette kriegt als Maskenbildnerin alle Gäste in den Abendnachrichten auf ihren Sessel, seien es Politiker, Akademiker oder Schauspielerinnen. Oft verraten sie ihr in ihrem Schminkraum, ihrem kleinen Beichtstuhl, ihre tiefsten Geheimnisse.

Sie nickt. »Ich mochte Rebecca.«

»Hat sie dir etwas erzählt?«

»Nein. Dafür ist sie viel zu clever.«

Colette drückt ihre Zigarette aus. Wir stehen auf, und sie tippt den Sicherheitscode für die Brandschutztür ein.

...

Die Justizministerin trifft in Begleitung von zwei Personenschützern ein.

Sie schüttelt erst Nicholas und dann mir die Hand. Unser Laufbursche rollt den Servierwagen heran und schenkt ihr einen Kaffee aus einer silbernen Karaffe ein. Ich verzichte darauf, ihre Leibwächter zu fragen, was sie wollen. Sie sagen sowieso immer Nein, lehnen sogar versiegelte Wasserflaschen ab.

Wir gehen ins Studio. Ich verschwinde in der Tonkabine. John nickt mir zu und nuckelt an seiner E-Zigarette, während die Dire Straits aus den Lautsprechern dröhnen.

»Hast du Spaß hier drin?«

»Die Ruhe vor dem Sturm«, erwidert er.

»Nein, das hier wird ein Kinderspiel.«

Wir heben beide den Blick. Auf der anderen Seite der Glasscheibe stülpt sich Rebecca Main die Kopfhörer über. »Können Sie mich gut hören?«, fragt Nicholas. Sie nickt und legt ihre verschränkten Hände vor sich auf den Tisch.

Über dem Mischpult läuft auf einem Fernsehbildschirm BBC One. Die Abendnachrichten fangen gleich an, zur vollen Stunde. Auf der anderen Seite des Gebäudes, im Hauptstudio, sitzen unsere Moderatoren unter den Scheinwerfern und warten darauf, die Schlagzeilen des Tages zu verlesen.

Unser Laufbursche kommt herein. »Hat Nicholas Wasser?«, frage ich ihn.

»Oh, Scheiße.«

»Du hast noch Zeit.«

»Ist er neu?«, murmelt John, nachdem er verschwunden ist.

Ich nicke. »Jeder hat mal angefangen.«

»Schon klar.« John stellt das Mischpult ein, und die Frequenznadeln schlagen aus, gelb, rot, blau.

»Willst du die Einleitung üben?«, frage ich ins Mikro. Nicholas schüttelt den Kopf.

John speist unsere Musik ein. Ich beuge mich vor. »In dreißig Sekunden, Nicholas.«

Als die Sechs-Uhr-Nachrichten zu Ende sind, leuchtet unsere On-Air-Lampe gelb auf. Nicholas verliest meine Einleitung und sagt dann: »Danke, dass Sie bei uns sind, Ms Main.«

»Ist mir ein Vergnügen.«

»Sie haben kürzlich einen Gesetzentwurf vorgelegt, der vorsieht, die Beschränkungen von Ermittlungsbefugnissen zu lockern. Eine Klausel in diesem Gesetzentwurf würde der Polizei erlauben, einen Verdächtigen dreißig Tage lang ohne Anklage festzuhalten. Warum gerade jetzt? Meinen Sie nicht, dass unsere Polizei stärker kontrolliert werden muss und nicht weniger?«

»Wir leben in einer schwierigen Zeit«, antwortet sie ruhig und deutlich. »Terrorgruppen wollen nicht, dass wir uns ihren Methoden anpassen, sie wollen nicht, dass wir uns ihnen effektiv entgegenstellen. Dieses Gesetz schränkt ihre Möglichkeiten, in unserer Gesellschaft zu manövrieren, erheblich ein.«

»Vielleicht«, räumt Nicholas ein. »Vielleicht spielt die Einführung dieser Maßnahmen ihnen aber auch in die Hände, weil sie damit einen noch größeren Teil unserer Bevölkerung von Ihrer Regierung entfremden. Sie könnten damit neue Rekruten für den Terror schaffen.«

»Ganz und gar nicht. Das sind einfache, vernünftige Maßnahmen«, behauptet die Ministerin. Mein Puls rast, und mein Gesicht wird heiß. Tausende Menschen in der ganzen Provinz hören zu. Während wir auf Sendung sind, darf nichts schiefgehen.

Einer ihrer Personenschützer steht in der Halle und einer im Studio in der Ecke. Durch das Glas sehe ich sein weißes Hemd und die weiße Spirale seines Ohrhörers.

»Aber dreißig Tage – das ist doch wie eine Internierung, oder?«

»Die Polizei braucht Zeit, um die Beweise für eine Strafverfolgung zu sammeln, damit sie weitere Straftaten verhindern kann.«

»Die aktuelle Grenze liegt bei sechsunddreißig Stunden. Ihr Entwurf ist eine ziemlich drastische Steigerung, nicht wahr?« Ich drücke das Mikrophon und spreche in seinen Ohrhörer: »Zweitausend Prozent«.

»Um zweitausend Prozent«, greift er die Info auf. »Das ist die längste Haftzeit ohne Anklage in ganz Europa.«

»Nun, wir können diese Entscheidungen durchaus unabhängig von Europa treffen und damit auf unsere eigenen besonderen Umständen reagieren.«

John wendet sich an mich. »Hast du Musik für das Ende?«

»Ich schick sie dir rüber.«

Nicholas erkundigt sich nach weiteren Einzelheiten des Gesetzentwurfs und kommt dann auf die gegen sie gerichteten Morddrohungen zu sprechen. Die Ministerin tut sie einfach ab und scherzt über die Sicherheitsvorkehrungen, die getroffen werden müssen, nur damit sie ein Rugbyspiel ihres Sohnes besuchen kann.

Es sind noch einige Minuten übrig, und ich drücke erneut auf die Mikrophontaste. »Du wolltest sie nach den Flugblättern fragen.«

»Lassen Sie uns über die Postwurfsendungen sprechen, die Ihre Partei an Haushalte in Belfast verschickt hat«, sagt Nicholas. »Finden Sie nicht, dass diese Flugblätter die Gesellschaft spalten, wenn Sie Bürger auffordern, ihre Nachbarn auszuspionieren?«

»Sehen Sie, solche Anschläge bedürfen gründlicher Planung«, erwidert sie. »Jeder Bürger sollte wissen, wie er verdächtiges Verhalten erkennen kann. Es geht nicht darum, die Nachbarn auszuspionieren, sondern darum, den nächsten Anschlag zu verhindern.«

Als ich von meinen Notizen aufschaue, sehe ich meine Schwester auf dem Fernsehschirm. Ihre Wangen sind gerötet, als wäre sie draußen in der Kälte gewesen.

Sie steht mit zwei Männern an einer Tankstelle, neben einer Reihe von Zapfsäulen. Ihr Krankenwagen wurde wohl zu einem Einsatz geschickt, obwohl sie aus irgendeinem Grund keine Uniform trägt.

»Die Polizei sucht nach einem bewaffneten Raubüberfall in Templepatrick nach Zeugen«, heißt es in der Bildunterschrift. In meinen Ohren klingelt es. Auf der Überwachungskamera ist nur Marians Gesicht zu sehen, die beiden Männer haben sich von der Kamera abgewendet.

»Tessa?« John klingt panisch, und ich schicke ihm den Musikclip, ohne den Blick vom Fernseher abzuwenden.

»Haben wir überzogen?« Meine Stimme klingt fremd.

»Nein, wir liegen gut in der Zeit«, beruhigt er mich.

Marian hält etwas in ihren Händen. Sie bückt sich und zieht es sich über den Kopf. Ich brauche einen Moment, um zu begreifen, was ich da sehe, denn erst verschwindet ihr Haar und danach auch ihr Gesicht. Als sie sich wieder aufrichtet, trägt sie eine schwarze Skimaske.

3 Ich stürme förmlich aus dem Funkhaus und wende mich nach Norden zum Polizeirevier. Liefe ich in die entgegengesetzte Richtung, zu ihrer Wohnung, würde mir Marian vielleicht die Tür öffnen. Vielleicht stände sie da unter der gelben Papierlaterne in ihrer Diele und sagte: »*Tessa, was machst du denn hier?*«

Ich bleibe schwankend stehen und versuche, eine Entscheidung zu treffen. Ihr Haus ist nicht weit entfernt. Marian wohnt in Süd-Belfast, in der Adelaide Avenue, einer ruhigen Reihenhauszeile zwischen der Eisenbahnlinie und der Lisburn Road. Ich könnte in zwanzig Minuten dort sein. Die Fußgängerampel blinkt, und ich zwinge mich, die Straße zu überqueren. Aber ihre Wohnung wird leer sein, sie wollte bis Freitag an der Nordküste bleiben. Und sie geht nicht an ihr Handy. Auf dem Weg hinaus habe ich bei Mom und Marians besten Freunden angerufen, aber keiner von ihnen hat etwas von ihr gehört.

Das Polizeirevier befindet sich hinter einem hohen Wellblechzaun. Ich spreche mit dem diensthabenden Officer am Empfang, der hinter einem kugelsicheren Fenster sitzt. Die Spiegelungen im Glas legen sich über sein Gesicht, und ich kann nicht erkennen, ob er mich versteht und ob ich überhaupt etwas Sinnvolles herausbringe. Eine Frau vor seiner Kabine ist in Tränen aufgelöst. Der Officer muss wohl daran gewöhnt sein, denn meine Verzweiflung scheint ihn nicht im Geringsten zu beunruhigen. Er steckt meinen Führerschein in einen Schlitz auf seiner Tastatur und tippt langsam meinen Namen ein. Er hat es nicht eilig, auch wenn vielleicht jemand von der anderen Straßenseite aus zusieht. Die IRA scheint immer zu wissen, wenn jemand aus der Gemeinde zur Polizei gegangen ist. Wenn später jemand fragt, werde ich sagen, dass ich wegen der Arbeit hier bin, wegen eines Interviews. Ich wische mir das verheulte Gesicht mit dem Handrücken ab, dann weist er mir den Weg zu einem Vorraum.

Zwei Officers mit automatischen Gewehren fordern mich auf, Schuhe und Tasche abzulegen. Ich strecke meine Arme seitlich aus. Ich bin barfuß und trage ein Sommerkleid aus Leinen. Die Gesichter der Soldaten sind ausdruckslos. Mir geht durch den Kopf, dass sie gerade vielleicht mehr Angst haben als ich. Hätte ich eine Bombe unter meinem Kleid versteckt, wären sie die Ersten in der Wache, die es erwischte.

»Strecken Sie die Hände aus!«, fordert mich einer auf und wischt sie mit einem Scanner nach Sprengstoffspuren ab. Ich habe plötzlich Angst, dass ich irgendwann am Tag vielleicht etwas angefasst habe, das auf meinen Handflächen Flecken von Plastiksprengstoff oder Semtex hinterlassen haben könnte. Die Soldaten warten, bis die Maschine summt, dann öffnen sie die Tür zum Vorraum. Ein Constable begleitet mich über den Hof zu einem Verhörraum in der Abteilung für Gewaltverbrechen. Von hier aus hat man einen Panoramablick über die Stadt, die Dächer und Baukräne, bis hin zu der dunklen Erhebung des Cave Hill in der Ferne. Ich beobachte, wie die Wolken hinter dem Hügel aufziehen, als der Detective eintrifft. Er ist in den Fünfzigern, trägt einen zerknitterten Anzug und hat ein markantes Gesicht mit tiefen Falten. »DI Fenton«, stellt er sich vor und schüttelt mir die Hand. »Wir sind froh, dass Sie zu uns gekommen sind, Tessa.«

Er öffnet einen Notizblock, sucht in seinen Taschen nach einem Stift. *Diese Desorganisation könnte Taktik sein*, denke ich, *ein Mittel, um die Leute zu beruhigen.*

»Ich habe gehört, Sie möchten über Marian Daly sprechen«, sagt er, und ich runzle die Stirn. Er sagt ihren Namen, als sei sie eine bekannte Persönlichkeit. »Können Sie für die Aufnahme Ihre Beziehung zu Marian angeben?«

»Sie ist meine Schwester.«

»Wissen Sie, wo Marian im Moment ist?«

»Nein.«

Ich hätte gern gesagt: Eigentlich wissen wir, wo sie ist. An der Küste, in der Nähe von Ballycastle, sie wandert auf dem Klippenpfad und ist auf dem Weg nach Dunseverick Castle.

»Sie fuhr mit einem weißen Mercedes Sprinter an der Tankstelle in Templepatrick vor«, fährt er fort. »Haben Sie dieses Fahrzeug schon einmal gesehen?«

»Nein.« Marian fährt einen gebrauchten Polo, an dessen Rückspiegel ein Amulett gegen den Bösen Blick hängt. Natürlich ist so etwas Unsinn, aber man kann es ihr nicht verübeln. Ihr Krankenwagen war schon bei genug Verkehrsunfällen im Einsatz, und sie hat stundenlang auf Glasscherben am Rand einer Autobahn gehockt.

»Sind Sie sicher?«

»Ja.« Meine Ohren klingeln immer noch.

»Wann ist Ihre Schwester der IRA beigetreten?«, will er dann wissen.

»Sie ist nicht in der IRA.«

Der Detective legt den Kopf schief. Hinter dem Fenster kräuseln sich die Wolken über den Wohnblocks. Der Verkehr kriecht zäh über den Westlink.

»Sie war heute Nachmittag an einem bewaffneten Raubüberfall beteiligt«, entgegnet er. »Die IRA hat sich dazu bekannt.«

»Marian ist kein Mitglied der IRA.«

»Es kann einen wie ein Schock treffen«, sagt er, »wenn man erfährt, dass jemand, den man liebt, sich ihnen angeschlossen hat. Selbst wenn man das als völlig untypisch für die Person hält.«

»Ich stehe nicht unter Schock«, sage ich, wohl wissend, wie wenig überzeugend das klingt, wenn mein Gesicht und mein Hals von Tränen klebrig sind und der Kragen meines Kleides feucht ist.

»Warum war Marian mit diesen Männern an der Tankstelle?«

»Sie müssen sie gezwungen haben, mit ihnen zu gehen.« Er antwortet nicht, und ich setze hinzu: »Die IRA zwingt die Leute ständig, etwas für sie zu tun.«

»Marian war bewaffnet«, erwidert der Detectiv. »Wenn das, was Sie sagen, zuträfe, warum sollten sie ihr eine Waffe geben?«

»Sie wissen, dass das üblich ist. Sie zwingen die Leute dazu, für sie zur Strafe Menschen zu erschießen.«

»Als Teil ihrer Rekrutierung«, sagt er. »Wurde Marian angeworben?«

»Nein, natürlich nicht. Sie müssen sie bedroht haben.«

»Ihre Schwester hätte um Hilfe bitten können. Sie war während des Überfalls auch von anderen Personen umgeben.«

»Es waren zwei Männer bei ihr, und beide hatten Waffen. Wie hoch schätzen Sie ihre Chancen ein?«

Der Detective betrachtet mich schweigend. Draußen drehte sich einer der Baukräne langsam unter dem schweren Himmel. »Wollen Sie sagen, Ihre Schwester wurde entführt? Wollen Sie eine Vermisstenanzeige aufgeben?«

»Ich sage nur, sie wurde gezwungen.«

»Marian hat ihren Entschluss, sich der IRA anzuschließen, wohl für sich behalten.«

»Sie erzählt mir alles«, behaupte ich. Der Detective sieht mich mitleidig an.

Ich denke an Marians Wohnung, an das Stück Seife neben ihrem Waschbecken, an die Lebensmittel und die Schachteln mit Kräutertee in ihren Schränken, an die Schnur mit Gebetsfahnen am Fenster, an die Sanitäteruniform in ihrem Schrank, an die Stiefel neben der Tür.

»Marian ist keine Terroristin. Wenn sie mitspielt, dann nur, damit sie ihr nichts tun. Sie gehört nicht zu ihnen.«

Der Detective seufzt. »Möchten Sie einen Tee?«, fragt er dann. Ich nicke, und kurz darauf kommt er mit zwei kleinen Plastikbechern zurück.

»Danke.« Ich reiße ein Päckchen Zucker auf, und plötzlich kommt es mir fast unheimlich vor, etwas so Gewöhnliches zu tun, während meine Schwester verschwunden ist. Der Detective trägt einen Ehering. Ich frage mich, ob er Kinder hat oder Geschwister.

»Wo sind Sie und Ihre Schwester aufgewachsen?«, fragt er über den Rand seiner Teetasse hinweg.

»Andersonstown.«

»Das ist eine ziemlich miese Gegend, stimmt's?«

»Es gibt schlimmere Orte.« Meine Cousins aus Ballymurphy haben uns immer gehänselt, weil wir so vornehm wären. Die Häuser in unserer Sozialsiedlung sind zwar nur etwa einen Fuß breiter als die in ihrer, aber trotzdem.

»Hoher Anteil von Alkoholikern«, fährt der Detective fort. »Hohe Arbeitslosigkeit.«

Er versteht das nicht, er ist nicht aus unserer Gemeinde. Mitten in der Silvesternacht traten alle Bewohner unserer Siedlung nach draußen, wir bildeten einen Kreis entlang der Straße und sangen gemeinsam »Auld Lang Syne«. Nach dem Verschwinden meines Vaters schenkten unsere Nachbarn uns Geld, damit wir uns über Wasser halten konnten. Meine Mutter wohnt immer noch dort, und sie tat dasselbe für ihre Nachbarn, als die eine Durststrecke hatten. Niemand muss lange darum bitten.

»Welcher Religion gehört Ihre Familie an?«, fragt er.

»Ich bin Agnostikerin«, erwidere ich.

»Und die anderen?« Er ist geduldig.

»Katholisch.« Aber das wusste er natürlich schon allein wegen unserer Namen und wegen des Ortes, an dem wir aufgewachsen sind, in einer republikanischen Hochburg. Die Polizei wagt sich nur gepanzert und bis an die Zähne bewaffnet nach Andersonstown.

»Ist jemand aus Ihrer Familie in der IRA?«, fragt er.

»Nein.«

»Überhaupt niemand?«

»Unser Urgroßvater war Mitglied.« Er trat der IRA in West Cork bei und kämpfte in einer fliegenden Kolonne. Er reiste kreuz und quer über die Insel, schlief unter Hecken und führte Überfälle auf Polizeireviere durch. Es waren, wie er sagt, die glücklichsten Jahre seines Lebens.

»Hat Marian seine Vergangenheit vielleicht romantisiert?«, bohrt der Detective weiter.

»Nein«, sage ich, obwohl wir das beide getan haben, damals, als wir klein waren. Unser Urgroßvater schlief im Moor von Caher unter einem neolithischen Steintisch oder steuerte ein Boot um Mizen Head, oder er versteckte sich vor Soldaten auf einer Insel in der Bantry Bay.

»Sie und Marian kommen also aus einer republikanischen Familie?«, fragt er.

»Unsere Eltern sind nicht politisch.«

Meine Mutter war immer höflich zu den britischen Soldaten, obwohl zwei ihrer Brüder als Teenager von Soldaten verprügelt, bespuckt und getreten wurden, bis sie beide gebrochene Rippen hatten. Sie hat die Soldaten nie angeschrien, wie es einige Frauen in unserer Straße taten, oder Steine auf ihre Patrouillen geworfen. Ich verstehe jetzt, dass sie uns damit nur schützen wollte.

»Was ist mit ihren Eltern?«

Ich zucke mit den Schultern. Meine Oma war von den Bombenanschlägen während der Unruhen völlig unbeeindruckt. Ich erinnere mich, dass sie einmal mit einem Sicherheitsbeamten stritt, der versuchte, einen Laden zu evakuieren, und sagte: »Moment noch, ich hole nur schnell meine Wurstsemmeln.«

Der Detective lehnt sich auf seinem Stuhl zurück. Wenn er mich nach meinen Onkeln fragt, muss ich ihm die Wahrheit sagen. Meine Onkel gehen am Rebel Sunday in die Rock Bar, sie singen »Go Home British Soldiers«, »The Ballad of Joe McDonnell«, »Come Out Ye Black and Tans«. Aber sie tun nie mehr, als sich zu besaufen und Rebellenlieder zu grölen.

»Betrachtet sich Marian als britische oder irische Staatsbürgerin?«

»Irisch.«

»Wie wird ihrer Meinung nach ein vereinigtes Irland erreicht werden?«

»Auf demokratische Weise. Sie glaubt, dass es eine Abstimmung über die Grenze geben wird. Aber Marian ist nicht politisch«, fahre ich fort. Letztes Jahr musste ich sie sogar daran erinnern, zur Wahl zu gehen.

Wenn ich die Gäste in unserer Sendung erwähne, weiß sie selten, wer sie sind.

Auf der anderen Straßenseite blinkt die rote Leuchtreklame von Elliott's Bar. Die Leute stehen draußen und halten ihre Halben in die feuchte Luft, bevor der Sturm losbricht. Ich puste auf meinen Tee, will diesen Raum nicht verlassen. Jede Nachricht über Marian wird zuerst hier eintreffen. Ich würde sogar hier schlafen, wenn sie mich lassen würden.

»Warum, glauben Sie, schließen sich Menschen der IRA an?«, erkundigt sich der Detective.

»Weil sie Fanatiker sind«, sage ich. »Oder sie sind gelangweilt. Oder einsam.«

Er dreht seinen Stift auf dem Tisch. »Wir wollen Ihre Schwester zurückholen«, sagt er. »Sie kann selbst erklären, was passiert ist, sie kann uns sagen, ob sie gezwungen wurde, aber zuerst müssen wir sie finden, richtig?«

Ich nicke. Ich muss höflich zu ihm sein. Marian und ich müssen jetzt im Einklang arbeiten, ohne zu sehen, was die andere tut – sie von innen und ich von hier draußen, als würden wir ein Schloss von der jeweils anderen Seite der Tür knacken.

»Marians Adresse lautet Eighty-Seven Adelaide Avenue. Ist das korrekt?«

»Ja.«

»Hat sie weitere Wohnsitze?«

»Nein, aber sie ist diese Woche nicht zu Hause, sie hat ein Ferienhaus an der Nordküste gemietet.«

Ich nenne ihm den Namen der Vermietungsagentur. Alles, was ich über den Ort weiß, ist, dass sich ein Wasserfall in der Nähe befindet. Marian sagte, sie sei bis zum Ende der Landzunge unterhalb der Hütte gewandert, und als sie sich umdrehte, schlängelte sich ein Wasserfall über die Spitze der Klippe. Ich möchte, dass der Detective das vor sich sieht: Marian steht allein auf einer Landzunge, in Wanderstiefeln und einer regenfesten Jacke, und beobachtet, wie das Wasser ins Meer stürzt.

»Hat jemand sie auf dieser Reise begleitet?«

»Nein.«

»Haben Sie mit ihr gesprochen, seit sie weg ist?«

Ich öffne unsere Nachrichten und reiche ihm mein Handy.

Er scrollt nach oben, liest unsere Texte und hält bei dem Bild inne, das sie gestern Morgen von Ursa Minor geschickt hat. Sie hat zwei Schillerlocken in der Hand. Ich ertrage es nicht, es anzuschauen, mir vorzustellen, wie sie in einer Bäckerei sitzt, das Gebäck in sich hineinstopft, ohne zu ahnen, was gleich passieren wird.

»Sind Sie sicher, dass sie allein gefahren ist?«, fragt er.

»Ja.«

»Wer hat dann dieses Foto gemacht?«, fragt er und dreht das Handy zu mir. Auf dem Display ist das Foto von Marian, die lachend auf der Hängebrücke steht.

»Ich weiß es nicht. Sie muss einen anderen Touristen darum gebeten haben.«

»Hat Marian in letzter Zeit weitere Reisen unternommen?«

»Nein.«

»Besitzt sie Reisedokumente auf andere Namen?«

»Natürlich nicht.«

Ich weiß noch, wie verzweifelt sie nach dem Anschlag auf den Victoria Square im April war, wie verkniffen ihr Gesicht aussah. Marian hatte während des Anschlags dienstfrei, eilte aber trotzdem zu Hilfe. Die IRA hatte einen Brandsatz gelegt, der vorzeitig explodierte, als der Komplex voller Kunden war. Als sie Stunden später bei mir zu Hause auftauchte, war ihre Jeans vom Knie bis zum Knöchel von Blut besudelt. »Wann hört das auf?«, hatte sie gefragt.

Langsam hebe ich meinen Kopf und sehe den Detective an. »Arbeitet Marian für Sie? Ist sie eine Informantin?«

»Nein.«

»Würden Sie das wissen?«

»Ich wüsste es.«

Detective Inspector – wie viele Dienstgrade gibt es über ihm? Fenton wirft einen Blick auf seine Uhr. Ich schaue auf den Westlink, wo der Verkehr fast zum Stillstand gekommen ist, als der Himmel seine Schleusen öffnet und es anfängt, zu gießen.

»Besucht Marian extremistische Websites?«, fragt er.

»Nein.«

In den Nachrichtensendungen werden jedoch manchmal IRA-Videos gezeigt. Vielleicht hat Marian die gesehen. Männer mit Skimasken vor dem Gesicht, die Forderungen formulieren oder schweigend an einem Tisch sitzen und eine Bombe zusammenbauen.

Der Detective scheint zu glauben, dass Marian manipuliert worden ist. Dass jemand sie mit auf Reisen genommen und ihr extremistisches Material zum Lesen geschickt hat. Ich weiß genau, was sie einem sagen, diese Anwerber. Komm hierher, wo du gebraucht wirst. Komm hierher, wo du geliebt wirst.

»Hat Marian Zugang zu irgendwelchen größeren Mengen an Chemikalien?«

»Nein. Hören Sie, das ist absurd.«

»Wir wollen Ihre Schwester nur finden«, beruhigt er mich. Jeder aus unserer Gegend weiß, dass das nicht stimmt. Die Polizei sucht nicht auf dieselbe Weise nach einem Terroristen wie nach einer vermissten Person. Nehmen wir an, sie findet ein Haus und schickt ein Spezialeinsatzteam hinein. Das Team wird andere Anweisungen für eine Razzia haben als für eine Extraktion, es wird sich anders verhalten, wenn jemand in dem Haus geschützt werden muss.

»Meine Schwester ist schwanger«, sage ich.

Der Detective atmet tief ein. Ich warte einen Moment, als würde ich Marians Reaktion im Stillen prüfen. Diese Lüge war der erste Ruck am Schloss.

Ich erkenne, dass es die richtige Entscheidung war. Auf der anderen Seite des Tisches fährt Fenton sich mit der Hand über das Gesicht. Er denkt nach. Vielleicht überlegt er, wie er die Officers, die nach ihr suchen, instruieren soll. Die Regierung will nicht für den Tod einer schwangeren Frau verantwortlich sein, selbst wenn sie eine Terrorverdächtige ist. Vielleicht gerade, wenn sie eine Terrorverdächtige ist. Die Situation ist schon so brisant genug, ohne dass die Polizei eine schwangere Terroristin zur Märtyrerin macht.

»Wie weit ist sie?«, fragt er.

»In der sechsten Woche.« Wenn diese Lüge herauskommt, könnte er mich theoretisch wegen Behinderung einer Untersuchung belangen, aber das ist jetzt weniger wichtig.

»Wer ist der Vater?«, fragt er.

»Ihr Ex-Freund«, antworte ich prompt. »Jacob Cooke. Er lebt in London, sie haben sich gesehen, als er im April hier war.«

Fenton betrachtet mich von der anderen Seite des Tisches. Der Verkehr rauscht über die Hauptverkehrsader, die Leuchtreklame über dem Pub blinkt. Ich drehe den Ring an meiner rechten Hand. Marian hat mir den Ring zu Finns Geburt geschenkt. Der Stein ist ein Meteorit.

Sie hat geweint, als sie Finn das erste Mal im Arm hielt. Ich weiß noch, wie sie im Warteraum vor der Entbindungsstation aufsprang. Ihr Gesicht strahlte, und sie brach in Tränen aus, als sie ihn sah.

»Sie ist keine Fanatikerin«, erkläre ich.

Der Detective stützt seine Arme auf den Tisch. Sein Gesichtsausdruck hat sich verändert. Vielleicht habe ich ihn endlich überzeugt.

»Aber war sie vielleicht einsam?«, fragt er dann.

4 Als ich nach Hause komme, badet meine Mutter gerade Finn. Er quietscht zur Begrüßung, und ich knie mich neben sie auf die Matte und kremple meine Ärmel hoch. Es tut so gut, ihn zu sehen, wie er dasitzt, die kleinen Beinchen vor sich im warmen, flachen Wasser ausgestreckt

Meine Mutter fängt an, Finns Haare einzuseifen, und im Raum verbreitet sich ein milder, etwas herber Duft. Ich weiß noch, wie ich während meiner Schwangerschaft die Flasche mit dem Babyshampoo öffnete und dachte: *So wird er nach einem Bad riechen.* Gegen Ende meiner Schwangerschaft war ich ungeduldig, ihn endlich sehen und halten zu können, und ich schnupperte so an dem Shampoo, wie man an dem Hemd von jemandem riecht, der nicht da ist.

Meine Mutter gießt Finn mit einem Becher Wasser über den Kopf.

»Geht es dir gut?«, frage ich.

»Zwei Polizisten waren hier«, antwortet sie. »Sie glauben, dass Marian bei der IRA ist.«

»Ich weiß.«

»Sie haben mich gefragt, ob Marian jemals darüber gesprochen hat, Polizisten zu töten.« Wir schauen beide auf Finn, der das Wasser von seinen nassen Wimpern blinzelt. Ihn scheinen weder unsere Worten noch meine Miene oder die Spannung, die meine Mutter ausstrahlt, zu beunruhigen. Er ist noch so jung. Obwohl er Marian bereits liebt. Wenn sie jetzt reinkäme, würde er erfreut den Kopf senken.

Ihr Name steht jetzt vermutlich auf einem Whiteboard in einer Einsatzzentrale. Eine Anti-Terror-Einheit wird ein Profil von ihr anlegen und versuchen herauszufinden, wann sie radikalisiert wurde, wen sie kennt und was sie getan hat. Officers der SO10 könnten zu ihrer alten Wohngemeinschaft in der Ormeau Road fahren, zum Hochhaus ihres letzten Freundes an den Kais, zu ihrer Krankenstation in Bridge End. Sie könnten ihre Freunde nach ihrer Schwangerschaft fragen, und ich stelle mir vor, wie überrascht sie darüber wären.

Meine Mutter hat ihr dichtes blondes Haar mit einem Gummiband im Nacken gerafft, und sie trägt ein weites rosa T-Shirt, das an einigen Stellen vom Badewasser dunkel gefärbt ist. Ich stelle mir vor, wie sie ihren Tag beginnt, wie sie das heiße Wetter genießt, wie sie alle Fenster öffnet und sich daranmacht, das Haus der Dunlops zu putzen, wie sie die Labradore streichelt, bevor sie mit ihnen spazieren geht. Jetzt ist sie wie erstarrt und hat dunkle Tränensäcke unter den Augen. Ich versuche immer noch damit klarzukommen, dass meine Mutter mich nicht trösten wird. Sie wird nicht wie sonst immer sagen: »*Ist schon gut, mein Schatz, du schaffst das schon.*«

Ich fahre mit meinen Händen durch das warme Wasser

und lasse das Spielzeugboot auf den Wellen schaukeln. Finn beugt sich vor und versucht, das Boot in seinen Mund zu stecken. Ich lächle, und er schaut zu mir hoch, umklammert mit beiden Händen das Boot und reißt den Mund weit auf.

Ich möchte, dass wir hier verschwinden. Ich möchte ihn von hier wegbringen, aber die Entscheidung liegt nicht allein bei mir. Mein Exmann und ich teilen uns das Sorgerecht. Ich könnte vielleicht einen Antrag vor Gericht stellen, aber dann würde Finn ohne seinen Vater aufwachsen.

»Hast du denn keine Angst, dass ihm hier etwas zustößt?«, fragte ich Tom kürzlich.

»Nein«, sagte er. »Sieh dir die Statistiken an. Im Auto ist er in größerer Gefahr.«

Die Statistiken ändern sich natürlich. Das ist das Problem.

Meine Mutter hält ein Handtuch hoch, und ich hebe Finn hinein. Er wirft seinen Kopf zurück und protestiert wegen der kalten Luft. Selbst als er trocken ist, stößt er noch ein paar letzte Schreie aus, als wollte er sich vergewissern, dass seine Proteste angekommen sind.

Er schiebt seine Arme aus dem Handtuch und streckt eine Hand nach meinem Gesicht aus. Wir betrachten uns gegenseitig. Seine Haut ist kühl vom Wasser, und er wirkt in dem schummrigen Raum fast nachdenklich. Seine Beine zappeln erwartungsvoll, als ich ihn zum Stillen an meine Brust lege.

Finn ist jetzt alt genug, um sich selbstständig aufzusetzen. Er hat rosige Füße und Zehen, die doppelte Gelenke zu haben scheinen, und trockene Falten an seinen Hand- und Fußgelenken. Manchmal hat er Milchschorf auf den

Wangen. Sein Gähnen endet immer mit einem Röcheln, und er seufzt immer nach dem Niesen. Er hasst es, angezogen zu werden, und er versucht inzwischen, sich vom Wickeltisch zu rollen. Er mag es, wenn sein Kinderwagen über Kies geschoben wird, er hält sich gerne an dem Etikett seiner Decke fest, er schaut mir gerne vom Wagen aus beim Kochen zu und beobachtet hochkonzentriert, wie zum Beispiel Eier aufgeschlagen werden. Die Linien auf seiner Handfläche haben genau die gleichen Proportionen wie meine, und obwohl ich nicht an die Handlesekunst glaube, freue ich mich trotzdem, dass er eine lange Lebenslinie hat. Wenn ein Fremder ihn auf den Arm nehmen will, schreit er so lange, bis man ihn mir zurückgibt. Er schläft nachts nicht durch, und inzwischen bin ich überzeugt, dass er es nie tun wird, dass ich immer so müde sein werde. »Wann hast du das erste Mal wieder das Gefühl gehabt, erholt zu sein?«, habe ich meine Mutter einmal gefragt. Sie hat nur schallend gelacht.

Sechs Monate. Meine Schränke sind überfüllt mit Dingen, von denen ich mich einfach nicht trennen kann. Lanolinsalbe, pränatale Vitamine, Eisentabletten, Terminkarten. Während der Entbindung habe ich auf die Waage auf der anderen Seite des Raumes geblickt, auf der das Baby nach der Geburt gewogen wurde. Es war ein Plexiglas-Tablett, auf dem ein gelbes, mit Enten gemustertes Flanelltuch lag. Ich konnte einfach nicht glauben, dass mein Baby innerhalb weniger Stunden auf diese Waage gelegt und dann zu mir zurückgebracht werden würde.

•••

Nachdem Finn eingeschlafen ist, leiste ich meiner Mutter in der Küche Gesellschaft und schenke uns beiden einen Brandy ein. Nach dem Attentat auf dem Victoria Square habe ich Marian aus derselben Flasche eingeschenkt, und der Gedanke tröstet mich, fast so, als ob sie nicht weit weg sein könnte.

»Wer waren diese Männer bei ihr?«, will meine Mutter wissen.

»Ich weiß es nicht.« Vielleicht hätte ich sie erkannt, wenn ich ihre Gesichter gesehen hätte, vielleicht waren es aber auch Fremde.

»Warum sollten sie Marian rekrutieren wollen?«, fragt sie.

»Vielleicht sind sie einfach nur zufällig auf sie gestoßen«, erwidere ich. Ich kann mir nicht vorstellen, dass eine IRA-Einheit eine Liste erstellt und sie dann auswählt. Was wären überhaupt die Kriterien? Sanitäterin? Oder Frauen in ihrem Alter?

»Wann hast du zuletzt mit ihr gesprochen?«, frage ich meine Mutter.

»Gestern, gegen zwanzig Uhr.«

»Wo war sie?«

»In einem Pub in Ballycastle. Sie hat gerade zu Abend gegessen.«

Sie könnten sie aus der Kneipe entführt haben oder während sie zu ihrem Auto ging oder als sie wieder in der Hütte war. Ich kann mir nicht vorstellen, was schlimmer ist.

»Welche Kneipe?«

»*The Whistler.*«

Gibt es in so einer kleinen Stadt wie Ballycastle Sicherheitskameras? Auf der Hauptstraße vielleicht, aber nicht auf der Landzunge und auch nicht in der Nähe des Cottages. Doch selbst wenn die Männer identifiziert werden, wird die Polizei sie vielleicht nicht finden. Sie haben schon genug Probleme damit, bekannte Mitglieder der IRA zu finden. Hunderte von ihnen halten sich in Belfast auf und verstecken sich in aller Öffentlichkeit.

»Glaubst du, sie tun ihr weh?« Meine Mutter klingt kläglich.

»Nein, Mom. Sie haben keinen Grund, ihr etwas anzutun. Marian hat doch kooperiert.«

»Wenn sie ihr wehtun, bringe ich sie um«, sagt sie ganz ruhig.

»Ich weiß.«

Meine Mutter und ich waren letzten Monat bei der Friedensmahnwache im Ormeau Park. Wir standen mit Tausenden anderen in der Dunkelheit und hielten jede eine Kerze in der Hand. Aber vielleicht sind wir gar keine Pazifisten, vielleicht hatten wir bis jetzt einfach nur Glück.

Durch Finn habe ich erst das Konzept Rache verstanden. Wenn jemand meinem Sohn etwas antun würde, würde ich alles daransetzen, denjenigen zu finden. Dadurch hat auch dieser Konflikt für mich einen Sinn bekommen, und ich weiß nicht, wie er jemals enden kann, da beide Seiten verbissen versuchen, diejenigen zu rächen, die sie liebten.

»Ich kann das nicht ertragen«, sagt meine Mutter.

»Es wird schon gut gehen. Du weißt doch, wie sie ist.«

Marian wird den Männern Fragen stellen, sie aus der

Reserve locken, sie für sich gewinnen. Die Chancen stehen gut, dass sie das bereits getan hat.

Ich schenke meiner Mutter noch einen Brandy ein, und wir lassen die Gespräche mit Marian in der vergangenen Woche Revue passieren, wiederholen alles, was sie gesagt hat, erwähnen jeden Ort, den sie besucht hat. Meine Mutter erzählt mir, dass Marian gestern in Ballintoy schwimmen war.

»Gut«, sage ich. Ich stelle mir vor, wie Marian der kalten, klaren Dünung in die Höhlen folgt und unter die Kalksteinbögen taucht. In den Stunden vor ihrer Entführung war sie frei, und sie wird es wieder sein.

...

Ich schrecke im Bett auf, als ich das Weinen höre, und eile in Finns Zimmer. Aber es geht ihm gut. Er liegt in seinem Bettchen und weint nur, weil er hungrig ist.

Ich weiß nicht mehr, ob ich ihn nach dem Stillen wieder hingelegt habe oder ob wir heute Nacht ein- oder schon zweimal aufgestanden sind. Er hat einen anderen Schlafanzug an. Also muss ich ihn irgendwann umgezogen haben. Diese Verwirrung erinnert mich an die ersten Wochen mit ihm, als ich erschrocken aufwachte, weil ich mir sicher war, dass ich eingeschlafen war, während ich ihn im Arm hielt, dass er in den Decken erstickte, und dann sah ich ihn durch die Netzwand des Stubenwagens, auf dem Rücken liegend und fest schlafend.

Ich hebe Finn aus dem Bettchen und auf ein Kissen auf meinem Schoß. Es tut weh, wenn er sich zum ersten Mal festsaugt, und ich verkrampfe meine Füße. Dann beruhigt er sich und nuckelt ruhig und stetig mit hingebungsvoller Miene. Wo ist meine Schwester? Wie können wir sie zurückholen? Nachdem ich Finn wieder ins Bettchen gelegt habe, suche ich im Internet nach dem Überwachungsvideo des Überfalls. Ich finde das Video, stoppe es und mustere prüfend die beiden Männer.

Sie scheinen etwa in unserem Alter zu sein. Marian ist etwas kleiner als die beiden. In den Aufnahmen hat sie den gleichen distanzierten, starren Blick wie in der Schule, wenn sie eine Prüfung ablegte.

Ich reibe mir die Stirn. Die Polizei wird in Ballycastle sein und den Weg zur Landzunge und das Innere der Hütte durchsuchen. Vielleicht finden sie Blut auf dem Boden oder an den Wänden.

Marian sieht auf den Überwachungsbildern nicht verletzt aus, aber mir ist trotzdem übel. Sie war gewiss allein in der Hütte, als sie kamen. Sie muss so verängstigt gewesen sein. Ich stelle mir vor, wie sie die beiden anfleht, ihr nicht wehzutun, und die Wut legt sich wie ein schweres Tuch über mich. Ich wünschte, ich wäre bei ihr gewesen. Ich wünschte, ich wäre dort gewesen, und ich wünschte, wir hätten beide Baseballschläger in der Hand gehabt.

Ich gehe zurück ins Bett und liege lange Zeit mit offenen Augen im Dunkeln. Wie kann das gerecht sein? Wie kann ich hier sein, während sie dort ist? Marian sollte hierherkommen können, um sich auszuruhen, während ich ihren Platz einnehme. Wir sollten uns wenigstens abwechseln können.

5 »Der Regen hat heute Morgen die Nordküste erreicht«, sagt jemand im Radio. Ich schlage am Küchentresen Eier in eine Schüssel.

Finn wippt in seinem Schwinger, dann beugt er sich weit nach vorn. »Vorsichtig«, ermahne ich ihn. Als wenn er das verstehen würde.

Ich drehe mich um und sehe meine Mutter in der Tür stehen. Das verschüttete Mehl auf dem Tresen und die zerbrochenen Eierschalen in der Spüle scheinen sie zu erschüttern.

»Was machst du denn da?«, fragt sie schließlich.

»Einen holländischen Pfannkuchen.«

Ich rühre weiter Mehl in den Teig. Meine Mutter zögert. Ich merke, dass ihr die Frage auf der Zunge liegt, ob ich nicht gerade etwas Wichtigeres zu tun habe, als Pfannkuchen zu backen.

Ich versuche erst gar nicht, ihr mein Gefühl zu erklären, dass die IRA uns dazu bringen will, auf eine bestimmte Weise zu handeln, und wir deshalb das Gegenteil tun müssen. Ich habe es so satt, dass sie uns vorschreiben, wie wir uns zu verhalten haben. Sie sagen uns, wann wir Angst haben und wann wir schweigen sollen. Als Colettes Cousine ihren Mann verlassen wollte, kam ein IRA-Repräsentant zu ihr nach Hause. »Er wird verrückt in diesem Gefängnis. Du darfst ihn nicht verlassen. Das wäre schlecht für die Moral«, sagte er ihr.

Aber wenn wir uns weigern, unsere Rolle zu spielen, ist das hier vielleicht schneller vorbei. Und Marian kommt nach Hause.

Die Butter beginnt zu rauchen. Ich nehme die Pfanne vom Herd, gieße den Teig hinein und schiebe sie in den Ofen. Meine Hände wische ich an meiner Jeans ab. Über den Himmel vor dem Fenster über der Spüle zieht sich ein trüber Wolkenschleier. Es wird bald regnen. Schon jetzt hat der Sturm die Hitze verjagt, während mir gestern selbst in meinem dünnen Leinenkleid noch zu warm war.

»Wann sind die Pfannkuchen fertig?«, erkundigt sich meine Mutter. »Kann ich vorher noch duschen?«

»In zwanzig Minuten.«

Keine von uns beiden geht heute zur Arbeit. Ich habe Nicholas bereits informiert und Clodagh gebeten, für mich einzuspringen. Als ich die Leiterin der Kindertagesstätte anrief, um ihr mitzuteilen, dass Finn bei mir zu Hause bleibt, habe ich mich gefragt, ob sie wohl die Nachricht gesehen hat. Alle meine Freunde wussten es jedenfalls, aber ich habe bis jetzt weder auf ihre Anrufe noch ihre Textnachrichten geantwortet.

An der Küste zieht der Regen an den Mündungen der Höhlen vorbei, peitscht über die Landzunge und tropft von den Hummerfallen an den Kais. Marian sollte dort sein. Ich denke immer wieder, dass sie da ist, dass dieses ungute Gefühl nichts mit ihr zu tun hat, dass auf dem Display meines Handys jeden Moment ein Foto von Dunseverick Castle im Regen aufleuchten wird.

Als der Timer piept, ziehe ich die heiße Pfanne mit einem Geschirrtuch aus dem Ofen. Ich puste auf ein Stück, bevor ich es Finn gebe, während meine Mutter sich mit feuchten Haaren an den Tisch setzt.

»Willst du Pflaumen- oder Aprikosenmarmelade dazu?«
»Aprikose.«

Ich reiche ihr das Glas, und wir essen beide, schnell. Meine Mutter schneidet ihren Pfannkuchen wie üblich fein säuberlich, ich dagegen veranstalte ein Massaker auf dem Teller. Ihre Generation hält Messer und Gabel anders als ich. Ich lecke Marmelade vom Messer, und meine Zunge streift die scharfe Kante.

Meine Mutter legt ihre Gabel ab und tupft sich mit einer Serviette die Mundwinkel ab. »Ich werde versuchen, Eoin heute zu besuchen«, sagt sie. »Vielleicht kann er uns helfen.«

»Eoin Royce?«

Sie nickt. Der Sohn ihrer Freundin Sheila wurde letztes Jahr vor dem Weihnachtsmarkt mit zwei halbautomatischen Gewehren in einer Sporttasche aufgegriffen. Er hat sich schon als Teenager der IRA angeschlossen. Ich kann mich nicht einmal mehr an alle Anklagepunkte erinnern. Verschwörung zum Mord, Mitgliedschaft in einer terroristischen Organisation, Besitz von verbotenen Waffen – das reicht für eine lebenslange Haftstrafe.

»Wo sitzt er ein?«

»Maghaberry«, sagt sie. »Ich habe bereits eine Besuchserlaubnis beantragt.«

»Wird er dir eine geben?«

»Ja.«

Sie hat manchmal für Sheila auf ihn aufgepasst, als er noch klein war. Ich erinnere mich vage an einen schüchternen, dünnen Jungen, der mit uns in einem Planschbecken spielte.

»Warum sollte er uns helfen?«

»Er hat sich verändert. Er hat im Gefängnis zur Religion gefunden.«

Ich lache. »War das nicht schon immer das Problem?«

Sie sieht mich scharf an, und ich merke, dass ich mich mit fast so etwas wie Freude auf den drohenden Streit einstelle. Im Moment wäre es eine Erleichterung, unseren üblichen Streit bei diesem Thema vom Zaun zu brechen.

»Ich werde mit dir nicht noch mal darüber diskutieren.«

»Sag das nicht so, als wenn ich ständig damit ankommen würde.«

»Du hast doch damit angefangen«, entgegnet sie.

»Nein. Du hast gesagt, dass Eoin Royce zur Religion gefunden hat, als ob das etwas Gutes wäre.«

»Das ist es auch.«

»Wie kannst du achtundfünfzig Jahre hier leben und das immer noch glauben?«

»Religion macht die Menschen nicht gewalttätig, Tessa.«

»Doch, genau das macht sie. Sie ermuntert sie sogar zur Gewalt.«

Eoins Gewehre waren beide geladen, und auf dem Weihnachtsmarkt herrschte reges Treiben. Er wurde vor dem Nordtor angehalten, in der Nähe des Karussells, wo gerade ein Dutzend Kinder auf den bunt bemalten Pferden ritt.

»Stört es dich nicht, dass wir getrennte Schulen haben?«, will ich wissen. Und nicht nur Schulen, sondern auch Friedhöfe, Bushaltestellen und Friseurläden.

Meine Mutter wendet sich von mir ab und öffnet mit hängenden Schultern den Kühlschrank. Während ich sie beobachte, spüre ich, wie ich mich wieder entspanne. Sie ist zu verzweifelt, um mit mir zu streiten. Sie fuhrwerkt in einem Regal herum, auf der Suche nach Kaffeesahne.

»Es gibt nur fettarme Milch«, sage ich.

Sie nickt und kippt die Milch in ihren Kaffee. Normalerweise würde sie sich beschweren. Ich kann hören, wie Marian sie imitiert: »Mädels, ihr wisst genau, dass ich keine fettarme Milch mag.«

Wenn Eoin uns wirklich helfen will, sollte er Informationen über Marian besorgen können. Er ist mit anderen IRA-Gefangenen zusammen, empfängt Dutzende Besucher, die ständig kommen und gehen und Nachrichten überbringen.

»Glaubst du, dass es nur gespielt ist?«, frage ich.

»Was?«

»Sein Sinneswandel. Bereut Eoin es wirklich?«

»Ich glaube schon«, sagt sie.

Die Detectives hatten Eoin festgenommen, ohne große Aufmerksamkeit zu erregen. Den Menschen auf dem Markt geschah nichts. Sie spazierten weiter unter den Lichterketten an den rot-weiß gestrichenen Budenreihen vorbei, tranken Glühwein und kauften Geschenke für ihre Familien. Ein paar Meter von ihm entfernt fuhren Kinder auf dem Karussell.

...

Nachdem wir das Geschirr abgeräumt haben, gehe ich mit Finn nach draußen. Er lässt sich nach vorn fallen, stützt prüfend sein Gewicht auf seine Hände und versucht herauszufinden, wie er krabbeln kann. Hinter der Gartenmauer fällt die Schafweide ab und steigt dann über einen Hügel wieder an. Ich sehe durch die Schiebetür meine Mutter am Küchentisch, wie sie mit ihrem Bruder telefoniert.

Am Kühlschrank ist mit Klebeband ein Foto von Marian befestigt, von ihrem Geburtstagsessen in Molly's Yard. Ich betrachte ihre strahlenden Augen, ihren roten Lippenstift. Marian ist nicht eitel, aber sie hat ein ausgeklügeltes Pflegeprogramm. »Wie kannst du dir das leisten?«, fragte ich sie, als ich neulich all die teuren Kosmetika und Tiegel mit Lotionen in ihrem Badezimmer sah.

Sie zuckte mit den Schultern. »Keine hohen Fixkosten.«

Sanitäter verdienen hier nicht viel Geld, was merkwürdig ist, bedenkt man, wie nützlich ihr Job im Vergleich zu meinem ist. Marian lebt in einer Mini-Wohnung. Und sie muss mit ihrem Budget keine Hypothek, Kinderbetreuung oder Studienkredite abdecken so wie ich.

»Du solltest sparen«, sagte ich.

»Was soll das bringen? Ich kann mir sowieso nie ein

Haus leisten.« Wir sind nur zwei Jahre auseinander, aber in letzter Zeit fühlt es sich an wie mehr.

Ein paar Wochen nach seiner Geburt brachte ich Finn zu ihr nach Hause. Wir waren schon seit Stunden wach, aber Marian war gerade erst aufgestanden. An der Tür rieb sie sich die Augen, verschmierte die Wimperntusche der letzten Nacht, und mich überkam das völlig befremdliche Gefühl, dass sie mich vielleicht gar nicht sehen wollte, dass wir uns ihr aufdrängten.

Am Abend zuvor hatte sie Freunde zu Besuch gehabt, und in der Wohnung standen leere Rotweinflaschen herum sowie eine hölzerne Schüssel mit verwelkten Salatblättern und eine zerkratzte Pfanne mit Lasagne. Ihre Freunde waren bis spät in die Nacht geblieben, hatten geredet und Musik gehört. Einige waren dann noch weiter ins Lavery's gezogen.

Mein Wochenende war zwar nicht schlimmer, aber es war vollkommen anders als ihres. Es war mit einer Menge Arbeit angefüllt gewesen – putzen, Wäsche waschen und mit sehr wenig Schlaf. Aber dann war da Finn, der sich an mich schmiegte, seine kleinen Hände in mein Hemd gekrallt hatte und in das fremde Zimmer blinzelte.

»Ich glaube, er ist hungrig. Entschuldige, macht es dir etwas aus …?« Ich scheute mich plötzlich, ihn vor ihr zu stillen. Marian fegte ein Wirrwarr von Klamotten aus ihrem Samtsessel. Während ich ihn dort stillte, begann sie, die Spuren der Party zu beseitigen. Ich hasste es, mich von Marian distanziert zu fühlen, als hätte einer von uns den anderen verraten, weil unsere Lebensumstände sich so sehr unterschieden.

Ihr schien es unangenehm zu sein, dass sie noch im Bett gewesen war. Ich wollte ihr klarmachen, dass ich ihr Wochenende nicht für bedeutungslos oder leichtfertig hielt, dass ich sie nicht für ihre Freiheit verurteilte oder dafür, wie sie sie nutzte, dass ich weder sie noch mich selbst bemitleidete. Das Leben der einen von uns war nicht weniger bedeutsam als das der anderen.

Und ich musste wissen, dass sie das Gleiche empfand. Dass sie mich nicht bemitleidete, weil ich allein mit einem Kleinkind auf dem Land lebte. Oder das Gegenteil, dass sie nicht etwa dachte, ich wäre selbstgefällig und unausstehlich geworden.

Marian kann vielleicht keine Kinder bekommen. Vor drei Jahren ließ sie sich eine Eierstockzyste entfernen und erfuhr danach, dass sie eine asymptomatische Endometriose hat. Der Gynäkologe schätzte ihre Chancen auf eine Schwangerschaft auf etwa fünfzig Prozent ein. Es ist sehr schwer, sich diesen Prozentsatz konkret vorzustellen. Marian sagte, sie wäre optimistischer, wenn die Chancen etwas schlechter seien und sie sich einreden könne, dass sie zu den glücklichen, sagen wir, 40 Prozent gehören würde.

Nach ihrer Operation habe ich ihr versprochen, ihr zu helfen, wenn es so weit wäre. Ich würde ihr eine Eizelle spenden oder als ihre Leihmutter fungieren. Es dürfte schwierig für sie sein, ein Kind zu adoptieren, solange Nordirland Konfliktgebiet ist.

Als Finn geboren wurde, bemerkte ich, wie Marian sich auf der Entbindungsstation umsah. Ich wusste, dass sie sich fragte, ob sie jemals selbst auch dort landen würde.

Also schwiegen wir in ihrer unordentlichen Wohnung, ich stillte das Baby, sie kippte den Rest einer Rotweinflasche in die Spüle. Ich fragte mich, ob es ihr lieber wäre, wenn ich ginge. Aber dann brach Marian das Schweigen. »Eine Freundin hat gestern Abend Baklava mitgebracht. Willst du etwas davon?«

Ich nickte. Sie setzte sich uns gegenüber und reichte mir einen Teller.

Seitdem sind wir langsam wieder zur Normalität zurückgekehrt. Wir beschweren uns wieder gegenseitig über unser Leben, wetteifern fröhlich darum, wer den schlechteren Tag hatte, kritisieren uns gegenseitig, streiten uns. Unser letzter Streit über einen Film, den sie mochte und ich hasste, dauerte so lange, dass ich am Ende fast den Eindruck hatte, wir hätten die Seiten gewechselt und verträten den Standpunkt der anderen.

Wir hatten uns ein Zimmer geteilt, bis ich zur Universität ging. Ich bin so sehr an ihre Gesellschaft gewöhnt, an ihre physische Präsenz. Ich würde jetzt zu dem Cottage an die Küste fahren, um mich ihr nahe zu fühlen, wenn die Polizei es nicht höchstwahrscheinlich immer noch durchsucht. Allerdings hat man sie das letzte Mal nicht in Ballycastle gesehen, sondern während des Raubüberfalls in Templepatrick.

Auf dem Sofa reibt sich meine Mutter die Augen, dann bemerkt sie, dass Finn sie beobachtet, und bemüht sich seinetwegen um ein Lächeln.

»Wie sind die Besuchszeiten in Maghaberry?«, frage ich sie.

»Von sechzehn bis achtzehn Uhr«, erwidert sie.

»Kannst du dich bis dahin um Finn kümmern?«

Sie nickt. Templepatrick liegt nur dreißig Meilen nördlich. Vielleicht hat das Personal der Tankstelle etwas Nützliches bemerkt. Ich könnte innerhalb von ein paar Stunden hinfahren und wieder zurück sein.

Ich setze Finn auf das Bett, während ich mich anziehe, um noch ein wenig Zeit mit ihm zu verbringen, bevor ich gehe. Er stemmt sich auf der Bettdecke hoch, entzückt von ihrer weichen breiten Oberfläche, während ich mir eine Jeans und einen übergroßen Pullover anziehe. Als ich mich wieder umdrehe, hat Finn das Etikett des Kopfkissenbezugs gefunden. Ich rolle mich neben ihm auf dem Bett zusammen und streichle seinen Rücken, während er das Gesicht mit großen Augen auf das Etikett senkt. Vor ein paar Wochen fragte mich Marian: »Warum Etiketten? Machen das alle Babys oder nur er?«

»Ich glaube, das machen alle Babys.«

Sie tat, als wolle sie seinen Arm verschlingen. Finn strampelte vergnügt mit den Füßen, ohne jedoch den Blick von dem Etikett abzuwenden.

Meine Mutter lehnt im Türrahmen. »Ich muss um drei Uhr los, Tessa.«

»Entschuldige, ich bin schon weg.«

6 Der Himmel und die Oberfläche des Sees haben sich verdunkelt. Entlang der Buchten wiegen sich die Zypressen im Wind, und Segelboote mit eingezogenen Masten zerren an ihren Ankerseilen. Es donnert, dann prasselt ein Vorhang aus Regentropfen auf das Autodach. Der Regen fegt über den Lough und sprenkelt die Oberfläche, während unten die Flut vom Meer hereinbricht. Hier wechseln die Gezeiten mit am schnellsten auf der Welt, obwohl man von hier oben aus nicht sieht, wie tief das Meer unter der brausenden Oberfläche ist.

Ein Blitz scheint den Regen einen Moment gefrieren zu lassen. Ich krümme meine Hände auf dem Lenkrad und fahre an den großen gregorianischen Häusern außerhalb von Greyabbey vorbei, mit ihren tiefen Fenstern und gemütlichen Küchen. Ich bin zwar ein wenig neidisch auf die Besitzer, aber wahrscheinlich haben sie im Moment auch Angst. Das ist ja der Zweck des Terrorismus, dass selbst solche Leute Angst haben.

Zwei Armeehubschrauber fliegen in nördlicher Richtung über den Lough und ziehen eine Schneise durch den starken Regen. Sie sind immer zu zweit, damit einer das Feuer erwidern kann, wenn der andere abgeschossen wird. Sie fliegen mit gesenkten Nasen und bewegen sich trotz ihres Gewichts und ihrer schweren mattgrauen Panzerung schnell.

Als ich vor ein paar Wochen diese Straße entlangfuhr, hatte die Armee eine Straßensperre errichtet. Es regnete ein wenig, und in dem Nieselregen wirkten die Soldaten surreal, als sie plötzlich auf einer ruhigen Straße zwischen Kartoffelfeldern auftauchten.

In Belfast fahre ich auf den Westlink und betrachte die Rückseiten der Häuser, die sich entlang der Autobahn drängen. Satellitenschüsseln, Schuppen, Fallrohre. Einige Häuser haben kleine Sonnenterrassen. Ich kann fast in die Zimmer sehen, bevor sie zurückbleiben. Dann hebt sich die Autobahn auf eine Brücke, und die Stadt erstreckt sich kilometerweit in die Ferne. Ich bin verzweifelt, als ich die endlosen Reihen der Backsteinhäuser sehe. Ihre sicheren Häuser sind nicht immer weit abgelegen. Marian könnte in jedem von ihnen sein.

Die Autobahn schlängelt sich durch die Außenbezirke der Stadt, vorbei an Industriegebieten und Zolllagern. Nach einigen weiteren Kilometern verläuft eine Schwarzdornhecke entlang der Autobahn, dann fällt sie ab und gibt den Blick auf die offene Landschaft frei.

Windräder drehen sich auf einem Feld. Marian könnte sie auch gesehen haben. Sie waren aus dieser Richtung, von Norden, zur Tankstelle gekommen.

Ein Schild mit der Aufschrift Templepatrick taucht auf, und ich nehme die Ausfahrt. An ihrem Ende kommt die

Tankstelle in Sicht. Ein paar Leute stehen an den Zapfsäulen. Die Fahrer, die ihre Autos betanken, sehen entspannt und lässig aus, als wäre dies nie ein Tatort gewesen. Sie sollten nicht hier sein, die Zapfsäulen sollten nicht einmal in Betrieb sein.

Ich steige aus dem Auto in den Wind und den Regen. Die feuchte Luft riecht nach Benzin und Abgasen. Gestern, als Marian hier war, war es heiß. Hinter dem Bahnhof erstreckt sich ein gelbes Rapsfeld.

Marian könnte es bemerkt haben, als die drei den Parkplatz überquerten. Ich bewege mich langsam, als würde ich ihnen folgen, drei Gestalten in schwarzen Skimasken, die ihre Waffen an der Seite halten.

Marian trug ihre eigene Kleidung. Eine Regenjacke mit Kapuze, Jeans, die Wanderschuhe, die sie auf dem Klippenpfad anhatte. Als sie sich der Tür näherten, hat Marian vielleicht nach einem Polizeiwagen Ausschau gehalten, sich auf Schreie oder Schüsse gefasst gemacht. Sie hätte gestern auch hier sterben können, in der Skimaske eines anderen, mit dem Schlamm vom Klippenpfad an den Stiefeln.

Die automatischen Türen gleiten hinter mir zu und kappen den Wind. Das Innere der Tankstelle wirkt unheimlich, wie die Nachbildung einer Tankstelle morgens an einem Wochentag. Es ist ein gutes Faksimile. Der Geruch von Kaffee und Gebäck, die glänzenden Böden, der Stapel von Boulevardzeitungen neben der Kasse.

Ich suche mir einen Tisch am Fenster und beobachte, wie die Leute hereinkommen, um Wasserflaschen zu kaufen, die Toiletten zu benutzen und ihren Sprit zu bezahlen. Mein Magen fühlt sich leer an. Ich könnte einen Kaffee und ein Gebäck kaufen, aber die Vorstellung, an diesem Ort etwas zu essen, erscheint mir grotesk.

Wenn gerade kein Kunde da ist, unterhalten sich die Angestellten. Ein Mädchen mit dickem Lidschatten plaudert mit einem Jungen, dessen Uniform um seine dünnen Schultern schlackert. Als er vorbeikommt, um die Tische abzuräumen, beuge ich mich vor. »Entschuldigung, darf ich Sie etwas fragen? Haben Sie gestern auch hier gearbeitet?«

Er hebt die Hände. »Ich sage nichts.«

»Nein, ich bin keine Reporterin. Ich will nur wissen, was passiert ist.« Er geht weiter, um den Nebentisch abzuwischen, und weicht meinem Blick aus. »Meine Schwester war hier.«

Seine Hände erstarren eine Sekunde. »Dann fragen Sie sie doch selbst.«

»Sie will nicht mit mir darüber reden«, sage ich, und sein Gesicht verändert sich. Ich kann mir vorstellen, wie ihn jemand – seine Mutter oder seine Freundin – mit Fragen über den gestrigen Tag gelöchert hat und er sie abwehrte und versuchte, das Thema zu wechseln.

»Geht es Ihrer Schwester gut?«, fragt er.

»Nicht wirklich.«

Er seufzt und zeigt dann auf die Decke, an der ein Stück Pappe mit Klebeband befestigt ist. Es sieht gewöhnlich aus, als sollte damit ein Leck abgedichtet werden. »Sie haben in die Decke geschossen«, sagt er. »Und schrien uns an, wir sollten uns verflucht noch mal auf den Boden legen.«

»Hatten sie einen Akzent?«

Er zuckt mit den Schultern. »Sie haben alle gleichzeitig herumgeschrien. Einer von ihnen hat unseren Manager aufgefordert, die Kasse zu öffnen.«

»Haben sie noch etwas gesagt? Haben sie sich gegenseitig beim Namen genannt?«

»Nein.«

Ich weiß nicht, was ich erwartet habe. Natürlich würden sie sich nicht verraten. Ich schaue auf die Pappe über den Einschusslöchern. »Ist es merkwürdig für Sie, heute wieder hier zu sein?«

Er zuckt mit den Schultern, und ich weiß, was er gleich sagen wird. »Ich bin lieber hier als irgendwo anders. Immerhin haben sie hier schon zugeschlagen, richtig?«

»Da haben Sie allerdings recht.«

Wir sehen uns einen flüchtigen Moment offen an. Keiner von uns beiden glaubt natürlich ein Wort von dem, was er sagt. Denn keiner kann voraussehen, wo der nächste Überfall stattfinden wird.

Marian und ich haben uns letzten Sommer zum Frühstück getroffen und geplaudert, als das Café plötzlich bebte. In der Nähe der Explosion waren sämtliche Fensterscheiben zerborsten, und Glas flog auf die Straße. Belfast-Konfetti, so nannte es ein Dichter einmal. Ich hatte gedacht, wir hätten das Schlimmste hinter uns, aber dann bogen wir um die Ecke in die Elgin Street. Ein ganzer Wohnblock war zusammengebrochen und nach vorn auf die Straße gerutscht.

»O Gott!«, stieß Marian hervor, und wir rannten los. Ich fand mich in einer Menschenkette wieder, die Schutt wegräumte und den Weg für die Rettungskräfte frei machte. Marian verlor ich aus den Augen. Sie war nach vorn gelaufen, um bei der Behandlung der Überlebenden zu helfen, und ich hatte Angst um sie. Von meiner Position aus sah ich in den Trümmern einen Heizkessel, um den herum Menschen kletterten und große Holz- und Betonstücke zur Seite wuchteten. Die Gasleitung war undicht, so dass man das Methan roch.

Wir sahen einen Überlebenden, einen alten Mann, der aus den Trümmern gezogen wurde. Sein Haar und sein Bart waren weiß vom Gipsstaub. Ich erinnere mich an seine großen nackten Füße auf der Bahre und an seinen ruhigen Gesichtsausdruck. Das musste der Schock gewesen sein.

Einige Stunden später saßen wir in einem japanischen Restaurant an einem schwarz lackierten Tisch. Nirgendwo sonst in der Nachbarschaft gab es Strom. Im ganzen Restaurant herrschte Schweigen, unsere Gesichter waren auf einen Fernseher gerichtet, der live über die Suche nach Überlebenden berichtete.

Wir trugen immer noch Masken um den Hals, ebenso wie einige der Leute, die draußen vorbeigingen. »Du solltest etwas essen«, sagte Marian. Ich machte mir nicht die Mühe, zu antworten. Die Köche und das Küchenpersonal standen alle hinter der Bar und starrten ebenfalls auf den Bildschirm.

Ein Mädchen war unter den Trümmern gefangen. Einer der Retter hatte sie gehört, aber es waren schon fast zwei Stunden vergangen, und sie fanden keinen Weg, um sie zu erreichen. Mit dünne Latten versuchten sie, einen Tunnel zwischen den gepressten Schichten aus Holz, Beton und Möbeln zu bauen.

Auf dem Bildschirm tauchte eine Frau auf. Sie trat an den Rand des Korridors, und jemand reichte ihr ein Megaphon. »Grace, Schatz«, sagte sie, »hier ist Mama. Ich bin hier. Hab keine Angst, mein Liebling, wir kommen und holen dich.«

Neben mir liefen Marian die Tränen über das Gesicht. Eine weitere Stunde verging. Im Fernsehen hob einer der Helfer oben auf den Trümmern den Arm und ballte die Faust. Alle anderen wiederholten die Geste. Damit baten sie um Ruhe, während sie nach dem Mädchen lauschten.

Ich sehe den Mann, der im Restaurant neben uns saß, noch ganz deutlich vor mir. Er hatte einen Arm quer über die Brust gelegt und nagte an der Nagelhaut seines Daumens. Er nahm seinen Blick keine Sekunde von dem Bildschirm. Er war der Erste, der einen Laut ausstieß, noch bevor alle anderen es merkten, sogar vor den Moderatoren. Als sie es registrierten, war er schon aufgesprungen und schrie, und das ganze Restaurant brach in Jubel aus.

Ein Rettungssanitäter kam aus dem Tunnel. Er zog sich mit einem Arm an den Stützen entlang und hielt mit dem anderen ein Kind fest, das mit klarem, ruhigem Blick aus dem Tunnel schaute.

...

Ich rufe meine Mutter vom Parkplatz vor der Tankstelle aus an. »Kann ich Finn kurz Hallo sagen?«

»Wer ist das?«, fragt sie im Hintergrund. »Ist das deine Mom?«

Finn gurrt, und ich sage: »Hallo, Sonnenschein. Ich vermisse dich, ich bin bald zu Hause.«

»Er lächelt«, sagt sie.

Ich fahre über die Autobahn zurück durch die Stadt. Weiter vorn steht der Divis Tower wie ein Wachturm am Anfang von West-Belfast. Ein schmutziger Betonblock, dessen Balkone manchmal von IRA-Scharfschützen genutzt werden. Die Männer, die Marian entführt haben, könnten aus dieser Gegend stammen. Das Gebäude rückt näher, und ich biege auf die Falls Road.

Im Kreisverkehr komme ich an einem Wandgemälde mit maskierten Bewaffneten vorbei, die ihre Gewehre auf die Straße richten. Ich blicke auf die tropfenden Linien aus schwarzer Farbe, dann springt die Ampel um, und ich fahre weiter. Die Wandmalereien gehen weiter. *Briten raus. Widerstand ist kein Terrorismus. Schließt euch der IRA an.*

Über der Falls Road flattern grüne, weiße und orangefarbene Fähnchen im Regen. Größere Fahnen wehen an Seilen, die von der Rock-Bar über die Straße gespannt sind. Ich war vor ein paar Wochen zum Geburtstag meines Onkels dort. Im Rock riecht es überall nach Pisse, nur nicht in den Toiletten selbst.

Ich fahre weiter auf der Andersonstown Road. Dies ist im Moment keine sichere Gegend, aber ich entspanne mich trotzdem. Ich kenne jeden Zentimeter dieser Straße. Das Freizeitzentrum, den chinesischen Imbiss, den Fischwagen, den Laden an der Ecke, zu dem meine Oma mich immer schickte, um ihr zwanzig filterlose Regals zu kaufen.

Ich messe alle anderen Orte an diesem einen und finde

sie im Vergleich dazu oft mangelhaft. Zu blutleer, zu oberflächlich, ohne unseren Humor und unsere Lebendigkeit. Aber ich möchte nicht, dass Finn hier aufwächst, nicht einmal ohne den Konflikt. Hier ist es mir zu eng, zu wachsam, mit all dem alten Groll, den Fehden und den Gerüchten. Wenn du in der Schule mit einem Jungen Händchen gehalten hast, hat innerhalb einer Stunde jemand deiner Mutter erzählt, dass du einen neuen Freund hast.

Trotz des Regens sind heute Nachmittag viele Kinder im Park. Jungen in engen Trainingsanzügen, die Hände in den Taschen, Mädchen in Jeans und Kurzarmhemden mit gezupften Augenbrauen. Sie sehen so viel mondäner aus als wir in ihrem Alter. Aber sie machen immer noch dieselben Dinge. Sie schubsen sich gegenseitig von den Wegen, trinken Cider aus Flaschen und bilden Pärchen. Willst du mal meinen besten Kumpel sehen?

Ich biege auf unsere Straße an den unteren Hängen des Black Mountain ein und halte den Wagen an. Ich weiß nicht, warum ich hier bin. Schließlich sitzt Marian ja wohl kaum drinnen, am Tisch unserer Mutter, und trinkt eine Tasse Tee.

Ein Telefonmast steht auf halber Höhe der Straße. Von ihm führen Drähte zu den einzelnen Häusern, die sie wie ein Netz miteinander verbinden. Im Regen beschlägt die Windschutzscheibe. Aus dem Auto starre ich auf die Telefondrähte. Ich muss mich nicht wirklich entscheiden, was ich als Nächstes tun soll. Jemand wird mich sehen. Es ist nur eine Frage der Zeit, bis jemand ans Fenster klopft und sagt: »Tessa, dachte ich doch, dass du es bist. Wie geht es dir?«

Schon kommt einer unserer Nachbarn über die Straße und mustert mich mit verkniffenen Augen unter seinem Regenschirm. Bevor er mein Seitenfenster erreicht, klingelt mein Telefon.

»Ich muss mit Ihnen reden«, sagt Fenton. »Können Sie aufs Revier kommen?«

7

Die Aussicht aus dem Verhörraum ist heute von einem Rußschleier überzogen. Dampfschwaden steigen aus den Schornsteinen am Rande des Hafens auf, und der Verkehr gleitet über die nassen Straßen. Fenton bringt mir Tee, holt einen Stift und startet das Tonbandgerät. Er war draußen. Die Regentropfen auf seiner Anzughose sind noch feucht.

»Wie lange ist Marian schon Sanitäterin?«, fragt er.

»Sechs Jahre.«

»Wie war ihr Gemütszustand, nachdem sie ins Lyric gerufen wurde?«

»Sie stand neben sich.«

Letztes Jahr hat eine loyalistische paramilitärische Gruppe das Lyric-Theater angegriffen. Der Krankenwagen mit Marian traf als Erster dort ein. Im Foyer des Theaters verbluteten sechs der Opfer. Marian konnte nicht alle rechtzeitig versorgen, und sie wusste nicht, wann die anderen Krankenwagen eintreffen würden. Die Polizei hatte die Bewaffneten noch nicht festnehmen können. Sie setzten die Angriffe in der Stranmillis Road fort, und einige

Ersthelfer wurden dorthin geschickt. Marian musste entscheiden, wen sie zuerst behandeln wollte. Ihr war klar, dass diejenigen, die sie auswählte, die besten Überlebenschancen hatten. Einige Mitarbeiter des Restaurants nebenan kamen herbeigerannt, um zu helfen. Marian schrie ihnen Anweisungen zu. Ich habe mir von ihr genau zeigen lassen, was sie ihnen zu tun befohlen hat, damit ich es weiß, wenn ich einmal in ihre Lage gerate.

»Mehr als bei anderen Gelegenheiten?«, will der Detective wissen.

»Wie bitte?«

»Marian wurde schon zu anderen Zwischenfällen mit mehreren Verletzten gerufen«, sagt er. »War sie nach dem Attentat auf das Lyric noch verzweifelter?«

»Sie war nach jedem dieser Fälle verzweifelt.«

»Warum hat sie nicht gekündigt?«, fragt er.

»Weil so etwas immer wieder passiert.«

»Kannte Marian eines der Opfer des Lyric-Anschlags persönlich?«, fragt er.

»Nein.«

Der Detective sieht mich nur an, und mir wird flau im Magen. »Was denn, hat sie doch eins gekannt?«

»Als sie über diesen Tag sprachen, hat Ihre Schwester da eines der Opfer besonders erwähnt?«

»Nein. Marian hätte mir gesagt, wenn sie einen von ihnen gekannt hätte.«

»Wer ist in ihrem Krankenwagen mitgefahren?«, fragt er.

»Ein Mann. Marian sagte mir, er habe überlebt, aber sonst hat sie nichts über ihn erzählt.«

Fenton hält inne und notiert das in seinem Notizblock. Dass es ein Mann war, mag tatsächlich etwas ungewöhnlich sein, denn normalerweise fangen die Sanitäter mit Frauen an. Während er schreibt, trinke ich meinen Tee. Unter uns haben die Autos auf dem Westlink wegen des Regens die Scheinwerfer angeschaltet. Unser Gespräch scheint seit gestern Abend nicht unterbrochen worden zu sein. Das vermittelt mir das Gefühl, dass ich das Polizeirevier noch nicht wirklich verlassen habe und ich noch nicht zu Hause gewesen bin, um Finn zu sehen.

Ich bekomme die nächste Frage des Detectives nicht mit. Mein Verstand ist mit dem schrecklichen Gefühl beschäftigt, dass ich Finn vernachlässigt habe oder lange von ihm getrennt gewesen bin.

»Können Sie die Frage wiederholen?«

»Wirkte Marian auf Sie in letzter Zeit müder als sonst? Oder litt sie unter Appetitlosigkeit?«

»Nein.« Ich erinnere mich an unser letztes Abendessen im Sakura, als Marian eine riesige Schüssel Ramen mit einer Extraportion Nudeln hinunterschlang.

»Sie hat also keine Symptome gezeigt?«

»Dass sie radikalisiert wurde?«

»Dass sie schwanger war«, antwortet er langsam.

Ich fühle, wie mein Gesicht rot anläuft. »Nein.«

»Bekommt sie einen Jungen oder ein Mädchen?«, fragt er.

»Sie kann das nicht vor dem Scan in der zwanzigsten Woche wissen.« Ich zwinge mich, dem Detective in die Augen zu sehen, während er mit den Fingern auf den Tisch trommelt. Er kann nicht beweisen, dass meine

Schwester nicht schwanger ist, nicht ohne sie hier zu haben.

Draußen hört es auf zu regnen. Nebel wabert über dem Cave Hill. Fenton faltet die Hände und runzelt die Stirn. Die Falten darauf vertiefen sich. Er scheint grenzenlos geduldig zu sein. Ich mag ihn. Es ist ein seltsames Gefühl, jemanden zu mögen, der einen so eindeutig für eine Lügnerin hält.

Er trinkt einen Schluck Tee. »Warum hat Marian ein Wegwerf-Handy?«

»Hat sie nicht, sie hat ein Smartphone.«

»Im Januar hat Marian ein unregistriertes Handy in einem Zeitungsladen in der Castle Street gekauft«, widerspricht er. Ich schüttle den Kopf, und er reicht mir das Foto eines zerkratzten Nokia. »Haben Sie Ihre Schwester schon einmal damit gesehen? Oder haben Sie es in ihrem Haus gesehen?«

»Nein.« Ich betrachte das verschrammte Plastik. »Es muss für ihren Job gewesen sein.«

»Keiner der anderen Sanitäter hat ein Wegwerf-Handy.«

»Wen hat sie damit angerufen?«

»Andere nicht registrierte Nummern«, sagt er. »Die Nummern sind alle tot.«

»Es muss nicht ihr gehören.«

»Wir haben es in ihrem Kamin gefunden. Es war mit Klebeband darin befestigt.«

Ich zucke zurück. Ich stelle mir ihren Kamin vor, die Zinneinfassung, den in das Metall geprägten Lorbeerkranz. Marian zündete immer Stumpenkerzen in dem Feuerrost an. Bei meinem letzten Besuch habe ich gesehen, wie sie ein Streichholz anriss und sich hinkniete, um die Kerzen anzuzünden. Damals konnte sie unmöglich ein Wegwerf-Handy im Kamin versteckt haben.

»Wir glauben, sie hat es benutzt, um die anderen Mitglieder einer aktiven IRA-Einheit zu kontaktieren«, sagt er.

»Das können Sie nicht wissen.« Die meisten Zeitungsläden verkaufen Wegwerf-Handys. Die Kunden kaufen sie aus allen möglichen Gründen: Arbeit, Reisen, Affären, Drogen.

Ich weiß noch, wie ich Marian vor ein paar Wochen zur Bushaltestelle in Greyabbey brachte, nachdem sie das Wochenende bei mir verbracht hatte. Sie sagte, sie sei noch nicht bereit, zurück in die Stadt zu gehen, und ihr graute davor, fünf Schichten hintereinander zu arbeiten. Ich wusste nicht, wie ich ihr helfen sollte, außer ihre Tasche mit Essen vollzupacken, mit Resten von Brathähnchen, Risotto und Zitronenkuchen, alles in Alufolie eingewickelt. Ich habe ihr von der Haltestelle aus nachgewinkt und Finns Hand gehalten, so dass es aussah, als winkte er auch. Ich erinnere mich an das Gesicht meiner Schwester hinter dem Busfenster, die energisch zurückwinkte.

Vielleicht hat sie ja etwas genommen, um die Schichten durchzustehen oder um sich danach zu entspannen. Sie hatte oft Schlafprobleme. Sie hat es mit Melatonin und Baldrianwurzel versucht. Vielleicht hat sie das Telefon benutzt, um etwas Stärkeres zu kaufen.

Der Detective wartet. Er will, dass ich ihm zustimme, dass sie eine ganz andere Person ist, als sie wirklich ist.

»Hat Marian Ihnen gegenüber in letzter Zeit den Bahnhof Yorkgate erwähnt?«, fragt er.

»Nein.«

»Ist Ihnen bekannt, dass sie dorthin gefahren ist?«

»Nein.«

Fenton fängt an, mich über verschiedene Orte in der Stadt auszufragen. Das Krankenhaus, das Gerichtsgebäude, das Stadion. Ob Marian einen dieser Orte besucht hat, ob ich mitbekommen habe, dass sie sich Bilder davon im Internet ansieht. All das sind potenzielle Ziele, das wird mir klar. Er denkt, dass sie an der Planung des nächsten Anschlags beteiligt ist.

»Was ist mit dem St. George's Market?«, fragt er.

»Ist das auch ein Ziel?«, frage ich schroff.

»Warum?«

»Dort sind immer viele Kinder.«

Er nickt. Die Geräusche in dem Raum verstummen.

»Hat Marian mit Ihnen über St. George's gesprochen?«

»Wir waren vor Kurzem dort.«

Sein Gesicht spannt sich an. »Wann?«

»Ende Mai. Am Achtundzwanzigsten, genau.«

Er fragt mich nach den Einzelheiten unseres Besuchs aus, und ich muss genau überlegen, bevor ich antworte. Ich sehe die grün gestreiften Markisen und die verschiedenen Stände, aber nicht, wie wir dort genau herumgelaufen sind. Es ist sowieso sinnlos. Marian war an diesem Tag nicht zum Auskundschaften da. Wir waren dort, um die Zutaten für Linguine alla vongole zu kaufen.

»Waren Sie die ganze Zeit bei Ihrer Schwester?«

»Ja. Außer als sie auf die Toilette ging.«

Der Detective lehnt sich auf dem Stuhl zurück, weg vom Tisch.

»Sie ist dorthin gegangen, um Finns Windel zu wechseln. Sie wollte nur nett sein.«

»Hat Marian Ihnen geraten, den Markt in den nächsten Tagen zu meiden?«

»Nein. Warum?«

»Wir haben am nächsten Tag eine Rohrbombe auf dem St. George's Market gefunden.«

8 Im Aufzug schließe ich die Augen, während er hinunterfährt. In der nächsten Etage betreten zwei uniformierte Polizisten den Lift. Sie nicken mir zu, dann kehren sie mir den Rücken zu und blicken auf die Türen. Ich ziehe den gelben Besucheraufkleber von meinem Pullover ab und falte ihn zu einem kleinen Viereck zusammen.

St. George's ist nur einen kurzen Spaziergang vom Polizeirevier entfernt. Drinnen fällt schwaches Licht durch die hohen Sparren des Marktdaches. Die Leute wuseln zwischen den Ständen umher und sitzen im Zwischengeschoss, um ein Bier oder einen Kaffee zu trinken. An einem der Tische bricht eine Gruppe von Männern in schallendes Gelächter aus. Neben mir hebt eine Frau die Hand, um ihre Uhr abzulesen. Ein Mann verschwindet hinter einer Plastikplane, deren ausgefranste Ränder hinter ihm flattern.

Ich sehe mich in der Menge um. Die Polizei hat auf den Bahnhöfen verdeckte Ermittler für den Fall eines Anschlags postiert. Sie könnten auch hier sein. Und jemand in dieser Menge könnte ein Terrorist sein. Der erste Versuch der IRA ist gescheitert, vielleicht planen sie einen neuen.

Zwei Reihen von schmiedeeisernen Säulen reichen bis zur Decke, die aus Hunderten kleinen Glasscheiben bestehen. Würde hier eine Bombe explodieren, würde all dieses Glas zerbersten und herunterregnen. Die Scherben flögen so schnell wie Kugeln in die Menschenmenge.

Auf der anderen Seite des Gangs zischt eine Espressomaschine. Ich weiß nicht, warum ich hier bin, aber ich kann mich einfach nicht überwinden zu gehen. Ich bewege mich durch die Menge. Wonach würde ein Anti-Terror-Officer suchen? Wie könnten sie einen Attentäter rechtzeitig erkennen? Ich beobachte einen Verkäufer, der in einem Kessel mit Paella rührt, einen anderen, der seine Kuchenauslage neu arrangiert. Die meisten Verkäufer wirken fröhlich und lebhaft, obwohl sie schon seit Stunden auf den Beinen sind.

Sie haben ein Recht darauf, über das Risiko informiert zu werden. Ich möchte es ihnen sagen, aber ich habe keine stichhaltigen Informationen. Eine Bombe könnte hier in wenigen Sekunden hochgehen oder morgen oder nächstes Jahr oder nie. Das Gleiche gilt für jeden gut besuchten Ort in Belfast.

Die Fischbuden, an denen wir die Muscheln für unsere Linguine gekauft haben, befinden sich am nördlichen Ende der Halle. Hier ist die Luft durch das zerstoßene Eis kälter. Die Kunden kaufen Austern, erkundigen sich nach Seeteufel, probieren getrockneten Seetang. Aus einem Schlauch in der Ecke tropft Wasser. Ich entdecke den Verkäufer. Er bietet Muscheln an, Venusmuscheln und Jakobsmuscheln. Dieser Mann hat unsere Bestellung aufgenommen und sie auf dieselbe Waage gelegt. Ich erinnere mich daran, wie eine Seite unter dem Gewicht herabsank.

Der Markt war damals noch voller. Ich war entspannt, mit Finn in der Trage auf meiner Brust. Er hatte die Strickjacke an, die Marian ihm geschenkt hatte, mit Knöpfen in Form von Peter Rabbit. Marian hatte türkische Süßigkeiten mit Rosengeschmack gekauft. Sie ließ Finn die Tüte halten, und er saß in seiner Tragetasche, ein wenig nach vorn gelehnt, und hielt die Tüte mit den staubrosa Marzipanwürfeln.

Marian trug einen Fair-Isle-Pullover, hatte die Ärmel ihres Regenmantels um die Taille gebunden und ihr braunes Haar zu einem Knoten geflochten. Sie war bei uns, lachte und unterhielt sich mit uns, während wir zwischen den Ständen hin und her gingen.

»Hatte Marian eine Tasche dabei?«, fragte der Detective.

Ich beschrieb ihren Lederrucksack. Fenton fragte nach seinen Maßen, und ich legte meine Hände auf den Tisch, um die Größe zu zeigen. Er betrachtete sie eine Weile und sah dann wieder auf mich. Bei dem Ausdruck auf seinem Gesicht klopfte mein Herz schneller.

»Das wäre groß genug«, sagte er. »Die Bombe, die wir gefunden haben, war zwanzig Zentimeter lang.«

Ich erzählte ihm nicht, dass der Ausflug Marians Idee gewesen war. Wir hatten an jenem Samstag im Haus unserer Mutter gesessen. »Was möchtest du heute machen?«, fragte Marian. »Willst du etwas kochen?«

Es spielt keine Rolle, dass sie das Ziel vorgeschlagen hat. Ich habe zwar noch nie einen Terroristen dabei beobachtet, wie er eine Bombe legt, aber so können sie sich unmöglich verhalten. Marian hat keinerlei Anspannung gezeigt. Sie hat sich lange mit dem Crêpe-Verkäufer unterhalten. Sie kann ihn unmöglich als Zielobjekt betrachtet haben.

Der Detective glaubt, dass Marian Finn als Tarnung benutzt hat, dass sie mit ihm im Arm ungehindert eine Brandschutztür öffnen, in einen stillgelegten Korridor gehen und die Bombe verstecken konnte, ohne Verdacht zu erregen.

Ich stehe mitten auf dem Markt und fahre mit der Hand über meine Augen. Ich habe Fenton nichts von dem Gespräch erzählt, das wir mit unserer Mutter hatten, bevor wir ihr Haus verließen.

»Ich kann mich um das Baby kümmern«, sagte sie.

»O nein«, widersprach Marian, »wir nehmen ihn mit, es wird ihm sicher gefallen.«

9 Finn drückt den Rücken durch und verdreht den Kopf, sein Gesicht ist vom Weinen ganz blass. »Ist schon gut, mein Schatz, ist schon gut«, beruhige ich ihn, während wir durch das Haus laufen. Während der dritten Runde rufe ich meine Freundin Francesca an, eine Ärztin am Royal Victoria in Dublin. »Finn hört nicht auf zu weinen«, sage ich. Er hatte kurz nach meiner Rückkehr aus St. George's damit angefangen. Es war mir schon lang vorgekommen, bevor meine Mutter ins Gefängnis fuhr, und das ist jetzt Stunden her.

»Ja, das höre ich. Wie lange?«

»Fünf Stunden.«

»Hm«, meint Francesca. »Er hat keinen Hunger? Friert nicht? Ist nicht nass?«

»Nein. Aber er hatte letzte Woche einige Impfungen. Könnte das eine Reaktion sein?«

»Hat er Fieber?«

»Nein.«

Sie gähnt. »Dann wahrscheinlich nicht.«

»Meinst du, er bekommt Zähne?«

»Könnte sein. Du kannst versuchen, sein Zahnfleisch zu massieren. Oder gib ihm Calpol, wenn er sich wirklich nicht beruhigen will.«

Ich reibe Finns Zahnfleisch, während er mich verwirrt anschaut. Es scheint nicht zu helfen. Ich lege ihn auf meinen Unterarm, in den Kolikgriff. Er liegt da, lässt Arme und Beine baumeln, schmiegt den Kopf in meine Handfläche und hat einen Ausdruck müder Nachsicht auf dem Gesicht.

Dann krümmt er erneut den Rücken. Ich schaukle und beruhige ihn, aber er weint schon. Meine Haarwurzeln tun weh. Jedes Mal, wenn ich den Kopf bewege, zwickt das Gummiband an den Strähnen.

In diesem Haus ist es zu heiß. Und es ist zu klein. Ich weiß nicht, warum mich die Größe des Hauses noch nie gestört hat. Die Decke scheint nur gerade so über meinen Kopf zu reichen. Ich laufe durch das Miniaturwohnzimmer und schaukele Finn, während er weint.

Als ich es kaufte, war das Haus baufällig. Es brauchte einen neuen Heizkessel, neue Leitungen, neue Rohre. Ich schlug Klumpen verrotteter rosa Isolierung von der Decke, riss den Teppich heraus, schliff den Holzboden ab. Ich ließ die Küche herausreißen und eine neue einbauen, das Bad fliesen und verfugen, und ich strich die Wände und die Decke in Creme. Das Haus war wenige Tage vor Finns Geburt fertig.

Ich war stolz gewesen, ihn in dieses Zuhause bringen zu können. Ich hatte nicht geahnt, dass es in direktem Verhältnis zu seinem Weinen schrumpfen würde.

Francesca ruft mich nach einer weiteren halben Stunde zurück. »Hat er aufgehört?«

»Nein.«

»Hast du schon mal den Föhn ausprobiert?«

In dem Moment, in dem der Haartrockner anspringt, hört Finn auf zu weinen. Er schwenkt den Kopf und blinzelt. Ich lasse mich auf den Boden sinken, während der Haartrockner neben uns läuft. Nach einigen Augenblicken entspannt sich sein Körper in meiner Armbeuge. Seine Augen beginnen unstet zu rollen, und langsam sinken die Lider. Die roten Flecken auf seiner Haut verblassen. Im Schlaf sieht er absolut friedlich aus, als hätte es die letzten fünf Stunden nie gegeben.

Was ich von mir nicht behaupten kann. Meine Nerven fühlen sich an wie Sandpapier. Ich erinnere mich an dieses Gefühl aus den ersten Monaten, als er Reflux hatte. Als er einmal weinte, kam meine Mutter, um mit ihm spazieren zu gehen. Ich sah zu, wie sie ihn wegtrug und sein kleines besorgtes Gesicht über ihre Schulter lugte. Er trug seinen weißen Safari-Hut, als ob er zu einer längeren Expedition aufbrechen würde. *Komm zurück*, dachte ich.

Das scheint Jahre her zu sein, aber es war erst im März. Er wurde im Dezember geboren. Als ich damals im Krankenhaus ankam, wollten meine Beine nicht aufhören zu zittern, entweder vor Schmerzen oder wegen des Adrenalins. Ich weiß noch, dass ich über dem Triage-Bett kniete und das Metall durchbeißen wollte. Als die Anästhesistin kam, sagte sie, ich sollte mich wie eine ängstliche Katze auf den Rücken legen. Ich erinnere mich, wie sie meine Haut abwischte und einen antiseptischen Verband anlegte, an die Ruhe durch die Epiduralinfusion, an das schwefelige Licht im Kreißsaal, das Abdriften meiner Gedanken. Eine Infusionsleitung wurde an meinen Handrücken geklebt, und eine Krankenschwester reichte mir eine rosafarbene Tasse mit Eiswasser und einen Strohhalm.

Stundenlang lauschten wir auf den Monitor, der den Herzschlag des Babys anzeigte. Später dachten Tom und ich, dass er auch im Aufwachraum weiterlief, ein Phantomgeräusch, das wir immer noch hörten. Manchmal, während der Wehen, verrutschte die Linie auf dem Monitor und zerfiel in Striche.

»Du willst das alles gar nicht hören«, sagte ich zu Marian, als ich aus dem Krankenhaus nach Hause kam.

»Natürlich will ich das«, widersprach sie.

»Sind solche Geschichten über Wehen für andere Leute nicht langweilig?«

»Nein. Wie kommst du denn darauf?«, wollte sie wissen.

»Weiß nicht.«

»Weil sie nur Frauen passieren?«, meinte Marian.

Irgendwann setzte mir der Arzt eine Sauerstoffmaske auf das Gesicht. Ich konnte spüren, wie sich das Baby nach unten bewegte. Ich habe nie versucht, jemandem den Moment zu beschreiben, als er mir auf den Oberkörper gelegt wurde. Ich hatte die Augen geschlossen und spürte eine warme, feuchte Gestalt auf meinem Bauch, größer als ich erwartet hatte, glatte Gliedmaßen, die sich bewegten, und ein Keuchen, bevor ich ihn an meine Brust legte.

...

Als meine Mutter zurückkommt, liege ich immer noch auf dem Boden neben dem Föhn, Finn in meinen Armen schlafend. Sie blickt auf uns herab.

»Was ist denn hier los?«

»Er wollte nicht aufhören zu weinen.«

»Hast du versucht, ihn zu füttern?«

»Natürlich habe ich versucht, ihn zu füttern.«

»Mit Muttermilchersatz?«

»Nein, ich habe ihn gestillt.«

»Dein Stress ist nicht gut für ihn«, stellt sie fest. »Er bekommt dein Cortisol mit der Milch.«

»Es ist also meine Schuld?«

Sie seufzt. »Willst du, dass ich ihn in sein Bettchen lege? Oder möchtest du lieber die ganze Nacht da sitzen?«

Ich lasse zu, dass sie mir das Baby aus den Armen nimmt. Während sie Finn in sein Kinderbettchen legt, hole ich einen der Plastikbehälter mit abgepumpter Muttermilch aus dem Gefrierschrank. Sie könnte recht haben mit dem Cortisol. Ich bin mir nicht ganz sicher, wie es funktioniert, aber ich würde keinen halben Liter Wodka oder Espresso trinken und ihn dann stillen. Und diese Angst ist stärker als Alkohol oder Koffein. Vielleicht trübt das Cortisol meine Milch und macht ihn unruhig.

Ich halte den Behälter unter den heißen Wasserhahn, und die gefrorene Milch beginnt zu schmelzen. Ich gieße die Milch in eine Flasche und stelle sie in den Kühlschrank und fühle mich für einen Moment normal, fast spießig.

»Ich koche Tee. Willst du einen, bevor du nach Hause gehst?«, frage ich. Meine Mutter nickt. Ich gebe mich kurz den Glauben hin, dass der Tag vorbei ist, dass ich uns Tee koche, das Licht ausschalte, ins Bett gehe und den Geschirrspüler in der Dunkelheit weiterlaufen lasse. Stattdessen sinken wir auf die Stühle am Tisch. Meine Mutter nimmt ihre Brille ab und reibt sich die schmerzenden Vertiefungen auf ihrem Nasenrücken.

»Warst du nervös, als du ihn gesehen hast?«, frage ich.

»Eoin?« Die Vorstellung scheint sie zu verblüffen. Vielleicht erinnert sie sich an den kleinen Jungen im Planschbecken, der die Augen fest zugekniffen hat, während sie ihm Sonnencreme ins Gesicht geschmiert hat. Ich möchte ihr sagen, dass das nichts mehr zu bedeuten hat. Er ist jetzt vierunddreißig Jahre alt und sitzt wegen eines Mordkomplotts lebenslänglich im Gefängnis.

»Eoin hat mir erzählt, dass die IRA das schon einmal gemacht hat«, sagt sie. »Er meinte, es sei eine neue Taktik, normale Leute zu zwingen, ihre Raubüberfälle für sie zu erledigen. Sie wollen nicht, dass ihre eigenen Jungs hochgenommen werden.«

»Warum hat Fenton mir das nicht gesagt?«

»Die Polizei weiß das nicht. Die Fälle, von denen Eoin gehört hat, waren Einbrüche, und es wurde niemand gefasst.«

»Was geschah danach mit diesen Leuten?«

»Sie sind wieder nach Hause gegangen.«

»Warum kommt Marian dann nicht nach Hause?«

»Er glaubt, dass bei ihr etwas mit der Überwachungskamera schiefgelaufen ist. Er meint, sie sei jetzt in einem sicheren Haus. Er wollte sich umhören.«

»Vertraust du ihm?«

»Ja«, sagt sie und rückt ihre Brille zurecht. »Jedenfalls vertraue ich darauf, dass er helfen will.«

»Hast du Marian jemals mit einem zweiten Telefon gesehen?« Meine Mutter schüttelt den Kopf. »Fenton sagte, sie habe ein Wegwerf-Handy gehabt.«

»Nein, hat sie sicher nicht.«

»Die Polizei hat es in ihrer Wohnung im Kamin gefunden.«

»Das müssen sie ihr untergeschoben haben«, behauptet sie überzeugt.

»Ich glaube nicht, dass Fenton so etwas macht.«

»Dann jemand, der für ihn arbeitet«, sagt sie.

»Glaubst du, Marian hat vielleicht Drogen gekauft?«

»Nun krieg dich wieder ein!«, schimpft meine Mutter, aber sie hat nie MDMA mit Marian auf einem Konzert genommen. Das ist zwar schon etliche Jahre her, aber trotzdem.

Ich stehe auf, um unsere Tassen abzuspülen, und lasse die durchweichten Kamillenteetüten in der Spüle liegen. »Bist du danach noch irgendwo hingegangen?«, frage ich und versuche, gelassen zu klingen. Wir wissen beide, dass das Gefängnis schon vor Stunden für Besucher geschlossen wurde.

»Ich bin nach Bangor gefahren«, sagt sie. »Ich musste den Dunlops von Marian erzählen, bevor sie es von irgendwo anders her erfahren.«

»O Gott!«

»Sie sagten, dass sie mich zwar nicht gehen lassen wollen, aber dass sie auch nicht in solche Dinge verwickelt werden wollen.«

Meine Mutter arbeitet seit vierzehn Jahren bei den Dunlops. Sie kennen Marian.

»Sie haben gerade eine Party gefeiert«, fährt sie fort. Ich stelle mir vor, wie sie allein und nervös vor der Haustür steht, während hinter ihr die schicken glänzenden Autos der Gäste auf dem Kies der Einfahrt parken. Dieses Bild schmerzt ebenso sehr wie alles andere, was in den letzten zwei Tagen geschehen ist.

Die Dunlops ließen meine Mutter in der Eingangshalle warten, während sie sich kurz von ihrer Party entschuldigten. Sie hat gehört, wie Miranda den Gästen erzählte, dass es sich um ihre Putzfrau handelte, und auch die überraschten und amüsierten Entgegnungen der Gäste.

Meine Mutter hatte diese Party mit vorbereitet. Es war zwar jemanden engagiert worden, der am Tag selbst kochte, aber sie hatte alles andere erledigt, den ganzen Einkauf und das Putzen und Arrangieren. Sie hatte den Boden gekehrt, die Zutaten ausgesucht, das Silber poliert und das Eis für die Kühlung des Champagners gekauft.

Als meine Mutter ihren Arbeitgebern mitteilte, dass ihre Tochter verschwunden war, unterhielten sich die Gäste im Esszimmer und aßen weiter. Auf dem Tisch stand ein Stück Lachs, daneben Schalen mit Meersalz, Sahne und zerstoßenem Wacholder. Gelegentlich ertönte Lachen aus dem anderen Zimmer. Miranda fragte meine Mutter, ob sie gewusst habe, dass ihre Tochter eine Terroristin sei.

»Ich habe ihnen gesagt, dass Marian nicht in der IRA ist«, sagt sie, »aber sie haben mir nicht geglaubt.«

Miranda und Richard schlugen vor, sie solle am Montag wiederkommen, da sie etwas Zeit bräuchten, um ihre Entscheidung zu überdenken. Wenn sie dorthin zurückkehrt, werden die schmutzigen Tischtücher und Servietten vom

Abendessen auf dem Boden der Waschküche liegen, verschmiert mit Butter, Wein und Lippenstift, und die verkrusteten Teller und Bratpfannen werden sich neben dem Waschbecken stapeln. Den Abwasch überlassen sie immer ihr.

10 Es ist nach zwei Uhr nachts. Finn ist nach dem Stillen eben wieder eingeschlafen, und ich fülle mir gerade ein Glas Wasser am Küchenhahn, als ich auf dem Feld hinter meinem Haus die Lichtkegel von Taschenlampen sehe. Ich stehe wie erstarrt am Fenster, nehme meinen Atem wahr, das Schloss an der Schiebetür und das schlafende Baby im anderen Zimmer.

Ich kann die Leute, die die Taschenlampen halten, nicht sehen, aber sie kommen immer näher. Sie richten ihren Strahl in der Dunkelheit auf mich. Sie scheinen direkt auf unser Haus zu zielen. In ein paar Minuten wird ihr Licht die Steinmauer am unteren Ende des Gartens erhellen.

Es könnten einfach Teenager sein, die noch spät unterwegs sind. Aber Teenager würden sich weder in diesem Tempo noch im Gleichschritt bewegen. Ich versuche, mir andere Gründe auszudenken, warum zwei Menschen um diese Zeit über das Feld laufen. Doch ich weiß genau, dass sie von der IRA sind und dass sie jemandem etwas antun wollen.

Die Häuser in dieser Straße sehen von hinten alle gleich aus, acht identische Häuser, die an das Feld grenzen. Vielleicht haben sie sich verzählt. Vielleicht sind sie hinter meinem Nachbarn Luke her. Er ist Polizeibeamter, was ihn in ihren Augen zu einem legitimen Ziel macht.

Oder es geht um Marian, und jetzt sind sie hinter mir her. Jemand könnte ihnen gesagt haben, dass ich zur Polizei gegangen bin, dass ich ihnen Informationen gegeben und die IRA beschuldigt habe, sie entführt zu haben. Das würde für sie ausreichen, um mich als Spionin zu betrachten.

Ich stehe schon wegen meines Arbeitgebers unter Verdacht. Fast jedes Mal, wenn ich mit meiner Mutter in Andersonstown unterwegs bin, spricht mich jemand darauf an, warum ich für die BBC arbeite. Sie halten mich für eine Verräterin. Sie haben schlechte Erinnerungen an die BBC von vor zwanzig, fünfzig Jahren, an englische Reporter, die ihre Kinder aufforderten, mit Granaten zu posieren, und weil sie am Bloody Sunday die Nachrichtensendungen unterbrachen.

Ich stehe neben dem Messerblock. Ich könnte das schärfste Messer nehmen, aber wenn ich das tue, würde das bedeuten, dass die Sache echt ist, dass etwas ernsthaft schiefläuft, obwohl es vielleicht gar nichts ist oder es nur um ein Gespräch geht. Vielleicht wollen sie nur ein paar Dinge klären. Ich weiß nicht, was während ihrer Verhöre passiert oder woraufhin sie entscheiden, ob sie dir glauben sollen. Ich weiß nur, dass sie schon Fehler gemacht haben.

Ich muss Finn aus dem Haus schaffen, aber vielleicht

warten draußen oder am Ende der Straße noch andere. Sie würden ihm nicht absichtlich etwas antun, doch wenn sie den Eindruck haben, ich würde weglaufen, könnten sie auf mich schießen. Ich kann nicht aus dem Haus gehen, wenn ich ihn auf dem Arm habe.

Die Lichtkegel werden heller. Sie haben jetzt schon fast die Hälfte des breiten Feldes überquert. Wenn ich draußen warte, werden diese Leute nicht ins Haus kommen, um mich zu suchen. Und dann gelangen sie nicht in Finns Nähe.

Finn schläft mit angezogenen Knien und angehobenem Po in einem Baumwollschlafanzug. Ich beuge mich über das Bettchen und sauge den Geruch auf, den seine warme, feste Gestalt und die weichen Schlafanzugbündchen an Armen und Beinen ausströmen. Er dreht seinen Kopf auf die andere Seite und seufzt.

Ich streiche ihm die Haare aus der Stirn. Wenn sie mich zwingen, mit ihnen zu gehen, wird Finn in seinem Bettchen sicher sein, bis meine Mutter herkommt. Vielleicht weint er. Er will immer gehalten werden, wenn er aufwacht.

Ich ziehe einen Pullover über mein Nachthemd, trete nach draußen und schließe die Tür hinter mir. Die Strahlen der Lampen sind jetzt etwas mehr als zweihundert Meter entfernt. Ich gehe über den Rasen zu der niedrigen Steinmauer am Ende des Gartens. Haarsträhnen wehen mir ins Gesicht, und ich halte sie fest. Dann warte ich, kremple meine Ärmel hoch und spüre meine nackten Beine in der kühlen Luft.

Auf halbem Weg über das Feld erlöschen die Taschenlampen. Meine Knie werden weich. Wer immer da draußen ist, ist jetzt unsichtbar. Ich warte auf zwei Gestalten, die auf der anderen Seite der Mauer materialisieren. In der Dunkelheit kann ich sie vielleicht erst sehen, wenn sie ganz nah sind. Sie tragen oft schwarze taktische Uniformen und Skimasken.

Meine Ohren spannen sich an und lauschen auf das Geräusch von Stiefeln im Gras. Ich frage mich, ob es für sie einen Unterschied macht, dass ich einen Sohn habe, der erst sechs Monate alt ist.

Ich warte, aber nichts passiert. Niemand erscheint. Sie müssen stehen geblieben oder in eine andere Richtung gegangen sein. Ich verschränke die Arme vor der Brust und reibe meine Schultern durch den Wollpullover.

Schließlich flammen etwa in der Mitte des Feldes Lichter auf, und die Taschenlampen bewegen sich wieder von mir weg. Sie erhellen den Fuß des Hügels und schwenken dann den Hügel hinauf. Die Ulme auf dem Gipfel scheint kurz auf, ihre Äste hängen in einem der Strahlen, dann verschwinden sie hinter dem Kamm.

Ich gehe zur Vorderseite des Hauses und schaue auf die Reihe der Straßenlaternen, auf die dunklen Fenster meiner Nachbarn. Hier draußen ist niemand, und es wartet auch kein Lieferwagen auf der Straße auf mich.

...

Als ich wieder hineingehe, wirkt das Haus anders, als wäre ich jahrelang weg gewesen. Ein grünes Licht leuchtet an der Kaffeemaschine. Ich schaue auf die verkorkte Rotweinflasche auf dem Tresen und das Petersilienbündel neben dem Waschbecken.

Jetzt, wo das Adrenalin abebbt, bin ich plötzlich schrecklich müde. Und ich kann mir nicht einmal einreden, dass ich mir etwas vorgemacht habe. Die IRA hätte mich irgendwo hinbringen können, um mich zu verhören. Das kommt vor. Es war vernünftig, dass ich Angst hatte, genauso wie es in diesen Zeiten vernünftig ist, auf einem Bahnhof oder einem Weihnachtsmarkt Angst zu haben. Mein Cousin liest Stromzähler ab. Er kann seine Arbeit fast nicht mehr ordentlich machen, da niemand einem Fremden mehr die Tür öffnet.

Und das Schlimmste ist, dass es für Marian noch viel schlimmer gewesen sein wird, ganz gleich, wie viel Angst ich gerade hatte oder wie verzweifelt ich auch war. Die Gestalten, die sie holten, verschwanden nicht, sondern kamen näher und immer näher.

Ich hebe Finn aus dem Bettchen, und er kreuzt seine Knöchel mitten in der Luft. Sein Körper ist schlaff im Schlaf und drückt krumm gegen die Reihe von Druckknöpfen an seinem gestreiften Anzug. Er dreht seinen Kopf zu meiner Schulter, und ich bleibe für den Rest der Nacht mit ihm auf dem Arm sitzen.

11 Nach Sonnenaufgang schließe ich die Schiebetür auf und gehe mit meinem Baby nach draußen. Am Ende des Gartens klettere ich über die Steinmauer und mache mich auf den Weg über das Feld, in Gummistiefeln und mit einer Strickjacke über meinem Nachthemd. Ein paar Schafe folgen uns, und Finn dreht seinen Kopf, um sie zu beobachten. Ab und zu zuckt er in meinen Armen zusammen, aufgeregt, weil er den Tieren so nahe ist.

Ich folge einer geraden Linie von meinem Haus zum Hügel und suche den Boden nach Fußabdrücken oder Schaufelspuren ab. Niemand beobachtet mich. Wer auch immer letzte Nacht hier war, wird inzwischen gegangen sein. Finn greift nach dem Boden und schreit. Ich soll ihn absetzen, damit er versuchen kann, die Schafe zu jagen. »Noch nicht, mein Schatz«, sage ich und halte inne. Vor uns gähnt ein Loch im Boden.

Ich gehe zum Rand der Grube und starre hinunter. Deshalb waren sie letzte Nacht hier! Sie haben Waffen ausgegraben. Die IRA hat auf den Höfen in der Gegend Waffen vergraben, meist Kalaschnikows und Makarows, gekauft von kriminellen Organisationen in Osteuropa. Ich blicke zurück über das Feld zu der Reihe kleiner Häuser, in deren Mitte meines steht.

Ich frage mich, wie lange dieses Lager hier versteckt war, in Sichtweite meines Fensters, wie oft die über das Feld ziehende Schafherde es überquerte oder auf dem Gras darüber lag. Wir sind oft bei Sonnenuntergang auf den Hügel gestiegen. Und all die Male trug ich Finn über ein Waffenversteck hin und her.

...

Tom fährt mit Finn zu seinen Eltern nach Donegal. Diese drei Tage sind die längste Zeit, die ich bislang von Finn getrennt war. Ich beginne, eine Tasche für ihn zu packen, und bekomme Bedenken. Finn ist erst sechs Monate alt, Donegal ist zu weit weg, ich hätte nie zustimmen dürfen. Außerdem mag ich Toms Eltern und ihr Haus in Ardara, in der Nähe der Berge. Es ist nicht fair, dass ich sie nicht mehr sehen kann, dass die Ferien und die vielen gemeinsamen Abendessen am Ende nichts bedeutet haben.

Ich habe Tom auf einer Party kennengelernt. Ich war auf der Veranda und telefonierte, als er auf eine Zigarette herauskam, und wir sind nicht wieder reingegangen. Ich hatte gerade bei der BBC angefangen, und ich weiß noch, wie ich jeden Abend nach der Arbeit die Treppe hinunterrannte, wo er auf mich wartete. In jenem Sommer war es heiß, und wir gingen zu Konzerten im Freien, an Strände und in Dachbars. Er lernte Marian und meine Mutter kennen und ich seine Freunde in einem Biergarten, erst schüchtern, dann lachend mit seinem Arm um meine Schultern. Wir konnten nicht genug voneinander bekommen. Auf Partys standen wir oft auf der Treppe oder im Flur und wollten nur noch miteinander reden, um uns gegenseitig zum Lachen zu bringen. Vor fünf Jahren heirateten wir im Haus seiner Eltern unter einem blühenden Birnbaum.

Letzten Sommer, als ich im zweiten Monat mit Finn schwanger war, fand ich einen Lippenbalsam in unserem Auto. Keinen Lippenstift, sondern einen durchsichtigen Balsam. Er hätte jedem gehören können. Ein paar Sekunden später kam Tom aus dem Haus gejoggt und stieg auf den Beifahrersitz. Wir waren auf dem Weg zu der Geburtstagsfeier eines Freundes. »Oh, das hier habe ich gefunden«, sagte ich, und Tom wurde kreidebleich.

Mein erster Gedanke war, dass wir zu spät zur Geburtstagsfeier kommen würden. Einen Moment lang schien das ein ebenso ernstes Problem zu sein wie seine Untreue.

»Wer ist sie?«

»Briony.« Sie waren Arbeitskollegen. Ich hatte sie einmal in seinem Büro getroffen. Sie schien ganz nett zu sein.

Tom versprach, die Sache zu beenden. Er sagte, er sei nervös gewesen, weil er Vater wurde, und dass er es hasste, sich alt zu fühlen. Später sagte er dann, mit anderer Stimme: »Du hast immer gearbeitet.«

»Das hast du auch«, entgegnete ich, obwohl mir dann einfiel, dass er vielleicht nicht die ganze Zeit im Büro verbracht hatte.

Ich wollte zu dem Sommer zurückkehren, in dem wir uns kennengelernt hatten. Es hätte ihm das Herz gebrochen. Aber er hatte sich auch verändert. Er war weniger politisch geworden, weniger neugierig, weniger aufgeschlossen. Er hatte begonnen, sich für andere Dinge zu interessieren. Im Wesentlichen für Geld. Bequemlichkeit. Er sagte, er wolle nicht mehr wie ein Student leben.

Und er hatte recht, nicht, dass ich mehr gearbeitet hätte, sondern dass wir weniger Zeit miteinander verbracht hatten. Er wollte nicht mehr in bestimmte Konzerte und Ausstellungen oder zu Partys gehen, also ging ich allein oder mit Freunden dorthin.

Das Problem war nicht seine Untreue selbst, sondern dass sie die Grenze seiner Liebe aufgezeigt hatte. Er hatte mehr als einmal gesagt, dass er alles für mich tun würde, und jetzt wusste ich, dass das nicht stimmte. Und diesen Gedanken würde ich nie wieder loswerden.

Irgendwann fragte Tom, ob wir es hinter uns lassen könnten, und ich sagte Ja. Ich war im zweiten Monat schwanger, an eine Scheidung war nicht zu denken.

»Wir bleiben zusammen«, sagte ich zu Marian.

Nach einer langen Pause fragte sie: »Willst du das denn wirklich?«

»Wir bekommen ein Baby. Ich werde nicht wiederholen, was unsere Eltern getan haben.« Als ich zwei Jahre alt war und Marian ein Säugling, ging unser Vater nach London, um auf einer Baustelle zu arbeiten. Zunächst schickte er Briefe und Geld nach Hause, doch das wurde schleichend weniger und hörte schließlich auf. Er kam nie wieder zurück.

Jetzt ist er reich. Er gründete mit zwei anderen Männern von dieser Baustelle eine Maurerfirma, die sehr erfolgreich wurde, und er lebt mit seiner zweiten Frau und drei Söhnen in Twickenham.

Vor ein paar Jahren habe ich mit ihm zu Mittag gegessen, als ich beruflich in London war. Er kam zu spät, was mich wütend machte. Ich bestellte das teuerste Glas Wein auf der Speisekarte, dann noch eines und noch eines. Ich war wütend auf ihn, weil er ein so teures Restaurant gewählt hatte. Selbst nachdem er reich geworden war, zahlte unser Vater unserer Mutter nur einen winzigen Unterhalt.

Ich beobachtete, wie er das Restaurant betrat, dieser Mann mit dem struppigen silbernen Haar und dem maßgeschneiderten Anzug, der den Gastgeber und den Kellner mit seinem rollenden Belfaster Akzent begrüßte. Die Angestellten schienen ihn alle für einen netten Mann zu halten; ich hätte ihren Eindruck gern korrigiert.

Nach vier Gläsern Wein fragte ich ihn endlich. »Warum bist du weggegangen?«

Zum ersten Mal sah mein Vater müde aus. »Ich war erst zweiundzwanzig, Tessa«, sagte er. »Ich war noch so jung.«

Er wollte nicht in einer Sozialwohnung mit zwei kleinen Kindern leben. Von meiner Mutter wusste ich, dass wir keine besonders pflegeleichten Kinder waren. Unser Vater hat diese Gründe aber nie erwähnt. Er erzählte mir vom Mangel an Arbeitsplätzen in Belfast, vor allem für einen Katholiken aus der Arbeiterklasse, bis es fast so klang, als wäre er nur zu unserem Wohl ausgewandert.

Seit Finn geboren ist, habe ich oft über die Entscheidung unseres Vaters nachgedacht. Ich habe mir vorgestellt, das Land zu verlassen, in dem mein Sohn lebt, in ein anderes Land zu reisen und dort zu bleiben. Ich würde auf Händen und Knien hierher zurückkriechen.

»Nun«, sagte Marian langsam, »du könntest trotzdem anders sein als unsere Eltern.«

»Wie?«

»Er muss ja nicht auswandern«, sagte sie. »Und du musst ihn nicht hassen.«

»Muss ich nicht?«

»Natürlich nicht, um deines Kindes willen.«

Während Tom und ich noch im Auto saßen, schaute ich auf den Lippenbalsam und dachte ganz klar: *Das war meine erste Ehe. Und ich werde eine längere, glücklichere zweite Ehe führen.*

In den Wochen danach kam mir dieser Gedanke wie Unsinn vor, wie reines Wunschdenken, aber dann wiederholte ich ihn Marian gegenüber. »Siehst du, da hast du es«, sagte sie. »Du weißt bereits, was du zu tun hast.«

»Was ist, wenn es nicht klappt? Was, wenn ich nie einen anderen Mann treffe?«

»Dann hast du es wenigstens versucht, Tessa.«

Also haben wir uns getrennt. Tom ist immer noch mit Briony zusammen, was wohl dafür spricht, dass er die richtige Entscheidung getroffen hat. Ich habe versucht, ihn nicht zu hassen. Tom war bei der Geburt im Krankenhaus, und er nimmt Finn jeden Sonntag. Dieses lange Wochenende ist ein besonderer Anlass: der fünfundsiebzigste Geburtstag seiner Mutter.

Als Tom kommt, gebe ich ihm die Reisetasche und das zusammengeklappte Reisebett. »Hast du eine Flasche für die Fahrt?«, fragt er.

»Im Kühlschrank.« Ich habe Finn auf meine Hüfte gesetzt und habe Angst davor, dass er verschwindet. Vom Fenster über der Spüle aus sehe ich das Loch im Feld. »Siehst du das?«, frage ich Tom. »Die haben da draußen ein Waffenversteck gehabt. Ich habe gesehen, wie sie gekommen sind, um die Waffen auszugraben.«

»Wann?«

»Gestern Abend.«

»Hast du die Polizei gerufen?«

»Nein.«

»Warum nicht?«

»Ich hatte Angst.« An das Feld grenzen nur ein paar Häuser. Es würde nicht schwer für sie sein, herauszufinden, wer sie verpfiffen hat.

»Hast du etwas von Marian gehört?«, fragt er.

»Nein.«

»Aber sie ist doch bei der IRA, oder nicht?«

»Natürlich nicht.«

»Sie hat eine Tankstelle überfallen, Tessa. Die einfachste Erklärung ist meistens die richtige.«

Ich wende mich von ihm ab und gehe ins andere Zimmer, um Finns Lieblingsdecke einzupacken.

»Bist du okay?«, erkundigt sich Tom.

»Mir geht's gut.« Sobald Finn im Autositz angeschnallt ist, winke ich von der Straße aus zum Abschied, bis sie um die Ecke biegen.

Ein Teil von mir hatte sich darauf gefreut, etwas Zeit für

sich selbst zu haben. Ich hatte vor, die Wochenendzeitungen zu lesen, ins Kino zu gehen, mich mit Colette zum Abendessen zu treffen, was jedoch unter den gegebenen Umständen natürlich nicht mehr infrage kommt. Stattdessen wühle ich im Haus herum, hebe Dinge auf und lege sie wieder hin, starre in den Kühlschrank. Ich bringe den Müll zu den Mülleimern und wundere mich über die Hitze draußen.

Es ist Samstagmorgen. Marian sollte heute arbeiten. Ihr Krankenwagen ist jetzt ohne sie in der Stadt unterwegs.

Ich frage mich, ob diese Männer so auf sie gestoßen sind. Ob einer von ihnen ihr in einer Notsituation die Tür geöffnet hat und Marian dort in ihrer Sanitäteruniform stand, mit einem Abzeichen an ihrer wasserdichten Jacke. Ob er sie bei der Arbeit beobachtete und dachte, sie könnte ihnen nützlich sein, diese kluge, kompetente Frau mit ihrer sanften Stimme.

Die Polizei sollte dem nachgehen. Sie sollten zu jeder Adresse fahren, zu der Marian in letzter Zeit gerufen wurde. Ich wähle erneut ihre Nummer und es klingelt, bevor die Mailbox anspringt. Ihr Akku müsste inzwischen längst leer sein. Hat jemand ihr Telefon aufgeladen? Ich stelle mir vor, wie mein Name auf dem Bildschirm erscheint, und schleudere mein Handy an die Wand.

Eine Weile stehe ich keuchend da und fahre mir mit dem Handrücken über den Mund. Dann nehme ich meine Schlüssel und das Telefon, dessen Display jetzt einen Sprung hat, und fahre zu ihrem Haus.

...

Von ihrer Straße im Süden von Belfast kann man den Black Mountain sehen. Marian wohnt gerade so weit entfernt, dass der Berg in dichtem Nebel verschwindet und Andersonstown an seinem Hang nicht mehr zu sehen ist.

Meine Schwester lebt nur zwei Meilen von dort entfernt, wo wir aufgewachsen sind, aber dieser Teil der Stadt ist anders. Die Farbe an den Haustüren ihrer Nachbarn ist anders, ebenso die Art der Flaschen in den Recyclingtonnen und die Fahrräder, die an den Zäunen befestigt sind.

Ich ziehe meinen Ersatzschlüssel heraus, und die Tür öffnet sich zu einem schmalen gefliesten Vorraum, in dem eine gelbe Papierlaterne von der Decke hängt. Die Wohnung riecht wie immer nach Rosenöl.

Es scheint ein sauberer, effizienter Einbruch gewesen zu sein. Die Polizei hat ihren Laptop als Beweismittel mitgenommen, ihre alten Telefone, die Kisten mit Papieren unter ihrem Schreibtisch. Aber sie haben ihre Mäntel zurückgelassen, ihre Lippenstifte, ihre Kaffeetassen. Ich gehe in der Wohnung umher und streiche mit den Händen darüber.

Ihre Kleider hängen noch alle im Schrank. Sie könnte seit drei Tagen die gleichen Jeans und das gleiche T-Shirt tragen. Dann wäre beides jetzt schmutzig, dunkel von Schweiß und Dreck.

Ein Licht leuchtet unter der Badezimmertür. Wahrscheinlich hat die Polizei es aus Versehen angelassen. Langsam schiebe ich die Tür auf und bin fast enttäuscht, dass niemand dahinter steht.

Ihr Kühlschrank ist leer. Meistens isst sie abends etwas von einem Lieferdienst. Ich nerve sie wegen der Kosten, aber um fair zu sein – sie reißt immerhin Zwölf-Stunden-Schichten ab. Normalerweise bestellt sie ihr Essen, wenn sie die Krankenwagenstation verlässt, damit sie es gleich nach ihrer Rückkehr zu Hause geliefert bekommt.

Manchmal hilft mir Marian beim Kochen, an Wochenenden oder im Urlaub, was meist in einem Streit endet. Ich versuche dann, etwas in den Ofen zu schieben, während Marian ganz langsam eine Kartoffel schält. »Es muss nicht perfekt sein«, sage ich, und sie sagt: »Du hast mich gebeten, dir zu helfen«, und dann streiten wir uns, bis eine von uns wütend hinausstürmt. Aber wir lernen nie dazu, wir erwarten immer, dass alles glattläuft. Wir versuchen, selbst Ravioli, Kuchen und Soufflés zu machen. An einem Heiligabend haben wir mit unserer Mutter Hummerpasteten gemacht, und als sie gegen Mitternacht endlich fertig waren, waren wir drei so hungrig, dass wir sie am Küchentisch stehend gegessen haben, betrunken vom Prosecco und weinend vor Lachen.

Ich sitze in dem Samtsessel am Fenster. Ich habe das schon so oft getan – in diesem Sessel gesessen, mit den Füßen auf der Fensterbank –, dass der Moment zu springen scheint, als stünde ich auf Skiern, die in zuvor in den Schnee getretenen Loipen gezogen werden könnten. Jeden Moment werde ich Marians Stimme hören.

Ein Schlüssel dreht sich im Schloss. Hinter der Tür räuspert sich eine Frau. Erleichterung schießt durch mich hindurch. Ich eile auf meine Schwester zu, taumle im nächsten Moment zurück.

»Tut mir leid, dass ich Sie erschreckt habe«, sagt die Frau. »Ich bin Detective Sergeant Cairn. Ich arbeite bei der Terrorismusbekämpfung mit DI Fenton zusammen. Ist alles in Ordnung bei Ihnen?«

»Mir geht's gut«, erwidere ich.

Ihr Name kommt mir bekannt vor. Vielleicht hat sie schon einmal Aussagen der Polizei verlesen. Sie wäre gut für eine Pressekonferenz geeignet, mit ihrer Gelassenheit, ihrer Ruhe.

Ich finde allerdings ihre Präsenz in diesem beengten Raum beunruhigend. Sie hat ihren Blick keine Sekunde von meinen Augen abgewendet.

»Was wollen Sie hier?«, frage ich.

»Ich will mit Ihnen sprechen«, antwortet sie knapp. Die Polizei muss das Gebäude überwacht und mich beim Hineingehen beobachtet haben. »Darf ich fragen, was Sie hier machen?«

»Nichts. Ich bin hier, weil ich meine Schwester vermisse.«

Ihre Stimme ist sanft, als sie die Frage stellt. »Sind Sie Mitglied der IRA, Tessa?«

»Nein.«

»Hat Ihre Schwester jemals versucht, Sie zu rekrutieren?«

»Meine Schwester ist nicht in der IRA.«

»Ist Ihnen der Name Cillian Burke ein Begriff?«, fragt sie, und ich nicke. »Burke wurde nach dem Anschlag in Castlerock unter Audioüberwachung gestellt. Im Moment steht er vor Gericht, weil er terroristische Anschläge angeordnet hat.«

»Ich weiß. Wir haben in meinem Sender über seinen Fall berichtet.«

Die Detective Sergeant legt ihr Smartphone auf den Tisch. »Das ist eine Aufzeichnung vom zwölften März. Der Mann ist Cillian Burke, und die andere Stimme sollten Sie erkennen.«

Meine Beine beginnen zu zittern. Ich höre, wie Cillian fragt: »Wie war denn deine Reise?«

»Großartig«, antwortet Marian. »Mit Belgrad hat es nicht geklappt, aber mit Kruševac schon.«

»Wie viele hast du?«

»Zwanzig«, sagt sie. »Für sechshunderttausend Dinar.«

»Die lachen sich darüber ganz schön ins Fäustchen.«

»Das ist der normale Marktpreis«, erwidert sie. »Für Makarows kriegen sie überall mit Leichtigkeit so viel.«

Die DS stoppt die Aufnahme.

»Spielen Sie auch den Rest ab«, fordere ich die Polizistin auf. »Ihr Gespräch war noch nicht zu Ende.«

»Der Rest ihrer Unterhaltung dreht sich um eine aktuelle Ermittlung zu einem anderen IRA-Mitglied«, erwidert sie. »Deshalb darf ich es Ihnen nicht vorspielen.«

»Wo haben die beiden sich aufgehalten?«

»Am Knockbracken-Stausee.«

Cillian muss gedacht haben, dass er in einem so freien Gelände von der Überwachung nicht abgehört werden kann. Ich frage mich, wie der Sicherheitsdienst es geschafft hat, ihn zu belauschen.

»Sie sprachen über die Einfuhr von Waffen durch eine kriminelle Organisation in Serbien«, sagt die DS.

»Marian war noch nie in Serbien.«

»Im März ist sie mit einem anderen IRA-Mitglied zum Belgrader Flughafen geflogen und vier Tage lang durch das Land gereist.«

Ich will vor dieser Frau nicht anfangen zu weinen, aber es ist zu spät, mein Kinn zittert bereits.

»Es tut mir leid, Tessa.«

»Und wenn sie zurückkommen will?«

»Zurück?«, fragt sie. »Wo ist sie denn gewesen?«

»Sie wissen, was ich meine. Sie hat einen Fehler gemacht. Werden Sie sie nach Hause kommen lassen?«

»Ihre Schwester war an einem Plan beteiligt, automatische Waffen zu importieren.«

»Sie hat niemandem etwas getan.«

»Soweit Sie wissen«, gibt der weibliche Sergeant zurück. »Was glauben Sie denn, wie die IRA diese Waffen einsetzt? Glauben Sie, dass dabei niemand verletzt wird?«

»Sie ist trotzdem ein Opfer. Man muss ihr eine Gehirnwäsche verpasst haben.«

»Die IRA begann mit der Ausbildung des Grafton-Road-Bombers, als er vierzehn Jahre alt war. Sie brachten ihn selbst zu McDonald's. Sollte auch er nicht bestraft werden?«

Ich lasse den Kopf sinken und kneife meine Augen zu. Meine Schwester wird nie wieder nach Hause kommen. Sie wird zusammen mit ihrer Einheit getötet oder für den Rest ihres Lebens ins Gefängnis gesteckt.

...

Zwei Türsteher stehen vor der Rock-Bar. Wir sind zusammen aufgewachsen. Beide sind aus Andersonstown, beide sind IRA-Sympathisanten, wenn nicht sogar Mitglieder. Sie beobachten, wie ich auf sie zugehe, während aus dem Inneren der Bar lautes Gejohle ertönt. Betrunkene Männer grölen »Four Green Fields« mit.

»Wo ist meine Schwester?«

»Wir haben Marian heute Abend noch nicht gesehen«, sagt Danny.

»Ich muss mit ihr reden.«

Ohne mich anzusehen, rückt Danny seinen Handschuh zurecht und zieht ihn an seinem Handgelenk hoch. »Sie wird dir sicher Bescheid geben, wenn sie das will.«

12 Am nächsten Morgen öffne ich eine Küchenschublade und betrachte die darin befindlichen Gegenstände, als hätte ich vergessen, wofür sie gedacht sind. Marian hat die Kochutensilien in dieser Küche benutzt, oder ich habe sie zum Kochen verwendet. Zu ihrem letzten Geburtstag habe ich einen Biskuitboden mit Rosenglasur gebacken. Ich habe Stunden damit verbracht, den Boden und die Füllung vorzubereiten, die Schichten zusammenzusetzen und den dicken Zuckerguss mit einem Kuchenmesser an den Seiten zu verstreichen. Im anderen Zimmer warteten unsere Freunde und machten dann das Licht aus. Ich erinnere mich, wie ich die Torte mit den brennenden Kerzen in den Raum trug und sie vor ihr abstellte. Damals war sie schon eine Terroristin. Das war sie bereits seit Jahren.

Trotzdem könnte es noch eine andere Erklärung dafür geben. Vielleicht hat sie sich der IRA angeschlossen, um sich zu schützen, oder sie wurde dazu gezwungen.

Finn kommt erst morgen früh aus Donegal zurück, und das Haus fühlt sich ohne ihn leer an. Auch nur noch eine

Minute länger allein darin zu sein würde mich um den Verstand bringen. Ich steige in meine Sportschuhe und öffne die Schiebetür zur Terrasse.

Als ich den Kamm des Hügels erreiche, sehe ich in der Ferne sechs Hubschrauber über der Stadt. Ich erstarre und halte Ausschau nach einer Rauchfahne, die vielleicht zwischen den Gebäuden aufsteigt. Die Hubschrauber schweben in größeren Abständen am mattblauen Himmel, was bedeuten könnte, dass verschiedene Orte gleichzeitig angegriffen wurden.

Ich wähle Toms Nummer. »Wo bist du? Wo ist Finn?«
»Im Haus.«
»In Ardara?«
»Ja. Was ist los?«
»Weißt du, was gerade passiert ist? Da schweben Hubschrauber über der Stadt.«
»Oh«, erwidert er. »Hier ist noch nichts passiert. Allerdings wurde die Bedrohungsstufe wieder erhöht.«
»Haben sie gesagt, warum?«
»Nein.« Ich höre Finn im Hintergrund plappern, drücke das Telefon an mein Ohr und wünsche mir, bei ihm zu sein.

Nachdem wir das Gespräch beendet haben, stehe ich auf dem Hügel und rufe auf meinem Handy die Nachrichten auf. Es wird vermutet, dass ein Anschlag unmittelbar bevorsteht. Scharfschützen der Polizei haben auf den Dächern rund um das Stadtzentrum Position bezogen. Vor Stormont, Great Victoria Station und Belfast Castle wurden Barrikaden errichtet, und alle Brücken über den Lagan wurden gesperrt. Die Krankenhäuser haben ihr Personal in Alarmbereitschaft versetzt, und bei einer Blutspendeaktion in St. Anne's stehen die Menschen Schlange, um zu spenden.

All diese Vorbereitungen – Barrikaden, Scharfschützen, Hubschrauber – sind nur die sichtbare Seite der Sicherheitsmaßnahmen. Von einer bestimmten Warte aus betrachtet, sind sie möglicherweise auch nur Theater, eine Ablenkung von der echten Reaktion auf die Bedrohung, den Fahndungsmaßnahmen, den verschärften Verhören, den Bestechungen. Sie bezahlen etliche Informanten. Wie viel würden sie wohl zahlen, um einen groß angelegten Anschlag zu verhindern?

Da gibt es eine Menge Geld zu verdienen. Einige Leute arbeiten offenbar jahrelang innerhalb der IRA mit der Möglichkeit eines Handels im Blick, einer Ausschleusung. Marian könnte eine von ihnen sein. Ich versuche mir vorzustellen, wie sie ihre Bedingungen aushandelt. Eine bestimmte Geldsumme, ein neues Zuhause im Ausland. Vielleicht wacht sie morgen in einer Wohnung mit Blick auf den Parthenon auf. Ich hoffe verzweifelt, dass dies wahr ist, dass sie nicht mit einem automatischen Gewehr in einen Bahnhof oder eine Markthalle spaziert.

...

Den Rest des Vormittags höre ich mir im Radio Interviews mit Ministern der Regierung an. Ich wandle durch das Haus, putze, koche, falte die Wäsche zusammen und denke dabei: *Ich muss mit ihr sprechen, ich muss sie davon abhalten, etwas Schreckliches zu tun.* Dass ich sie nicht erreichen kann, ist schier unerträglich.

Im Radio interviewt Orla, eine unserer Moderatorinnen, den Polizeipräsidenten. »Haben Sie vor, das Stadtzentrum zu evakuieren?«, fragt sie.

»Nein«, antwortet der Polizeipräsident. »Nicht zum jetzigen Zeitpunkt.«

Orla ist kurz davor zu explodieren. »Sie sagen uns, es wird einen Angriff geben, aber Sie verraten nicht, wo.«

»Wir wissen nicht, wo.«

»Sollen wir einfach abwarten und zusehen?«

Der Polizeipräsident will antworten, aber Orla kommt ihm zuvor. »Die IRA hat angekündigt, dass sie den Konflikt eskalieren will. Inwiefern wird sich diese Kampagne von den früheren unterscheiden? Nehmen sie andere Ziele ins Visier?«

»Wir arbeiten mit den Geheimdiensten und der Armee zusammen, um die genaue Art der aktuellen Bedrohung zu verstehen.«

»Werden sie auch Grundschulen ins Visier nehmen?«

Ich verharre mit den Händen im Waschbecken. »Uns sind keine Drohungen gegen spezifische Orte bekannt«, erwidert der Polizeipräsident. »Wir haben derzeit keinen stichhaltigen Grund, Schulen zu schließen.«

Orla gibt einen ungläubigen Laut von sich. Sie befragt den Polizeipräsidenten weiter über die Schulen, erkundigt sich, ob Eltern selbst entscheiden sollten, ob sie ihre Kinder diese Woche zu Hause behalten.

»Das liegt allein an ihnen«, erwidert er unerschütterlich. Bevor sie eine weitere Frage stellen kann, fährt er fort: »Ich möchte mich an alle Zuhörer wenden: Wir brauchen Ihre Hilfe. Wir alle wissen, dass die IRA sich zum Schutz auf ihre Gemeinschaft stützt. Ich glaube, dass uns Menschen zuhören, die etwas von Vorbereitungen für einen großen Anschlag mitbekommen haben. Sie haben noch Zeit, ihn zu verhindern.«

...

Schließlich schalte ich das Radio aus und gehe los, um Aspirin gegen meine Kopfschmerzen zu kaufen. Auf dem Weg in die Stadt dümpelt in der Bucht unter mir ein Boot auf den Wellen, von dessen Außenbordmotor Wasser tropft. Von hier aus kann ich weder die Stadt noch die Hubschrauber darüber sehen. Greyabbey bleibt unangetastet. Brigadoon, hat Marian es genannt. Ich hatte mich damals nicht gefragt, ob das vielleicht beleidigend gemeint war.

Aber das könnte ich bei jedem unserer Gespräche tun. Keines davon ist mehr klar, sie könnten alle etwas ganz anderes bedeutet haben als das, was ich damals dachte. Ich muss ihr so dumm vorgekommen sein.

Marian ist im März nach Serbien geflogen, um Waffen zu kaufen. Im März hat sie mich auch zu Hause besucht. Finn war damals erst zehn Wochen alt und hat kaum geschlafen. Marian brachte mir zwei Gefrierbeutel mit Fertiggerichten aus einem teuren Feinkostladen an der Malone Road mit. Risotto mit Waldpilzen, Hühnerpastete, Lasagne mit Butternusskürbis, Fischfrikadellen, Spanakopita. Warum hat sie das gemacht? Wollte sie ihr Gewissen beruhigen?

Hätte sie mir von Serbien erzählt, oder war sie erleichtert, dass ich mich so leicht ablenken ließ? Meine Sorgen – Koliken, Windeln, Wickeln – müssen ihr so trivial erschienen sein, nachdem sie so viel erlebt hatte. Ich frage mich, ob sie mich damals langweilig fand, ein Hausmütterchen. Keine Waffenschmugglerin wie sie.

Ich gehe an einem Holztor vorbei, das mit Weißmoos bewachsen ist. Das gedeiht hier in der feuchten Seeluft prächtig, wächst auf Dachschindeln, Zäunen und den Ästen von Apfelbäumen. Ich betrachte das Moos, die Hagebutten, die spindeldürren Kiefern. Marian mag mich für eine Verräterin oder eine Kollaborateurin halten, weil ich hier lebe, in einem mehrheitlich protestantischen Dorf. Aber ich schäme mich nicht dafür, dass ich mich entschieden habe, hier zu leben, dass ich mir das mehr wünsche als den Rebel Sunday in der Rock-Bar. Sie hat nicht den rechtschaffeneren Weg gewählt.

Ich gehe an den offenen Fenstern des Tanzstudios an der Hauptstraße vorbei, in der gerade eine Ballettklasse von Kindern probt. Ihre Ballettschuhe schaben über den Boden. Ich betrete die Apotheke. Am Ende des Gangs hält eine Frau zwei Schachteln Hustensaft für ihren Sohn hoch. »Welchen Geschmack möchtest du, Traube oder Kirsche?«, fragt sie ihn.

Hinten im Laden kassiert Martin einen Kunden ab. »Danke, Johnny, und wie geht es dir?«

»Nicht schlecht«, sagt der alte Mann, und sie fangen an, über einen Sänger zu sprechen, der gestern Abend in der *Graham Norton Show* aufgetreten ist. Keiner der beiden kann sich an seinen Namen erinnern. Martin sagt: »Er hat auch in *La Traviata* gesungen.«

Ich denke über die verschiedenen Stärken von Aspirin nach.

»Oh«, sagt der alte Mann. »Bocelli?«

»Genau der«, sagt Martin. In dem Moment gibt es hinter mir eine Explosion.

Ich werfe mich auf den Boden und knalle mit der Stirn gegen die scharfe Ecke eines Regals. Auf der Straße schreit jemand, und etwas rast am Fenster vorbei. Neben mir liegt die andere Frau ebenfalls auf dem Boden und schirmt ihren Sohn mit ihrem Körper ab. Draußen ruft jemand einen Namen. Das Sonnenlicht, das durch das Fenster fällt, lässt meine Augen tränen. Vielleicht ist es nur eine Bombe, oder vielleicht sind es eine Bombe und Bewaffnete.

Der Junge wimmert jetzt, und seine Mutter schlingt ihre Arme um ihn, um ihn zu beruhigen. Wir müssen vom Fenster weg. Ich watschele in der Hocke durch den Gang, und die Frau folgt mir kriechend, mit ihrem Sohn an der Brust. Wir verstecken uns hinter der Kasse, zusammen mit Martin und dem alten Mann.

»Gibt es einen Hinterausgang?«, frage ich. Martin schüttelt den Kopf und keucht zu heftig, um zu sprechen. Die Glocke über der Tür läutet. Jemand kommt herein. Ich starre mit offenem Mund auf den Teppich, dann schließe ich die Augen. Schritte kommen auf uns zu, und ich sehe Finns Gesicht vor meinem inneren Auge.

»Ihr könnt rauskommen«, sagt ein Mann tonlos. Ich muss mich zwingen, ihn anzuschauen. Keine Skimaske, keine Waffe. »Es gab einen Unfall«, sagt er.

Langsam stehe ich auf, halte mich an der Theke fest und folge dem Mann nach draußen. Immer mehr Menschen kommen die Straße hinunter aus den Geschäften. Ein Tieflader steht mitten auf der Straße. Von seinen hinteren Pfosten wehen blaue Gurte im Wind. Dahinter liegt ein Stapel zerborstener Paletten auf dem Boden. Die Gurte müssen gerissen sein, und die Paletten sind mit einem Geräusch, das an eine Detonation erinnert, auf den Boden gekracht.

Sägemehl wabert über den Trümmern. Ein paar Leute haben angefangen zu lachen. Andere stehen mit entsetzten Gesichtern auf der Straße. Der Fahrer stellt sich vor die Paletten, als ob jemand versuchen würde, sie mitzunehmen. »Ich habe sie nicht selbst festgezurrt«, sagt er in die Runde, »das haben die auf dem Hof gemacht.«

Ich stolpere in den Wildfowler. Nach dem grellen Licht auf der Straße tanzen Flecken auf meiner Netzhaut. Alle sind hinausgelaufen. Etliche Stühle liegen auf dem Boden. Auf den Tischen stehen Teller mit halb gegessenen Speisen, Burger und Pommes frites, eine Schale mit geschmolzenem Eis. Unter meinen Sandalen knirschen Glasscherben. Auf der Toilette betrachte ich im Spiegel das Blut, das an meiner Stirn heruntertropft, dann nehme ich eine Handvoll Papierhandtücher und drücke sie auf die Wunde.

Eine Frau mit silbergrauem Haar kommt herein. Ich erkenne sie. Sie arbeitet einige Vormittage pro Woche in der Dorfbibliothek. »Das hat uns gerade noch gefehlt«, sagt sie und legt ihre Hand auf meinen Arm.

Ich lasse die Faust sinken, und die Papierhandtücher sind leuchtend rot von Blut. »Müssen Sie das nicht besser nähen lassen?«, fragt sie. »Ich kann Sie mitnehmen.«

»Nein, es ist nicht so schlimm. Aber danke.«

Wir geben uns die Hand, und ich gehe zurück durch das Restaurant, vorbei an den Glasscherben. Die Pommes frites auf dem Teller weichen in der Sonne auf.

Ich taumle schweißgebadet und staubbedeckt über die Lough Road nach Hause. Es ist immer noch ein schöner Tag. Das Sonnenlicht leuchtet auf den Kiefern, auf den Hagebutten und dem Wasser. Ich höre schon die Sirenen. Der Krankenwagen kommt, für den Fall, dass es Verletzte gegeben hat, und die Polizei will die Straße räumen.

Zu Hause ziehe ich mein Kleid aus und werfe es in den Wäschekorb, dann schlüpfe ich in eine alte Rugbyhose von Tom und ziehe die Kordel fest, bis sie um meine Taille passt. Wenn das Kleid erst einmal gewaschen ist, wird es vielleicht nicht mehr durch den heutigen Tag befleckt sein. Obwohl ich jetzt schon weiß, dass ich es nie wieder tragen werde, so wie den Pullover, den ich an jenem Tag in der Elgin Street trug, und die Halskette, die ich abnahm, als ich von dem eingestürzten Gebäude wegging, als wäre es respektlos, sie zu tragen.

13 Bei Ebbe hat sich der See zurückgezogen. Ich laufe über den breiten Sandstreifen zum Wasser; meine Jeans und mein Handtuch liegen zusammengerollt auf den Felsen hinter mir. Die Hitze hat am Abend nachgelassen, aber die Luft fühlt sich auf meiner nackten Haut immer noch warm an. Sonnenstrahlen fallen zwischen den Wolken auf die Oberfläche des Sees. Ein paar Boote sind draußen, und um sie herum schimmert das Wasser.

Die Gefahrenstufe wurde noch nicht heruntergesetzt. Heute Nachmittag wurde in einem Zug in Lisburn eine Bombe gefunden. Irgendetwas ist mit dem Zeitzünder schiefgelaufen, so dass die Bombe nicht detonierte. Die Polizei sucht in Zügen und Bussen nach weiteren Sprengsätzen, obwohl sie vielleicht keinen mehr findet. Das könnte es gewesen sein.

Ich atme die mineralhaltige Luft ein und merke, dass die letzten Kopfschmerzen verschwunden sind. Dieser Abschnitt des Loughs steht unter Naturschutz. Ein neolithisches Holzboot liegt im Sand eingegraben, und bei

Ebbe kann man die Überreste frühchristlicher Fischreusen von vor Tausenden von Jahren sehen. Ich erinnere mich an die Schachfiguren, die in der Nähe gefunden wurden. Die Figuren waren von Wikingern geschnitzt worden, und eines Tages tauchten sie einfach aus dem Schlamm auf.

Ich wate ins Wasser. Ein Büschel Seetang schwimmt neben meinen Knöcheln. Ich tauche unter, und ein Schauer überläuft meine Kopfhaut. Mein Körper zieht sich im kalten Wasser zusammen. Meine Lippen und meine Augenhöhlen kribbeln vor Kälte. Der Staub und der Schweiß, die Sonnencreme und das Insektenschutzmittel wurden vom Wasser weggespült, einfach so. Ich fühle mich sauber.

Ich schwimme zur Mitte des Sees, und immer wieder gleiten Wellen kalten Wassers über meinen Körper. Das ist das erste Mal, seit ich die Hubschrauber gesehen habe, dass ich mein Telefon oder das Radio nicht in Griffnähe habe. Ich werde nicht erfahren, ob etwas passiert ist. Schlechte Nachrichten können mich hier nicht erreichen. Ich tauche wieder unter, schwimme etwa einen Meter unter der Oberfläche, bis mir die Luft ausgeht, und kraule dann langsam weiter. Ich schwimme weit auf den See hinaus, bevor ich umkehre.

Als ich aus dem Wasser steige, klappern mir die Zähne. Blut rinnt über meinen Fuß und folgt den erhabenen Linien meiner Venen. Ich muss mich an einem Stein im Wasser verletzt haben. Ich bücke mich und spüle das Blut ab.

Ich weiß nicht, warum ich aufschaue. Meine Beine werden plötzlich leichter, als wäre ich an den Rand einer Klippe getreten.

Meine Schwester steht nur ein paar Meter von mir entfernt. Ihr Haar ist blond gebleicht und bis auf die Schultern gekürzt. Sie sieht erschöpft aus, die Sehnen in ihrem Hals stehen hervor. Ihre Haut liegt straff über Stirn und Wangenknochen.

»Was hast du getan?«

TEIL ZWEI

14 Irgendwie hatte ich erwartet, dass ich ihr verzeihen würde, dass ihre Anwesenheit, ihre Vertrautheit etwas in mir wachrütteln würde, aber es passiert das Gegenteil. Ihr Anblick wirkt auf mich, als würde ich einen stromführenden Draht berühren. Ich habe noch nie eine solche Wut empfunden.

Marian deutet auf meinen Fuß. »Geht es dir gut?«

Ich schaue auf das Blut hinunter, obwohl meine Haut noch zu taub von der Kälte ist, als dass ich den Kratzer spüren würde. »Bist du in der IRA?«

»Ja.«

»Warum?«

Marian schließt ihre Augen. Ich kann ihre Augäpfel hinter den Lidern sehen. Wie zwei Murmeln.

»Ich dachte, du wärst Sanitäterin.«

»Das bin ich auch.«

»Soll das ein Ausgleich sein?«

»Sie haben mich gebeten, Sanitäterin zu werden«, erwidert sie. »Sie wollten, dass jemand von uns eine medizinische Ausbildung hat.«

Das Schwindelgefühl macht es mir schwer, auch nur aufrecht zu stehen. Vor sechs Jahren wurde sie Sanitäterin. »Wie lange bist du schon bei der IRA?«

»Seit sieben Jahren.«

Ich starre meine Schwester an. Ihr Gesicht ist blass und trocken, ihre Lippen sind rissig. »Hast du eine Bombe in St. George's Market deponiert?«

»Ja.«

»Du hast dabei meinen Sohn im Arm gehalten.«

Marian zieht die Oberlippe zwischen die Zähne. »Ja.«

»Du wirst Finn nie wieder sehen«, sage ich scharf. »Du kommst nicht mal in seine Nähe.«

»Er war nicht in Gefahr. Es ...«

»Halt die Klappe.« Ich bedecke meine Augen mit der Hand und schüttle den Kopf. »Also gut, gehen wir. Wir gehen zur Polizei.«

»Das kann ich nicht, Tessa.«

»Schade.«

»Lass es mich erklären«, sagt sie, und ich betrachte die müden Augen meiner Schwester und überlege, ob ich wirklich mehr wissen will. Am Ende wird es mir nur schaden. Von hier aus kann ich die Dächer der Greyabbey sehen. Das Sonnenlicht bricht sich auf den Schieferplatten.

»Wo bist du gewesen?«, frage ich.

»In Süd-Belfast«, sagt sie, und ich gebe einen erstickten Laut von mir, der wie ein Lachen klingt. Ich war gestern in Süd-Belfast, habe sie verzweifelt gesucht, und sie war nur ein paar Minuten von mir entfernt. »In einem gemieteten Haus in der Windsor Road.«

»Hast du es schon früher benutzt?«

»Manchmal.«

»Wofür?«

»Für Treffen«, erwidert sie ausweichend, und ich frage mich, was alles unter diesen Begriff fallen könnte.

»Wissen diese Leute, dass du hier bist?«

»Ja. Ich habe ihnen die Wahrheit gesagt. Ich habe ihnen gesagt, dass ich dich sprechen muss, damit du weißt, dass es mir gut geht«, antwortet sie. Ich sehe sie ungläubig an. Ich bin noch ganz nass in meinem Badeanzug und denke: *Bist du deshalb gekommen? Ist es das, was hier gerade passiert?*

»Können wir uns vielleicht irgendwo setzen?«, bittet sie mich.

Ich gehe durch den Sand zu einer kleinen bewaldeten Insel, die von der Ebbe freigegeben wurde. In dem See sind Dutzende solcher Inselchen. Einige sind so klein, dass nur ein einziger Baum darauf Platz hat.

Marian folgt mir. Die Haut auf meinen Armen und Beinen ist fleckig von der Kälte, und die Wimperntusche unter meinen Augen ist verschmiert. Die Neoprenträger meines Badeanzugs verlaufen über meine Schultern, und hinten hat er einen tiefen Ausschnitt. Ich hasse es, im Moment nur einen Badeanzug zu tragen, als ob das den Ernst meiner Wut mindern würde.

Auf der Insel steigen wir die Treibholzstufen hinauf und setzen uns auf eine Bank mit Blick aufs Wasser. Marian riecht wie immer. Es erscheint absurd, mir vorzustellen, dass sie in den letzten vier Tagen während all dem dasselbe Rosenöl benutzt hat.

»Ich dachte, du wärst entführt worden«, sage ich, und sie zuckt zusammen. »Mom dachte das auch. Hast du eine Ahnung, wie das für uns war? Ich war völlig außer mir. Du hast uns all das zugemutet und uns nicht einmal eine Nachricht geschickt.«

»Ich konnte nicht, Tessa.«

»Warum bist du überhaupt bei ihnen eingetreten?«

»Seamus Malone«, erwidert sie.

Ich brauche einen Moment, um den Namen einzuordnen, dann sehe ich ihn vor mir, einen großen Mann mit roten Haaren, der in einer Gruppe von Freunden in der Rock-Bar steht. Er trug immer eine Cordjacke mit Schaffellkragen. »Er hat mir ein Buch von Frantz Fanon geschenkt.«

»Von wem?«

»Das ist ein marxistischer Theoretiker.«

»Du kanntest Seamus doch kaum.« Er ist auch auf das Gymnasium in Andersonstown gegangen, hat aber etwa zehn Jahre vor uns seinen Abschluss gemacht.

»Er war nach Adams Tod nett zu mir«, sagt sie.

»Das hast du mir nie erzählt.«

Marian zuckt mit den Schultern. »Du warst in Dublin.«

Ich erinnere mich, wie still Marian war, als sie mich im Trinity College besuchte, als sie mir durch die Galerien in Cabra folgte, zum Kanal, wo Studenten saßen und aus Dosen tranken, ins Restaurant in der Clanbrassil Street, zur Party im Bernard Shaw. Sie hatte kaum etwas gesagt.

Mir war nur aufgefallen, dass meine Schwester sich anders kleidete als meine Freunde, dass sie irgendwie deplatziert aussah, und dann habe ich mich dafür geschämt, dass ich das so sah. Ich hatte, dummerweise, angenommen, Marian wäre von der größeren, wohlhabenderen

Stadt eingeschüchtert oder von meinen Freunden, die schneller sprachen als sie, andere Kleidung trugen, andere Dinge gesehen und gelesen hatten. In Wirklichkeit war sie nur mit sich selbst beschäftigt gewesen. Sie war damals bereits rekrutiert worden.

»Wir haben über Adam geredet«, fuhr Marian fort. »Seamus kam vorbei und fragte mich, wie es mir ginge und ob ich mit ihm einen Kaffee trinken wollte.«

Adam war ein Schüler in Marians Oberstufe gewesen. Sie waren beide zwanzig, als er eine Überdosis nahm. Ich wusste, dass sie gemeinsame Freunde hatten, aber sie schienen sich nicht besonders nahegestanden zu haben. Ich hätte eigentlich diejenige sein müssen, die mitbekam, wie sehr sein Tod sie getroffen hatte, nicht Seamus.

»Er war der einzige Mensch, der mit mir über Adam gesprochen hat. Alle anderen taten so, als gäbe es diese Probleme nicht.«

Ich brauche nicht zu fragen, welche Probleme sie meinte. Arbeitslosigkeit in der dritten Generation, getrennte Schulen, Klassendiskriminierung, heruntergekommene Sozialwohnungen. So viel Geld kam durch Filmaufnahmen, Tourismus, Kreuzfahrtschiffe und Bauvorhaben in die Stadt, und nichts davon kommt im Westen oder Osten Belfasts an. Das Spiel war gezinkt, und die Kohle blieb nur bei den Leuten hängen, die bereits mehr als genug hatten.

»Seamus brachte mich dazu, darüber nachzudenken, was es bedeutet, immer noch eine Kolonie zu sein«, sagt sie. Er gab ihr Bücher über Englands andere Kolonien, in denen beschrieben wurde, was das Empire in Zypern,

Kenia, Indien angerichtet hatte. Dort fanden sich all die Gründe, warum die britische Flagge die Schürze des Metzgers genannt wird. Er gab ihr Simone de Beauvoir, Jane Jacobs, Edward Said zu lesen. »Er hat mich gefragt, was ich davon halte. Ob ich ihnen zustimme.«

Ich schließe meine Augen. Marian ist nicht besonders gut in der Schule gewesen. Zu verträumt, zu ineffizient. Sie ist intelligent, aber sie hat nie verstanden, dass man sich bei einer Prüfung oder einer Aufgabe auch beeilen musste. Sie war viel zu akribisch. Die Lehrer fragten sie nie nach ihrer Meinung oder taten nur so, als ob sie etwas Interessantes zu sagen hätte. Nicht wie bei mir. Die Anwerber hatten genau gewusst, wonach Marian sich sehnte, so wie sie auch wussten, dass bestimmte Teenager-Jungs Fast Food und angesagte Turnschuhe wollten.

Sie erzählt, dass Seamus sie einlud, einer politischen Diskussionsgruppe beizutreten. Tagsüber arbeitete Marian in einer chemischen Reinigung, und abends traf sie sich mit der Gruppe, um türkischen Kaffee zu trinken und über politische Theorien zu diskutieren. »Er hat meinen Geist erweitert«, sagt Marian.

»Du hättest wissen müssen, was dann kam.«

Marian antwortet nicht. Vielleicht war sie sich völlig bewusst gewesen, dass sie da auf etwas vorbereitet wurde. Die Vorstellung könnte sie sogar begeistert haben.

»Es dauerte ein Jahr«, fährt sie fort. Dann fragte Seamus sie eines Tages, ob er ihre Wohnung für eine Stunde haben könne. Er brauche einen privaten Ort, um mit einem Freund zu sprechen. Marian verbrachte die Stunde in einem Kebab-Laden.

Von da an fragte Seamus so ungefähr jede Woche, ob er ihre Wohnung eine Stunde nutzen könnte. Marian verließ ihre Wohnung und ging in ein Café, ins Kino oder flanierte durch die Stadt. Irgendwann fragte Seamus, ob er eine Kiste in ihrem Haus aufbewahren könne, dann, ob sie einen Umschlag an eine Adresse in der New Lodge liefern könne. Acht Monate später fuhr sie ein mit Semtex-Sprengstoff beladenes Auto von Dundalk nach Belfast.

Sie legte den Eid ab. *Ich, Marian Daly, bin eine Freiwillige der Irisch-Republikanischen Armee.* Sie wurde in ein Ausbildungslager nach Donegal geschickt, ein abgelegenes Gelände in der Nähe des Glengesh-Passes, wo die neuen Rekruten drei Wochen lang Nahkampf, Gegenspionage und Nachtmanöver lernten. Marian erzählt mir, dass sie stundenlang an einem Tisch saß und lernte, wie man ein Gewehr durchlädt und zerlegt.

»Hat das Spaß gemacht? Hast du das genossen?«

»Ja«, gibt sie zu.

»Ihr seid wie Kinder.«

»Das waren wir auch«, sagt sie, allerdings in einem anderen Ton als ich.

Während Marian im Trainingslager war, dachte ich, sie sei auf einem Wanderausflug in den Cairngorms in Schottland. »Hast du jemals überlegt, mir die Wahrheit zu sagen?«, will ich wissen.

»Nein«, sagt sie, und ich bin überrascht, wie sehr das schmerzt. Mir fielen schon drei oder vier Anlässe ein, wie unseren Urlaub in Frankreich, bei denen sie mir fast alles erzählt hat. Alles, nur das nicht.

»Warum haben sie dich ausgewählt?«

»Sie wollten Frauen rekrutieren«, sagt sie. »Bei uns ist die Wahrscheinlichkeit geringer, dass wir durchsucht werden.«

»Es gab doch auch andere Frauen.«

»Aber ich hätte alles für sie getan. Ich habe sie geliebt.«

»Tust du das immer noch?«

»Ja.«

Ich starre aufs Wasser, während sie mir die Namen der drei Männer aus ihrer aktiven Einheit nennt. Seamus Malone, Damian Hughes und Niall O'Faolain. Sie sagt, sie seien wie ihre Brüder. Sie würden für sie sterben.

»Ihr wurdet alle einer Gehirnwäsche unterzogen.«

»So einfach ist das nicht«, sagt sie. »Sollte Kenia immer noch eine britische Kolonie sein? Oder Indien? Wir machen es für das Allgemeinwohl.«

»Niemand hat dich gebeten, das für uns zu tun.«

»Weil ihr Angst vor Repressalien habt.«

»Nein, Marian. Alle haben Angst vor dir.« Ich fühle mich plötzlich ausgelaugt. Mein Kopf ist so schwer, dass ich ihn kaum halten kann. »Willst du damit sagen, du bereust es nicht, beigetreten zu sein?«

»Ich sage, es ist kompliziert. Ich will ein freies Irland.«

»Was habt ihr denn gemacht?«

»Wir haben Anschläge gegen Kraftwerke ausgeführt.«

Das sei die Spezialität ihrer Einheit gewesen, sagt sie. Sie legten Bomben in Elektrizitätswerken in Armagh, Tyrone und Antrim, was zu Stromausfällen führte, bei denen die Lichter im Umkreis von mehreren Kilometern ausgingen. Die Stromversorger mussten Millionen für Reparaturen bezahlen.

»Was war deine Aufgabe?«

»Ich habe die Bomben gebaut.«

Natürlich. Marian war gut darin, und zwar aus demselben Grund, aus dem sie in der Schule nicht gut war – ihre Fokussierung, ihre Gründlichkeit, die Fähigkeit, stundenlang in einem Tunnel zu versinken. Vielleicht hat Seamus das von Anfang an erkannt, vielleicht war das ein Grund, warum er sie ausgewählt hat. Weil er sie besser kannte als ich.

Der Zusammenbau einer Bombe dauert etwa acht Stunden, sagt sie. Sie verwendete hauptsächlich Semtex. Manchmal auch Gelignite. Sie arbeitete in einem Bauernhaus am Fluss Bann. Wenn ich dachte, sie sei in Belfast, war sie oft in dem Bauernhaus. Es kommt mir fast unmöglich vor, dass sie diese Lüge die ganze Zeit aufrechterhalten konnte. Der Fluss Bann liegt nicht besonders nah bei uns.

In dem Bauernhaus hat sie Bomben für Anschläge auf sechs Kraftwerke gebaut. Das Haus gibt es natürlich immer noch. Der Esstisch, an dem sie arbeitete, die Küche, in der sie Pausen machte, die Terrasse, auf der sie sich mit Seamus, Damian und Niall unterhielt. Ihr Tee könnte im Schrank stehen, eine ihrer Strickjacken könnte dort an einem Haken hängen.

Der nasse Stoff meines Badeanzugs hat die Kälte aufgesogen, und ich beginne zu zittern. Ich denke daran, wie oft ich Marian gesagt habe, wie viel Angst ich um Finn habe, wie sehr ich befürchte, dass er hier nicht sicher aufwachsen kann. Sie hat mir immer gesagt, ich solle mir keine Sorgen machen.

»Hast du dir jemals überlegt, was du da tust?«

»Es wurde niemand verletzt«, erwidert sie. »Es ging nur darum, gewerbliches Eigentum zu beschädigen.«

Die Energieversorger sind allesamt englische Konzerne. Wenn sie gezwungen würden zu gehen, so ihre Argumentation, würde die britische Regierung vielleicht schließlich auch das Land verlassen.

»Du hast eine Bombe auf dem St. George's Market platziert. Wäre dort auch niemand verletzt worden?«

»Es wäre gar nichts passiert«, behauptet sie.

»Woher weißt du das?«

»Weil ich sie hergestellt habe. Sie wäre nicht explodiert.«

»Das verstehe ich nicht.«

»Jemand von der Regierung kam im Frühjahr auf mich zu. Er fragte mich, was ich von einem Waffenstillstand hielte.«

Er fragte sie nach ihrer Meinung über Frieden, über Fortschritt. Aus Marians Mund klingt das wie ein Gespräch, nicht wie eine Anwerbung.

»Heißt das, du bist jetzt Informantin?«

»Ja.«

Seit dem Frühjahr hat sich Marian etwa einmal pro Woche mit ihm getroffen. Meistens, so sagt sie, hält auf einer ruhigen Straße ein Auto neben ihr, in dem ihr Führungsoffizier sitzt. Sie kurven ein paar Minuten lang herum, während sie ihm von den Plänen ihrer Einheit erzählt. Sie weiß, dass die Regierung noch andere Informanten wie sie in der IRA hat, vielleicht ein Dutzend.

»Ich dachte, du liebst sie.«

»Tue ich auch«, sagt sie.

»Aber du wurdest trotzdem zur Informantin.«

»Wir führen Friedensgespräche«, sagt sie, und mir sträuben sich die Nackenhaare. Ich habe so lange darauf gewartet, das zu hören.

Marian erzählt mir, dass eine Handvoll IRA-Führer geheime Gespräche mit der Regierung führt. Die Anführer wollen die Soldaten der IRA nicht über die Gespräche informieren, bis sie eine Einigung erzielt haben, um eine Spaltung der Bewegung zu vermeiden. Denn einige Hardliner werden den bewaffneten Kampf nicht so einfach aufgeben wollen.

Im Moment laufen die Operationen der IRA wie gewohnt weiter, während Marian und andere Informanten im Geheimen arbeiten, um den Friedensprozess zu schützen. Ein großer Anschlag in dieser Phase würde die Gespräche scheitern lassen. Die Regierung würde sie abbrechen. Alle Informanten und ihre Führungsoffiziere versuchen sicherzustellen, dass dies nicht geschieht.

»Weiß jemand in der IRA, was du tust?«

»Nein.«

Sie erzählt mir vom internen Sicherheitsteam der IRA, das jede gescheiterte Operation überprüft, um festzustellen, ob ein Maulwurf daran beteiligt war. »Sie haben auch St. George's untersucht«, sagt sie.

»Du musst hier verschwinden. Wir können nach Ardglass fahren.« Die Hummerboote werden bald auslaufen, und ich könnte einen der Seeleute bezahlen, damit er sie nach Schottland bringt.

»Ich kann hier nicht weg«, sagt sie.

»Sie werden dich umbringen.«

»Ich habe mein Verhör bereits hinter mir«, erklärt sie. Das interne Sicherheitsteam hat sie einem Lügendetektortest unterzogen. Sie geht davon aus, dass sie ihn bestanden hat, da man sie sonst nicht hätte ungeschoren davonkommen lassen. »Es lief gut. Ich habe den Lügendetektortest mit Eamonn geübt.«

»Eamonn?«

»Mein Führungsoffizier.«

Sein Name ist Eamonn Byrne. Sie weiß, dass er für den MI5 in der Terrorismusbekämpfung arbeitet, dass sein letzter Einsatz in Hongkong war, dass er seit zwei Jahren in Belfast ist, dass er als Restaurantinvestor arbeitet. Marian hat nicht mehr mit ihm gesprochen, seit sie den Anschlag auf dem St. George's Markt sabotiert hat. Es ist zu gefährlich, solange die IRA sie im Visier hat. Sie muss davon ausgehen, dass sie immer beobachtet wird.

»Ich kann mich nicht mehr mit ihm treffen«, sagt sie. »Aber du schon.«

Ich lache.

»Du brauchst nichts selbst zu tun. Ich gebe dir Informationen, und du gibst sie einfach an Eamonn weiter. Niemand hat dich auf dem Schirm. Du bist nicht in Gefahr, wenn du dich mit ihm triffst.«

»Nicht in Gefahr?«

Marian beschreibt, wie Eamonn sichere Treffpunkte für uns finden wird, und mein ganzer Körper wird gefühllos. Ich kann das Gespräch nicht mehr ernst nehmen, es ist zu phantastisch geworden. Während sie weiterspricht, betrachte ich die Kiefern, die den weißen Himmel streifen.

Nach einer Weile wird mir klar, dass Marian auf eine Antwort wartet. Ich senke den Kopf und blicke langsam nach unten.

»Nein, Marian. Ich werde es nicht tun.«

»Es würde nicht ...«

»Nein. Ich habe ein Baby.«

Sie hält inne. »Es gibt noch andere Kinder«, sagt sie dann.

Mir stockt der Atem. Sie meint, dass andere Kinder sterben werden, wenn die Friedensgespräche scheitern. »Wie kannst du es wagen, so etwas zu sagen?«

»Ich will dir keine Angst machen«, sagt sie. »Aber denk wenigstens darüber nach, bevor du dich entscheidest.«

»Du hast mir nicht zu sagen, was ich tun soll. Ihr seid die Mörder.«

»Ich versuche, es in Ordnung zu bringen«, behauptet sie.

»Nein! Du willst, dass ich es für dich in Ordnung bringe. Du bittest mich um mein Leben.«

Marian verschränkt die Arme und beugt sich über ihre Knie. Der Wind weht ihre trockenen Haarspitzen nach vorn. »Tessa ...«

»Was meinst du? Braucht Finn überhaupt eine Mutter? Oder glaubst du, dass er auch ohne gut zurechtkommt?«

»Sie werden es nicht herausfinden.«

»Sie finden es immer heraus.«

»Eamonn wartet am Mittwochmorgen um sieben Uhr am Strand von Ardglass auf dich.«

»Und kann sich auch gleich wieder verpissen«, entgegne ich.

15 Ich drehe das Kissen auf die andere Seite und beobachte, wie der Wind die Vorhänge ins Zimmer weht. Manchmal hebt sich der dünne Stoff so weit, dass man die Fensterbank und die Dunkelheit dahinter sehen kann. Ich kann nicht schlafen. Marian ist zurück nach Süd-Belfast gefahren, wo Seamus, Damian und Niall im Unterschlupf auf sie warten.

Während des Jahres, in dem ich für meinen Master in Politik studierte, war Marian ein neuer Rekrut. Als ich in der Bibliothek von Trinity büffelte, lag Marian in einem Graben und beobachtete ein Polizeirevier. Ich saß in einem Hörsaal, kaufte Bücher bei Hodges Figgis, fuhr mit dem Fahrrad am Kanal entlang und tanzte in einer Bar in der Camden Street, während meine Schwester lernte, wie man Bomben baut.

Als sie mich in Trinity besuchte, betrachtete Marian die Tennisplätze auf dem Platz unter meinem Fenster. »Kann die jeder benutzen?«, fragte sie.

»Ja.«

»Alle?«

»Sie sind für Trinity-Studenten kostenlos«, sagte ich. Sie starrte mich einen Moment lang an und wandte sich dann ab.

»Ich interessiere mich nicht wirklich für Politik«, sagte sie immer. Marian kaufte sich die Financial Times, las sie aber nur selten, und ich scherzte mit ihr, dass sie es einfach mochte, wie sie in ihrer Wohnung auf dem Küchentisch herumlag, die lachsrosa Seiten fein säuberlich gefaltet. Natürlich las sie die Zeitung tatsächlich, natürlich verfolgte sie die Nachrichten.

Ich gebe den Versuch auf zu schlafen, suche online ein Buch von Frantz Fanon und lese das erste Kapitel. Er sagt gute Sachen über Imperialismus, Produktion und Ressourcen. Das ist wirklich gut, aber ist es gut genug, um sein Leben zu ändern? Ist es gut genug, um zum Terroristen zu werden? »Ich will ein freies Irland«, sagte Marian, als ob ich das nicht auch wollte, als ob ich auf der Seite der Kolonialisten stünde.

Bevor ich ins Bett zurückkehre, sehe ich den Tiegel Cold Cream im Badezimmerschrank. Ich hätte Marian gern etwas für ihr trockenes Gesicht gegeben. Die alten Instinkte funktionieren immer noch. Meine Schwester war in den letzten sieben Jahren eine Terroristin, aber ich will trotzdem nicht, dass ihre Haut juckt.

Ist sie jetzt auch eine Terroristin? Kann man gleichzeitig Terroristin und Informantin sein, oder ist man immer nur das eine oder das andere?

Sie ist nicht wirklich übergelaufen. Die Führer ihrer Organisation führen Friedensgespräche mit der Regierung, und Marian versucht, diese Gespräche zu schützen. Nur dass das, was sie tut, nicht von allen in der IRA gebilligt wird. Finden sie es heraus, wird das interne Sicherheitsteam sich nicht lange damit aufhalten, ihre Loyalität zu analysieren. Sie ist eine Informantin. Sie entledigen sich Informanten, indem sie sie mit einer Kugel in den Hinterkopf hinrichten.

Ihr Leben ist seit sieben Jahren auf die eine oder andere Weise in Gefahr. Ich verstehe nicht, warum sie mir nie etwas davon gesagt hat, in all der Zeit, die wir gemeinsam verbracht haben.

Letztes Jahr sind wir zusammen nach Frankreich gefahren. Wir flogen nach Bordeaux, mieteten ein Auto und fuhren nach Süden ins Languedoc. Während der heißen Stunden des Tages saßen wir im Schatten der Gartenlaube mit Milchkaffeeschalen, Zeitungen, Taschenbüchern und Schüsselchen mit Castelvetrano-Oliven. Wir schwammen im Pool und legten uns zum Trocknen auf die Schieferplatten. Zu Hause war es monatelang kalt und feucht gewesen, und ich hatte das Gefühl gehabt, die Sonne würde mich sauber brennen. Abends saßen wir draußen im Dunkeln, die steinernen Festungsanlagen der Stadt auf dem Hügel über uns waren angeleuchtet, und unterhielten uns.

Ich möchte wissen, was sie damals dachte, als wir zurück zum Flughafen fuhren, durch die Sicherheitskontrolle gingen und am Gate warteten. Sie hätte sich jederzeit zu mir umdrehen und sagen können: »Es gibt da etwas, das ich dir sagen muss.«

Im Bett versuche ich mich zu beruhigen, indem ich mir vorstelle, wie Finn in seinem Reisebettchen bei seinen

Großeltern in Ardara schläft. Mein sonniges Baby. Ich vermisse seine Geräusche, seine Mimik, seine warme Hand auf meiner, während ich ihm die Flasche gebe.

Es ist fast vier Uhr morgens. Ich hatte erwartet, dass ich drei Nächte durchschlafen würde, während Finn weg ist. Ich hatte erwartet, dass der Schlaf wie eine Bluttransfusion wirken und mein Körper danach wieder richtig funktionieren würde. Ich hasse Marian dafür, dass mich meine Gedanken an sie wachhalten, dass sie mich in dem Glauben gelassen hat, sie wäre entführt worden, dass sie mich angelogen hat.

Auf dem St. Georg's Market nahm Marian Finn mit in einen Servicekorridor, öffnete ihren Rucksack und legte eine Bombe wenige Zentimeter neben ihm ab. Meine ganze Wut auf sie kehrt immer wieder zu diesem einen Punkt zurück, wie ein Blitz zu einem Blitzableiter bei einem gewaltigen Sturm.

16 Nicholas lädt mich am Montagmorgen in der Kantine auf einen Kaffee ein. Wir sollten uns während der Woche Notizen für unser Programm machen, aber keiner von uns hat ein Wort aufgeschrieben. Ich sehe mich nach den Reportern und Mitarbeitern um, die an den anderen Tischen sitzen, sich unterhalten und mit ihren Pappbechern gestikulieren, und beneide sie um ihre Gelassenheit.

Ein Teil von mir war erleichtert, dass mein Ausweis heute Morgen am Eingang noch funktionierte. Meine Schwester ist bei der IRA, ich sollte hier eigentlich keinen Zugang haben.

Mein Gesicht glühte, als ich heute Morgen in die Nachrichtensitzung kam. Ich hatte mehr als sonst über mein Outfit nachgedacht, ein gestreiftes Hemdkleid gewählt, es gebügelt und versucht, nicht wie die Schwester einer Terroristin auszusehen.

»Du brauchst mir nichts zu erzählen«, sagt Nicholas, »aber geht es dir gut?«

»Ja.« Sein Gesicht verzieht sich vor Sorge, und ich widerstehe dem Drang, ihm alles zu erzählen. Vielleicht eines Tages. »Haben alle über mich geredet?«

»Oh«, sagt er, »keine Angst. Der Klatsch und Tratsch hat sich bereits auf das nächste Thema gestürzt.«

Ich glaube ihm nicht. Jeder im Haus weiß, dass meine Schwester am Donnerstag einen bewaffneten Raubüberfall verübt hat. Und sie argwöhnen vielleicht, ich hätte gewusst, dass sie in der IRA war, hätte sie seit Jahren gedeckt.

»Ich hatte keine Ahnung, dass Marian dort eingetreten ist«, sage ich. »Ich hätte versucht, sie aufzuhalten.«

»Das weiß ich«, versichert mir Nicholas.

»Werde ich jetzt gefeuert?«

»Nein, Tessa. Natürlich nicht.«

»Wie kann man mir denn noch vertrauen?«

»Nun«, sagt er, »zunächst einmal – du bist nicht deine Schwester.« Er sagt das einfach so, und ich nicke und denke: *Doch, bin ich.*

...

Im Bus nach Hause fällt das späte Sonnenlicht durch die Fenster.

Ich lehne mein Gesicht an die warme Scheibe, während wir durch die Felder fahren, auf denen sich gelber Weizen ausbreitet, so weit das Auge blickt. Wir fahren an zwei Männern mit verschwitzten Hemdrücken vorbei, die auf dem Feld arbeiten. Das Sonnenlicht färbt meine Netzhaut rot, und ich beginne zu träumen. Ich fühle mich vom Tag zerknautscht – mein Kleid ist zerknittert, meine Füße sind von der Hitze geschwollen, mein Kopf ist schwer, weil ich versuche, mich zu konzentrieren.

Meine Mutter ruft mich an, als ich gerade die Haustür aufschließe, meine Tasche fallen lasse und die Schuhe ausziehe. »Hör dir das an«, sagt sie.

Als sie vorhin bei der Arbeit war, ging sie auf die Straße, um die Mülltonnen reinzubringen, und Marian stand dort.

Sie sind sich in die Arme gefallen, dann sagte meine Mutter: »Warte hier.«

Die Dunlops waren drinnen, sie konnten Marian nicht sehen, also kehrte meine Mutter zurück zum Haus, kam mit den Labradoren zurück, und sie gingen in den Wald. Meine Mutter wusste bereits von unserem gestrigen Gespräch in Greyabbey, aber Marian erzählte ihr trotzdem alles. Danach brachte meine Mutter die Hunde ins Haus. Sie nahm das Abendessen, das sie für die Dunlops gekocht hatte, Makkaroni und Käse mit knusprigen Semmelbröseln und Petersilie, aus dem Ofen und schmuggelte eine große Portion nach draußen zu Marian.

»Bist du nicht wütend?«

»Auf Marian?«

»Ja, Mom. Auf Marian.«

»Du verstehst das nicht. Sie hätte tot sein können.«

»Wenn ich es wäre«, sage ich, »wärst du wütend.«

»Ach, um Himmels willen.«

»Es ist so. Du warst immer härter mit mir.«

»Das musste sein, Tessa. Hast du als Teenager etwa auf dich aufgepasst?«

»Weil ich nicht zur Messe gehen wollte? Ich habe nie Bomben gebaut, Mom.«

Meine Mutter schnalzt missbilligend, als wäre es unangemessen, dass ich die Bomben erwähne. Es ist ein kleiner Trost, wenn man bedenkt, wie wütend die Dunlops wären, wenn sie wüssten, dass Marian in ihrem Haus war, dass ein Mitglied der IRA die Leine ihrer Hunde in der Hand hatte, dass sie einen Teil ihres Abendessens bekommen hatte.

»Verzeihst du ihr?«, frage ich.

»Ja.«

Schweigen legt sich zwischen uns. Ich weiß, dass sie denkt, ihre Schuld sei nebensächlich, weil Gott ihr vergibt. Aber sie spricht es nicht laut aus.

»Sie ist eine Terroristin«, sage ich.

»Nicht mehr. Sie will Frieden.«

»Sie hat uns sieben Jahre lang belogen, Mama. Wir wissen nicht einmal, wer sie ist.«

»Oh, ich weiß genau, wer sie ist«, widerspricht sie. »Und wer du bist.«

...

Das Komische ist, denke ich später, dass unsere Mutter so klar und stolz klang, obwohl eine ihrer Töchter eine Terroristin ist und die andere nur eine Zuschauerin.

17 Am nächsten Tag sitze ich nach der Arbeit auf der Treppe vor meinem Haus, das Kinn in die Hand gestützt, und warte auf Tom und Finn. Als sie ankommen, springe ich nach vorn und freue mich, Finn zu sehen, aber er weicht meinem Blick beharrlich aus.

»Er bestraft dich«, sagt Tom, »weil du ihn allein gelassen hast.«

»Ich habe dich nicht allein gelassen«, sage ich zu Finn. »Dein Vater hat dich zu deinen Großeltern gebracht. Ich habe dich so sehr vermisst.«

»Er wird dir nie wieder vertrauen«, sagt Tom, und mir treten Tränen in die Augen. »Mein Gott, Tessa, das war doch nur ein Scherz. In einer Stunde ist er darüber hinweg.«

Während Tom die Tüten reinträgt, halbiere ich die Blaubeeren und füttere Finn damit.

»Was machst du da?«, fragt Tom.

»Unsere Bindung wiederherstellen«.

»Indem du ihn mit Essen bestichst?«, fragt er. Ich zucke mit den Schultern. Finn öffnet seinen Mund, und ich schiebe ihm eine weitere Blaubeerhälfte hinein.

Toms Eltern haben ihm eine Eisenbahn geschenkt, und wir drei sitzen zusammen auf dem Wohnzimmerteppich und bauen die Holzschienen zusammen.

»Ich muss mit dir reden«, sage ich. »Ich möchte hier wegziehen.«

Tom legt eine Brücke über die Gleise. »Du willst ihn mir wegnehmen?«

»Nein, natürlich nicht. Wir können gemeinsam einen Ort aussuchen. Du hast doch immer von London gesprochen.« Sein Architekturbüro hat eine Zweigstelle in London, er könnte darum bitten, dorthin versetzt zu werden.

»Briony kann nicht hier weg. Ihr Vater hat MS, und sie kümmert sich um ihn.«

»Ihr Vater kann doch mitkommen«, schlage ich vor. »Wir können alle zusammen darüber reden.«

Tom greift nach einem weiteren Stück Gleis. »Geht es vielleicht um Marian?«

»Nein.«

Er stellt ein rotes Bahnhofshaus neben die Gleise. »Gab es irgendwelche Anzeichen?«

»Fragst du mich, ob ich es wusste?«

»Geh nicht gleich in die Defensive. Ich meine rückblickend. Hat sie sich jemals seltsam verhalten?«

»Nein. Da war nichts.«

»Und das ist deine Lösung?«, fragt er. »Dass wir alle ins Ausland ziehen?«

»Es ist nicht wegen Marian. Es gab am Sonntag eine Bombendrohung in Belfast. Warum machst du dir keine Sorgen um Finn?«

»Wie oft bringst du Finn nach Belfast?«

»Es könnte auch hier passieren«, sage ich, als Finn das Bahnhofshäuschen nimmt und daran herumlutscht. »Wie wäre es mit einem Probelauf? Wir könnten sechs Monate lang dort wohnen.«

»Glaubst du, dass der Konflikt in sechs Monaten vorbei ist?«

»Irgendwann muss doch mal Schluss sein, oder nicht? Dann können wir zurückkommen.«

Tom hängt die Waggons aneinander und schiebt sie über die Gleise, die Brücke, vorbei an den bemalten Bäumen. Finn schaut wie gebannt zu, kniet sich hin und hebt einen Arm.

»Das ist mein Zuhause«, sage ich. »Ich will auch nicht weg, aber ich glaube, Finn ist hier nicht sicher.«

»Wenn wir umzögen, würdest du etwas anderes finden, worüber du dir Sorgen machen kannst.«

»Das ist nicht fair.« Ich reibe mir die Stirn. »Was wäre, wenn nur ich und Finn gehen? Du kannst uns besuchen.«

Tom sieht zu Finn hinunter, bevor er antwortet. »Wenn du ich wärst«, sagt er dann, »was würdest du von solchen Besuchen halten?«

...

Nachdem Tom gegangen ist, schnalle ich das Baby in die Babytrage, und wir gehen die Straße entlang. Finn zeigt mir nicht mehr die kalte Schulter. Ich reiße einen Weizenhalm ab und gebe ihn ihm. Er hält ihn in seiner Faust, während wir gehen.

Mit meinen Schuhsohlen wirbele ich den Staub der Fahrbahn auf. Ich trage einen alten Jeans-Overall aus der

Zeit meiner Schwangerschaft, mein Haar ist zu einem Knoten hochgesteckt, die Sonne wärmt meinen Nacken. Ich schaue auf die Strandrosen, die Kartoffelfelder, die schrägen Telefonmasten, auf den helleren Himmel im Osten, über dem Meer.

Ich möchte, dass Tom mit Greyabbey recht hat, dass wir hier sicher sind, dass dieses Dorf anders ist als die Stadt. Und das ist es auch. Wir haben hier ein Mikroklima, um es einmal so zu sagen. Die Luft fühlt sich im Sommer wärmer und im Winter kälter an. Es gibt dichteren Nebel und mehr Schnee. Unsere Nächte sind dunkler, geradezu stockdunkel. In unseren Geschäften werden unterschiedliche Dinge verkauft, in unseren Antiquitätenläden kann man nicht zusammenpassendes Silber erwerben oder ein Set Kaffeelöffel aus Emaille oder einen alten Überseekoffer, und auf der anderen Straßenseite kann man im Hofladen Torfbriketts kaufen.

Unsere Stürme sind schlimmer, sie kommen direkt vom Meer, und manchmal werden die Straßen überflutet. Manchmal reißt der Wind auch Äste von den Bäumen. Letzten Winter hat ein Eissturm eine Stromleitung zerfetzt. Der Sturm zog schnell auf, und ich erinnere mich, dass ich mir Sorgen um die Fischerboote machte, die auf dem Meer überrascht wurden. Eines musste von der Küstenwache gerettet werden. Solche Probleme haben wir hier. Wir sind näher an einem Posten der Küstenwache als an einem Polizeirevier.

Und bei uns gibt es keine Kriminalität. Wir haben angespannte Gemeinderatssitzungen, in denen über Gebäudeerweiterungen und Straßenbau gestritten wird, es gibt Fehden zwischen rivalisierenden Antiquitätenhändlern. Dieses Dorf ist sicher, relativ gesehen. Vielleicht hat Tom recht, vielleicht fange ich an, mir Sorgen über Messerstechereien, internationalen Terrorismus oder Luftverschmutzung zu machen, wenn wir nach London ziehen. Wenn wir hierbleiben, kann Finn ein Kanu und einen Hund haben, er kann sogar an Schultagen im Meer schwimmen, er kann in der Nähe seiner Familie aufwachsen.

Aber auch Orte wie dieser wurden in der Vergangenheit schon ins Visier genommen. Im Moment kennt niemand unser Dorf, aber es könnte eines Tages berüchtigt werden. Marian sagte, sie stünden kurz vor einem Waffenstillstand. Sie sagte, Dutzende von Menschen arbeiteten im Geheimen daran, den Konflikt zu beenden. Ein Stechen zwickt mich in der Seite, aber ich ignoriere es. Die Sonne ist jetzt hinter uns und schickt unsere Schatten auf dem Feldweg vor uns her. Ich winke mit den Händen, und Finn lacht über den tanzenden Schatten.

Auf diesen Wegen bin ich während meiner gesamten Schwangerschaft gegangen, die mir von hier aus wie eine einfachere Zeit erscheint. Ich werde fast nostalgisch, wenn ich an meine damaligen Sorgen denke, die so einfach waren. Um eine gute Mutter zu sein, musste ich nur pränatale Vitamine einnehmen, nicht rauchen und vielleicht ein paar Windeln kaufen.

Jetzt frage ich mich, ob eine gute Mutter Finn von diesem Ort wegbringen oder ihn in der Nähe seines Vaters lassen würde. Würde sich eine gute Mutter für den Frieden einsetzen oder sich aus dem Konflikt heraushalten? Würde sich eine gute Mutter in jeder Minute, die sie diese

Woche mit ihrem Sohn verbracht hat, auch mit Terrorismus beschäftigen?

Ich möchte nicht, dass mein Sohn mir irgendetwas verzeihen muss, aber wie soll ich das vermeiden, wenn ich nicht einmal sagen kann, was das sein könnte?

Bevor Tom ging, habe ich ihn gefragt: »Machst du dir manchmal Sorgen, dass du ein schlechter Vater bist?«

»Nein«, gab er zurück.

»Nein heißt, du hast darüber nachgedacht und bist kein schlechter Vater, oder nein, du hast nie darüber nachgedacht?«

»Also ...«, erwiderte er. »Das zweite.«

»Mein Gott. Wie muss das sein?«

»Wieso? Hast du Angst, dass du ein schlechter Vater bist?«, fragte er.

Es ist unmöglich. Ich will, dass mir jemand sagt, was ich tun soll. Ob wir bleiben können oder ob wir abreisen müssen, und zwar heute Abend, je eher, desto besser.

...

Zu Hause öffne ich ein Glas Gemüsepüree, während Finn im Hochstuhl quengelt und zappelt. »Kein Grund zur Panik, es kommt schon, siehst du, da haben wir's.«

Er beißt auf den Löffel. Ich hoffe, dass er sein Essen immer so lieben wird. Als er das erste Mal Birnen probierte, weiteten sich seine Augen, und er tatschte mir auf den Arm, wollte mehr. Als er fertig ist, leere ich das Glas, kratze mit einem Löffel die letzten Reste Kürbisgemüse heraus.

Ich fühle mich immer etwas unsicher, wenn ich im Supermarkt Gläschen mit seiner Nahrung kaufe, als würde mir gleich jemand sagen, dass ich zu jung für ein Baby bin. Was ich natürlich nicht bin. Nicht einmal annähernd. Ein Fremder hat einmal in meinen Einkaufskorb geschaut und mir geraten, stattdessen selbst Pürees zu machen. »Das ist viel besser für das Baby.« Es gibt immer jemanden, der einer jungen Mutter sagt, sie sollte sich gefälligst am Riemen reißen.

Ich wische den Brei von Finns Händen und seinem Gesicht, während er sich protestierend windet, ziehe ihm die verschmutzte Kleidung aus und behutsam saubere Kleidung an, auch wenn er sich wehrt. Dann wechsle ich mein eigenes schmutziges Hemd, wische den Hochstuhl ab und säubere auf den Knien den Boden darunter. Ich spüle gerade das Glas mit der Babynahrung für die Mülltonne aus, als mich die Erschöpfung übermannt.

Nach dem Bad lege ich ihn aufs Bett und stopfe ein Kissen unter meinen Arm. Während ich ihn stille, greift Finn nach dem Träger meines Oberteils. Er tut das oft, sucht einen Halt, an den er sich klammern kann. Aus dem Instinkt heraus, nicht von mir getrennt zu werden.

Er schläft ein. Ich sollte ihn in sein Bettchen bringen, aber stattdessen halte ich ihn in meinen Armen, und wir liegen beide ruhig beieinander. Ich möchte die Zeit anhalten.

Dann, wie aus dem Nichts, sehe ich mich vor einem verfallenen Gebäude stehen. Ich sehe jemanden, der mir ein Megaphon reicht, und mich selbst, wie ich es langsam zum Mund führe. Ich höre, was ich zu ihm sagen würde, wenn mein Sohn in den Trümmern gefangen wäre, verängstigt und allein.

Tränen laufen mir über das Gesicht und meinen Hals. Wir können hier nicht ohne die Zustimmung seines Vaters weggehen. Finn ist nur dann wirklich in Sicherheit, wenn das hier aufhört.

Deshalb habe ich nicht wirklich eine Wahl, oder? Ich werde Informantin. Ich werde es tun, obwohl ich weiß, dass die IRA Informanten mit dem Tod bestraft, vielleicht nach heftigen Prügeln, möglicherweise sogar Folter. Denn das ist nicht mehr das Schlimmste, was mir passieren könnte, nicht einmal annähernd, jetzt, wo ich Finn habe.

18 Ich folge dem schmalen Fußweg zwischen den Dünen zum Strand. Ein verblasstes Schild warnt vor Wellenbrechern und zeigt, wie man vor ihnen wegschwimmen kann. Jemand hat rosafarbene Schiffsbojen über dem Schild aufgereiht. Ihre Oberflächen sind vom Wasser angefressen, und der vertraute Anblick tröstet mich.

Am Ende der Dünen trete ich auf den Strand. Im Nebel wirkt der feuchte Sand wie der Boden eines Tunnels. Am anderen Ende der Bucht steht ein Stuhl für einen Rettungsschwimmer, dessen weißes Gestell im Nebel fast unsichtbar ist. Der Stuhl dürfte sowieso leer sein, so früh am Morgen. Ich verschränke meine Arme hinter dem Rücken, als wollte ich mich für das Schwimmen aufwärmen. Ich habe ein Sweatshirt mit Kapuze und Leggings über meinem Badeanzug an, und meine Haarspitzen kräuseln sich in der feuchten Luft.

Es gibt keinen Grund, Angst zu haben, aber trotzdem fällt mir das Atmen schwer. Dieser Grad von Angst scheint der Beweis dafür zu sein, dass etwas nicht stimmt. So wie die Angst eines Kindes der Beweis dafür ist, dass da ein Gespenst im Raum ist.

Ich zwinge mich zu atmen. Jeder, der sich auf so etwas einlässt, hat Angst, denke ich. Jeder, der dies jemals getan hat, hatte Angst. Ich versuche, mich an meine Gewissheit von gestern Abend zu erinnern, als ich Finn im Arm hielt. Ich bin nur eine Übermittlerin, das ist alles. Gestern Abend hat das noch vernünftig geklungen, aber jetzt frage ich mich, wie viel davon eigentlich Aberglaube ist: Wenn ich mich bereit erkläre zu helfen, wird Finn in Sicherheit sein. Als ob es so einfach wäre, als ob in dieser Sache irgendetwas jemals fair gelaufen wäre.

Ich strecke meinen Rücken durch und betrachte die weißen Nebelfetzen, die über mich hinwegziehen. Als ich mich wieder aufrichte, sehe ich einen Hund am anderen Ende des Strandes, unten am Wasser. Dann taucht sein Besitzer auf, eine vage Gestalt im Nebel. Es ist schwer zu sagen, ob sie sich auf mich zu oder von mir weg bewegen.

Ich strecke die Arme vor der Brust, als ihre Umrisse deutlicher werden. Ein schwarz-weißer Hund mit nassem Fell und ein Mann in einem marineblauen Trainingsanzug. Die Hündin trottet zu mir, und ich halte ihr meine Hand hin, damit sie mich beschnuppern kann. Sie legt eine weiche Pfote auf mein Knie.

Der Mann bleibt ein paar Meter von mir entfernt stehen, die Hände in den Taschen. Er ist etwa in meinem Alter, vielleicht etwas älter, groß, mit braunem Haar. Seine Nase wird schmal am Rücken, wie eine Messerklinge. Ich weiß nicht, ob er ihr Führungsoffizier oder ein zufälliger

Passant ist. Marian hat mir nicht gesagt, wonach ich suchen soll.

»Was für ein Hund ist das?«, frage ich ihn.

»Eine Border Collie.«

»Sie ist reizend.« Ich kraule den Hund hinter den Ohren und versuche, mich zum Sprechen zu zwingen. Jetzt gilt es. Ich könnte die Sache immer noch abblasen, indem ich lächle und an ihm vorbei zum Wasser gehe. »Ich bin Tessa«, sage ich schließlich.

»Es freut mich sehr, dich kennenzulernen, Tessa«, sagt er. »Ich bin Eamonn.«

Der Sand verrutscht unter meinen Füßen. Vor fünf Minuten war ich noch keine Informantin, jetzt bin ich eine. Wir haben uns nur gegrüßt, aber das reicht schon. Die IRA würde mich schon dafür exekutieren.

»Sind wir hier sicher?« frage ich.

»Ja«, sagt er, aber ich will mich umdrehen, als könnte in diesem Moment jemand mit einer Skimaske auf den Dünen auftauchen.

»Könnte jemand von der IRA dich erkennen?«, frage ich ihn. »Wissen die, wer du bist?«

»Nein.«

Hinter ihm bricht sich eine Welle am Strand. Ihr Schaum ergießt sich wie eine Lawine über den Sand. »Wie kannst du da so sicher sein?«

»Wir sind hier sicher.«

Eamonn hat einen einheimischen Akzent, und er wirkt an diesem Strand auch nicht deplatziert. Er bewegt sich geschmeidig, wie jemand, der schwimmt oder surft. »Bist du von hier?«, frage ich ihn.

»Aus Strabane«, sagt er, »aber meine Familie ist nach London gezogen, als ich zwölf war.«

Während er spricht, achte ich auf Fehler in seinem Akzent. Vielleicht ist er gar kein Ire, vielleicht spricht er normalerweise Queen's English.

Eamonn erzählt mir, dass er seit zwei Jahren verdeckt in Nordirland arbeitet und sich als Restaurant-Investor ausgibt. Er lebt jetzt an der Küste, wo er angeblich Standorte für den Außenposten eines teuren Fischrestaurants auskundschaftet.

»Wie lange machst du das schon?«

»Zwölf Jahre«, sagt er, und ich suche in seinem Gesicht nach Anzeichen von Schuldbewusstsein. Seit ich klein war, habe ich Geschichten darüber gehört, wie die MI5-Officers hier arbeiten, wie sie bestechen, erpressen, nötigen.

»Hast du außer Marian noch andere Informanten?«

»Das kann ich nicht beantworten«, sagt er. »Ich bin sicher, das verstehst du.«

»Ist schon mal jemand von ihnen gestorben?«

Er blickt auf den Sand hinunter. »Machst du dir Sorgen wegen deiner Schwester?«

»Ja.«

»Etwa die Hälfte aller IRA-Operationen scheitern. St. George's war nicht ungewöhnlich, und deine Schwester wird nicht besonders verdächtigt. Sollte Marian jemals um Hilfe rufen, schicken wir eine bewaffnete Einheit, um sie rauszuholen. Sie hat einen Panikknopf.«

»Und wenn sie nicht zu Hause ist?«, frage ich.

»Nein, der Knopf ist nicht in ihrem Haus. Er ist in einer ihrer Zahnfüllungen.« Meine Augen weiten sich. Marian hat zwei Kariesbehandlungen bekommen, als sie vier Jahre alt war. Unsere Mutter entschied sich für Silberamalgam, da es billiger war als eine Porzellanverblendung. Ich stelle mir vor, wie ich meiner vierzehnjährigen Schwester erzähle, was eines Tages unter dieser Kappe versteckt werden würde, male mir aus, wie sie verächtlich schnaubt und sagt: »Sei keine Idiotin!«

»Wir erwarten nicht, dass sie ihn benötigt«, fährt Eamonn fort. »Marian war sehr vorsichtig. Und du hilfst ihr jetzt. Es wäre viel gefährlicher für sie, mit mir per Telefon zu kommunizieren.«

Als ich ihn studiere, bemerke ich kleine Striemen wie Regentropfen, einen auf seinem Handrücken, einen unter seinem Auge. *Brandnarben*, stelle ich fest.

»Wir sind kurz vor dem Ziel«, sagt er. »Die Friedensgespräche machen Fortschritte, und jeden Tag könnte ein Waffenstillstand verkündet werden.«

»Oder es dauert vielleicht noch Monate.«

»Wenn es so weit ist, bedeutet es das Ende des Kampfes zu unseren Lebzeiten und denen unserer Kinder.«

»Hast du Kinder?«, hake ich nach.

Er räumt seinen Fehler mit einem Lächeln ein. »Nein, habe ich nicht.«

»Ich kann meins nicht im Stich lassen.«

»Du musst nichts tun, was dir Unbehagen bereitet«, verspricht er.

Ich hebe die Brauen. Er erklärt mir meine Rechte als Informantin gemäß RIPA und dem Verhaltenskodex. »Wir arbeiten nicht so, wie es sich die meisten Leute vorstellen«, sagt er. »Wir tendieren eher zur Vorsicht.«

Ich versuche zu verstehen, wie das hier – sich am Strand zu treffen, die IRA auszuspionieren – unter Vorsicht rangieren soll. Er scheint nicht nervös zu sein. Liegt es nur daran, dass sein Team größer ist als ihres?

»Marian kam am Sonntag zu mir«, erzähle ich ihm. »Sie hatten gerade einen Lügendetektortest mit ihr gemacht.«

»Gab es irgendwelche Überraschungen bei dem Test?«

»Das glaube ich nicht. Sie war der Meinung, sie hätte ihn bestanden, sonst hätte man sie wohl nicht gehen lassen. Was soll ich sie fragen?«

»Marian wird es wissen«, sagt er. Sein Collie ist in den Dünen verschwunden, und er pfeift, damit sie zurückkommt. Ich hatte erwartet, dass ich ihn nicht leiden kann. Ich war davon ausgegangen, er wäre wie einige meiner Klassenkameraden auf dem Trinity. Clevere, reiche College-Jungs, die einem über die Schulter sehen, während sie mit einem reden. Schlimmer noch. Einer von diesen Jungs, aber mit der Macht, die einem die Gewissheit gibt, vom MI5 rekrutiert worden zu sein.

Eamonn gibt mir eine Visa-Geschenkkarte über zweihundert Pfund. »Ich überprüfe regelmäßig das Guthaben darauf. Wenn du die Karte benutzt, weiß ich, dass du dich mit mir treffen willst, und bin am nächsten Morgen um sieben Uhr hier. Musst du dich sofort mit mir treffen, kauf etwas, das mehr als zehn Pfund kostet.«

Er lächelt mich an, dann geht er weg und klatscht nach der Hündin, damit sie ihm folgt. Ich ziehe mein Sweatshirt über den Kopf und schiebe meine Leggings herunter. Meine Hände fühlen sich unbeholfen und taub an, als hätte ich dicke Handschuhe an. Ich wate ins kalte Wasser und tauche dann unter eine Welle, so tief, dass ich spüre, wie sie gegen meinen Rücken schlägt.

...

Die Straße nach Greyabbey schlängelt sich zwischen hohen Hecken hindurch. Hinter jeder Kurve schaue ich in den Rückspiegel, um zu sehen, ob ein Auto hinter mir auftaucht. In meiner Einfahrt steige ich aus und warte einen Moment, lausche dem Klicken des Motors, als er abkühlt, und nehme dann die Straße zum Haus meiner Freundin Sophie.

»Danke, dass du auf Finn aufgepasst hast.«

»War das Schwimmen schön?«, erkundigt sie sich.

Ich nicke. »Ein bisschen kabbelig.«

Zu unseren Füßen klopfen Finn und Poppy mit Topfdeckeln auf den Boden. Poppy greift nach Finns Deckel, und er sieht staunend zu. Sie ist drei Monate älter, und alles, was sie tut, fasziniert ihn.

»Kann ich sie morgen um halb sieben bei dir abgeben?«, fragt Sophie. »Ich würde gern ein bisschen joggen.«

»Natürlich. Hast du gehört, Finn? Poppy kommt morgen früh zum Spielen vorbei.« Er rückt näher an sie heran und bietet ihr einen weiteren Topfdeckel an, den sie jedoch ignoriert. Als wir gehen, schluchzt Finn und dreht sich in meinen Armen zu Poppy um. »Ach, Schatz, es ist alles in Ordnung.« In meiner Tasche finde ich einen Plastikhai, den er etwas geknickt akzeptiert.

Zu Hause mache ich mir Toast und Tee und kann nicht glauben, dass der Tag gerade erst begonnen hat. Es fühlt sich bereits an, als wäre es Abend und wir müssten uns bettfertig machen.

Im Bus nach Belfast achte ich auf jeden der anderen Fahrgäste. Man muss sich ständig vergewissern, wenn man hier lebt. Nein, dieser Mann verhält sich nicht seltsam, nein, diese Leute geben sich keine Zeichen, nein, an diesem Koffer ist nichts Ungewöhnliches. Und jetzt brauche ich ein neues Set von Beruhigungen. Nein, dieser Mann starrt mich nicht an, nein, er weiß nicht, was ich getan habe.

In den Augen einer bestimmten Gemeinschaft bin ich jetzt die niederste Lebensform. Ihrer Meinung nach sollte man mich erschießen und meine Leiche als Warnung auf der Straße liegen lassen. Meine Familie sollte sich für mich schämen. Man sollte sie in der Kirche und in den Geschäften ignorieren, bei Beerdigungen und Hochzeiten isolieren, und sie sollte wissen, dass sie nicht mehr hierhergehört.

Ich denke an unsere Nachbarn in Andersonstown, die sich am Silvesterabend zu »Auld Lang Syne« im Kreis an den Händen halten. Wie viele von ihnen wohl sagen werden: »Tessa verdient, was immer sie abkriegt. Sie hat es sich selbst zuzuschreiben«, wenn das hier jemals herauskommt.

...

An meinem Schreibtisch erstelle ich abwechselnd unseren Arbeitsplan für morgen und lese die Website des MI5.

Das ist keine gute Art zu arbeiten. Unser Programm muss diese Woche gut laufen, um zu beweisen, dass ich nicht mit meinen Gedanken woanders bin, dass meine Arbeit nicht beeinträchtigt wurde, aber bis jetzt habe ich weder eine Einleitung noch eine Pointe zustande gekriegt, sondern nur eine Handvoll mittelmäßiger Fragen für das Interview notiert.

Neben meinem Dokument ist die auf Hochglanz polierte Website des MI5 auf dem Bildschirm geöffnet. Sie zeigt einen Tag im Leben einer Geheimdienstagentin. Der besteht darin, ihre Kinder zur Schule zu bringen, Briefings abzuhalten, Fremdsprachenunterricht zu nehmen, mittags eine Runde Squash zu spielen und rechtzeitig zum Abendessen zu Hause zu sein. Sie sagt, der Job sei gut mit dem Familienleben vereinbar, da man die Arbeit im Büro lassen muss, was ich nur schwer glauben kann.

Denn natürlich gibt es keinen Alltag im Leben einer Informantin. Der Ton im Abschnitt über Informanten ist denn auch weniger glamourös und eher zurückhaltend.

»Alle unsere Führungsoffiziere erhalten eine umfangreiche Schulung, bevor sie ihre Tätigkeit aufnehmen«, heißt es in dem Bericht. »Ein wichtiger Teil dieser Schulung besteht darin, potenzielle Risiken zu erkennen und zu bewältigen. Der Aufbau einer Beziehung zu Ihnen steht im Mittelpunkt dieses Prozesses. Beide Seiten müssen offen darüber sprechen, was möglich ist und was nicht.«

Was möglich ist und was nicht. Marian, die die Bombe auf den St. George's Market bringt, Marian, die bei einem Lügendetektortest erfolgreich lügt, ich, die heute Morgen an den Strand geht. Diese Grenze wird immer wieder angepasst werden, nicht wahr? Sie verschieben sie immer weiter.

...

Ich bin mit der Reihenfolge unserer Gäste kaum vorangekommen, als Jim vom Empfang anruft. »Tessa, hier ist ein DI Fenton für dich.« Ich renne die Treppe hinunter und bleibe unten stehen, um mein Kleid und mein Ausweisband gerade zu ziehen. Vor den anderen in der Lobby begrüße ich den Detective wie einen politischen Gast, schüttle ihm die Hand und lächle. Sobald wir draußen sind, drehe ich mich zu ihm um. »Sie können hier nicht einfach so auftauchen. Bitte kommen Sie nicht wieder hierher.«

»Ich dachte, Sie hätten vielleicht Zeit für eine Pause«, antwortet Fenton liebenswürdig. Ich stolziere um die Ecke in die Linenhall Street, und wir bleiben in einer Türnische neben einem Wettbüro stehen. »Hat Ihre Schwester Kontakt mit Ihnen aufgenommen?«

»Nein.«

Er hat keine Ahnung, dass Marian eine Informantin ist. Der Geheimdienst wird es der Polizei nur sagen, wenn es nötig ist, um undichte Stellen zu vermeiden. Ich stelle mir vor, wie wütend Fenton wäre, wenn er es erführe, nach all den Stunden, die er an ihrem Fall gearbeitet hat.

»Hat Marian Sie jemals darum gebeten, etwas bei Ihnen zu lagern?«, fährt er fort.

»Nein.«

»Haben Sie jemals mit Sprengstoff gearbeitet oder ihn transportiert?«

»Nein.«

Unten an der Straße kommen Kunden mit fettverschmierten Papiertüten aus dem Brathähnchenladen. »Schmecken die?«, fragt der Detective, und ich zucke mit den Schultern. »Ich sollte sie sowieso nicht essen, mit dem Natriumgehalt.« Er klappert in seiner Anzugtasche mit irgendwelchen Schlüsseln, dann richtet er seinen Blick auf mich. »Tessa, wonach riecht Nitrobenzol?«

Ich blinzle. »Ich habe keine Ahnung.«

Fenton betrachtet mich einige Augenblicke und wendet sich dann zum Gehen. Er weiß, dass ich gerade gelogen habe. Nitrobenzol riecht wie Marzipan. Aber das habe ich aus einem Nachrichtenbericht über Sprengstoffe gelernt, nicht aus eigener Erfahrung. Ich weiß nicht einmal, ob es stimmt.

19

Ich bin allein auf dem Oberdeck des Busses. Draußen tropft der Regen von den Markisen der Geschäfte und von den breiten Blättern der Platanen. Die Menschen ohne Regenschirme haben es eilig und blinzeln gegen den Regen an, außer einer Gruppe von Schulmädchen mit nassen Haaren. Sie schlendern langsam die Straße entlang. Als wir vorbeifahren, nimmt eines von ihnen einen Lolli aus dem Mund und wirft ihn gegen die Seite des Busses. Der Fahrer im Unterdeck flucht, aber er hält nicht an. Wir würden nie weiterkommen, wenn er jedes Mal stoppt, sobald ein Kind in Belfast Krawall macht.

Es ist Freitagabend. Ich bin froh, dass ich diese Reise morgen nicht antreten muss und zwei ganze Tage mit Finn in Greyabbey verbringen kann. Auf der Heimfahrt schmiede ich ausführliche, schwelgerische Pläne für das Wochenende – ich will kochen, mit Finn in seiner Babytrage, vielleicht Mandelcroissants backen, ihm Bilderbücher vorlesen, ihn auf dem Sofa auf mir schlafen lassen. Ich will das Wochenende mit seinen Lieblingsbeschäftigungen füllen, um wiedergutzumachen, worauf ich mich mit Marian eingelassen habe. Er wird den Unterschied nicht bemerkt haben, aber ich fühle mich, als wäre ich diese Woche auf einem Langstreckenflug gewesen und käme jetzt zu ihm nach Hause zurück.

Als wir den Lough erreichen, ziehen dicke Wolken über das schwarze Wasser in Richtung der fernen Mournes. Der Regen in den Bergen ist kalt, treibt über die Hänge und füllt den Stausee.

Der Bus hält gegenüber dem Mount-Stewart-Anwesen. Jemand muss ihn angehalten haben, vielleicht ein Tourist. Ich schaue hinaus und erschrecke, als Marian auftaucht, die in einem Regenmantel am Straßenrand steht und darauf wartet, dass die Türen geöffnet werden. Ich hatte mich gefragt, wie sie mich wiederfinden würde. Ich hatte erwartet, dass es in Belfast passieren würde, zum Beispiel in einer der Gassen der Linenhall Street.

Marian steigt die Stufen zum Oberdeck hinauf und rutscht auf den Sitz neben mir. Ich kämpfe gegen den Instinkt an, ihre Hand zu nehmen.

»Geht es dir gut?«, fragt sie.

»Ja. Haben sie dich wieder verhört?«

Sie nickt. »Sie haben mich über Frankreich ausgefragt. Sie wollten wissen, wo in Carcassonne wir übernachtet und ob wir da jemanden getroffen haben.«

»Warum sollten sie sich für Frankreich interessieren?«

»Weil sie glauben, dass die Regierung damals versucht haben könnte, mich umzudrehen. Manchmal versuchen sie es, wenn die Leute im Urlaub sind.«

»Konntest du sie überzeugen?«

»Ja. Ich habe ihnen gesagt, wir hätten uns kaum von unserem Pool weggerührt. Ich bin also immer noch im aktiven Dienst.«

»Aber sie beobachten dich?«

»Wahrscheinlich.«

»Eamonn hat mir von dem Panikknopf erzählt. Was würde passieren, wenn du ihn jetzt betätigst?«

»Ein Spezialeinsatzteam würde den Bus anhalten und mich herausholen«, sagt sie. »Es würde nicht lange dauern, sie haben Hubschrauber zur Verfügung.«

Sei nicht albern, denke ich. Niemand schickt einen Hubschrauber für dich los, so besonders bist du nicht. Nur dass sie es natürlich ist. Sie ist ein wertvoller Aktivposten für die britische Krone. »Bezahlen sie dich?«, frage ich, und sie nickt. »Wie?«

»Sie zahlen Geld auf ein Schweizer Bankkonto ein.«

»Findest du das nicht problematisch?«

Marian verzieht einen Mundwinkel. IRA-Mitgliedern soll Geld nichts bedeuten, das ist eine Frage des Stolzes. Sie erzählen Geschichten darüber, wie sie von der Regierung einen Koffer voller Bargeld angeboten bekamen, damit sie Informanten werden, und lachen.

»Es ist einfach praktisch«, sagt sie. »Ich könnte anschließend Schwierigkeiten bekommen, eine Arbeit zu finden.«

Ich will widersprechen, halte mich aber zurück. Ich habe kein Recht, Marian dafür zu kritisieren, dass sie sich nicht an den Ethikkodex der IRA hält.

»Der Detective, der nach dir sucht, ist in mein Büro im

Sender gekommen. Er hat mich gefragt, ob ich jemals Sprengstoff transportiert habe.«

»O Gott!«, sagt Marian. »Das tut mir leid.«

Seit zwei Tagen warte ich darauf, dass der Detective unsere Nachrichtenkonferenz unterbricht oder während meiner Teepause in der Kantine auftaucht, diesmal mit uniformierten Polizisten, um mich zum Verhör mitzunehmen, um mich vollkommen zu demütigen.

»Wie ist er denn so?«, erkundigt sie sich.

»Er ist nett. Ihr zwei solltet mal einen Kaffee zusammen trinken.«

Das Seltsame ist, dass ich tatsächlich glaube, dass sie sich mögen würden. Zumindest würden sie sich gegenseitig respektieren. Mich dagegen scheint er nicht zu respektieren, aber schließlich hält er mich auch für eine Lügnerin.

Der Bus fährt am See entlang, vorbei an aufgeweichten Wiesen. »Hast du dich mit Eamonn getroffen?«, will Marian dann wissen.

»Ja.« Sie beginnt zu sprechen, aber ich unterbreche sie. »Du könntest wenigstens versuchen, überrascht auszusehen.«

Marian lächelt. »Ich wusste, dass du es tun würdest.«

»Ich mache das nicht, um dich zu beeindrucken!«, fahre ich sie an. »Ich habe dir nicht verziehen. Was auch immer du jetzt tust, es macht dein Verhalten nicht wieder gut.«

Marian versteift sich, bevor sie weiterspricht. »Du musst Eamonn den Namen Charles Cavil nennen. Meine Einheit überwacht ihn diese Woche.«

»Wer ist das?«

»Ein Finanzier. Er ist mit dem Premierminister befreundet, ihre Familien fahren zusammen in den Urlaub. Die IRA will ihn reinholen. Wir suchen nach Material, mit dem wir ihn erpressen können.«

»Hast du das schon einmal gemacht?«

Sie antwortet nicht auf meine Frage. Wir sind fast in Greyabbey, und ich greife an ihr vorbei, um auf den Halteknopf zu drücken.

»Kann ich Finn sehen?«, fragt sie.

»Nein.«

»Bitte, Tessa. Ich vermisse ihn.«

»Es ist nicht fair von dir, mich zu fragen.«

In ihrer Lage könnte ihr alles Mögliche zustoßen. Es könnte heute Abend passieren, es könnte in ein paar Stunden passieren. Marian dreht sich zur Seite, und ich schiebe mich an ihr vorbei, mit gesenktem Kopf und brennenden Augen. Dies könnte unser letztes Gespräch sein. Ihre Bitte und dass ich sie im Bus allein zurücklasse.

...

Am Morgen am Strand lasse ich mich auf die Sandkuppe fallen und warte auf Eamonn. Die aufgehende Sonne zieht einen Pfad aus grellem Licht über das Wasser, und ich starre es lange genug an, um Flecken auf der Netzhaut zu sehen, wenn ich den Blick abwende.

Vom anderen Ende der Bucht kommen Eamonn und der Hund auf mich zu. Die Absprache hat also funktioniert. Gestern Abend, nachdem ich Marian im Bus verlassen hatte, habe ich in einem Supermarkt mit Eamonns Geschenkkarte einen Mars-Riegel gekauft. Ich hatte zwar Hunger, bin aber nicht auf die Idee gekommen, ihn zu essen. Es war nur ein Signal, kein echtes Essen.

Die Colliehündin stößt mit ihrem Kopf gegen meine Brust, und ich beuge mich vor und atme den beruhigenden Geruch ihres nassen Fells ein. Eamonn trägt ein blau marmoriertes Hoodie-Sweatshirt, von dessen Kapuze zwei weiße Schnürbänder herabhängen.

»Ist sie wirklich dein Hund?«, frage ich ihn.

»Ja«, sagt er. Das ist gut. Ich möchte, dass etwas an dieser ganzen Sache echt ist.

Ich erzähle ihm von dem Plan der IRA, Charles Cavil zu erpressen. »Was werdet ihr tun?«

Falls Cavil aus der Provinz verschwindet, wird die IRA wissen, dass es einen Maulwurf gibt.

»Was auch immer wir tun, es wird nicht zu Marian zurückführen, das verspreche ich dir.«

Ich möchte mit seinen anderen Informanten sprechen. Ich möchte wissen, wo sie jetzt sind, ob sie noch leben und ob sie es wieder tun würden.

»Darf ich dich etwas fragen? Warum hat der MI5 nicht geholfen, Cillian Burke zu verurteilen?« Cillians Prozess ist Anfang der Woche geplatzt, wie vorhergesagt. Er ist ein freier Mann.

»Wir hatten unsere Gründe«, antwortet Eamonn.

»Welche?«

»Das Allgemeinwohl.«

»Interessiert es euch überhaupt, was hier passiert? Ist das ein Übungsplatz für euch?«

»Nein, Tessa«, sagt er. »Das hier ist keine Übung.« Er blickt über seine Schulter auf das graue Meer. »Ist es kalt?«

»Ja.« Ich beginne, den Knoten an meinen Leggings zu lösen, meinen Pullover auszuziehen und mich bis auf den Badeanzug auszuziehen. Eamonn rührt sich nicht. »Sonst noch etwas?«

Er schüttelt den Kopf, und ich gehe um ihn herum und hinunter zum Wasser. Ich schnappe nach Luft und tauche unter die Oberfläche.

...

Jeden Abend nach der Arbeit gehe ich zum Geldautomaten und hebe vierhundert Pfund ab. Zu Hause rolle ich die Scheine zusammen und verstecke sie in einer leeren Tube Sonnencreme. Ich brauche das Geld, wenn etwas schiefgeht, wenn wir plötzlich gehen müssen.

Ich finde meinen Reisepass ganz unten in einem Aktenschrank und lege ihn in mein Schmuckkästchen, zusammen mit Finns Geburtsurkunde und einem Scan seiner NHS-Karte und seiner Impfunterlagen. Ich schiebe meine Reisetasche nach vorn in den Schrank und überlege, was ich mitnehmen soll – Windeln, Feuchttücher, Decken, Fläschchen, warme Kleidung. Aber ich packe sie nicht ein. Wenn die IRA jemals mein Haus durchsucht, dürfen sie keine gepackte Reisetasche finden.

Am Samstag bringt Sophie Poppy vorbei. Ich setze beide Babys in ihre Hochstühle und komme mit zwei Gläsern Fruchtpüree zurück. Sie schauen mich mit großen Augen an, die Lätzchen um den Hals.

»Gut, wer hat Hunger?« Es überrascht mich, wie leicht es ist, sich wie ein normaler Mensch zu verhalten, wie jemand, der keine zweitausend Pfund Bargeld in seinem Badezimmerschrank versteckt hat.

20 Als ich die Druckknöpfe von Finns Schlafanzug öffne, sehe ich, dass seine Brust von leuchtend roten Flecken übersät ist. Ich werde ganz starr.

Die Flecken sehen wie Masern aus. Er hatte vor Kurzem eine MMR-Impfung, aber das Virus könnte bereits in seinem Körper gewesen sein. Finn schaut mich von der Wickelauflage aus stirnrunzelnd an und fängt dann an zu weinen. Ich beuge mich vor, um ihn zu küssen, und ärgere mich über mich selbst, weil ich ihn erschreckt habe, weil ich keine besseren Instinkte habe, und ziehe vorsichtig seine Arme aus den Ärmeln. Die Flecken haben sich bis auf seinen Rücken ausgebreitet.

Ich hebe Finn auf die Schulter und gehe ins Wohnzimmer, sehe mich um, als suchte ich einen anderen Erwachsenen, den ich bitten könnte, sich das mal anzusehen.

»Ziehen Sie ihn aus und legen Sie ihn hier hin«, instruiert mich die Ärztin in der Klinik. Finn schreit, weil er, nur mit einer Windel bekleidet, auf dem Rücken liegt. Als er sich windet, knittert das Krankenhauspapier unter ihm. Die Flecken sehen unter dem Lichtband noch schlimmer aus, und ich streichle seinen Kopf, während die Ärztin ihn untersucht.

»Du hattest kürzlich eine Impfung«, sagt sie zu ihm. »Das bedeutet, dass du perfekt darauf reagiert hast. Kluger Junge.«

»Aber die Impfung liegt schon zwei Wochen zurück.«

Die Ärztin wirft einen Blick auf das Krankenblatt. »Zehn Tage. Der Ausschlag kommt oft erst so spät. Manchmal zeigt er sich auch gar nicht.«

Ich hole tief Luft. »Er hat keine Masern?«

»Nein. Die Flecken sind nur eine Immunreaktion auf den Impfstoff. Er ist nicht krank.« Sie zieht ihre Handschuhe aus und wirft sie in den Mülleimer.

»Ist der Ausschlag ansteckend?«

»Nein«, sagt sie. Mein Tagesplan verändert sich, als würden plötzlich Blöcke hin- und hergeschoben. Nach dem Arzttermin bringe ich Finn in die Kita, stürze mich in die Arbeit, beende die Reihenfolge der Gäste, produziere unsere Live-Sendung und komme gegen acht Uhr nach Hause zur Babysitterin zurück. Nur leider ist das alles nicht machbar. Am liebsten möchte ich die nächsten sechs bis zwölf Stunden dasitzen und mein Baby im Arm halten.

»Kann ich ihn hier stillen?«

»Natürlich.«

Finn saugt mit weit aufgerissenen Augen, als würde er im Moment keinem von uns trauen. »Wie geht es Ihnen sonst?«, fragt die Ärztin.

»Gut. Großartig.«

»Irgendwelche Probleme mit der Ernährung?«

»Nein.«

»Haben Sie viel Unterstützung? Haben Sie Familie in der Gegend?«

»Meine Mutter.« Obwohl ich sie seit letzter Woche nicht mehr gesehen habe. Sie und Marian haben viel Zeit miteinander verbracht und sich außerhalb der Stadt getroffen, und ich fühle mich von diesen Besuchen ausgeschlossen.

Die Ärztin wartet. Sie weiß, dass etwas nicht stimmt. Ich schaue nach unten und betrachte das Spucktuch, das über meiner Schulter hängt. Ich könnte es ihr sagen. Ich könnte sagen, dass ich Informantin der IRA bin.

»Sie können mich jederzeit anrufen«, sagt sie, und ich nicke heftig, weil ich ihr für ihre Freundlichkeit danken möchte. »Wir sehen uns bei seiner Zehn-Monats-Kontrolle.«

Bis dahin, bis Oktober, könnte es vorbei sein. Ich würde gerne bis dahin mit Finn hierbleiben, damit eine andere Version von mir die Klinik verlässt und sich dem stellt, was da auch immer kommen mag.

...

Als ich endlich von der Arbeit nach Hause komme, schaut die Babysitterin auf dem Sofa *Bake Off*. Finn schläft bereits, und ich bin traurig, weil ich sein Bad und sein Fläschchen verpasst habe.

»Wie war er?«, frage ich.

»Gut.« Olivia gähnt. »Er ist um sieben Uhr dreißig eingeschlafen.«

Ich warte auf weitere Einzelheiten, aber es kommt nichts mehr. »Hast du genug gegessen?« Ich habe ihr Geld für einen Imbiss dagelassen, falls sie keine Lust auf etwas aus meinem Kühlschrank hatte.

»Ich habe was bei Golden Wok bestellt. Es ist noch etwas übrig, steht in der Küche.«

»Großartig, ich bin am Verhungern.«

»Du hast nicht gerade viele Sachen für ihn«, stellt Olivia an der Haustür fest. »Nur zwei Essschüsseln und zwei Löffel.«

»Ach, er benutzt ja immer nur eine zur Zeit.«

»Er könnte auch mehr Söckchen gebrauchen.«

»Gut, okay. Ich kaufe welche. Gute Nacht, Olivia.«

»Nacht.«

Olivia babysittet noch für andere Familien in Greyabbey, die offensichtlich besser organisiert sind. Ihnen geht nie die saubere Wäsche für das Baby aus, ebenso wenig wie Calpol oder Heftpflaster. Sie besitzen Flaschensterilisatoren, White-Noise-Einschlafhilfen und Tücherwärmer. Sie kochen selbst Kompott und füllen es in Portionsgläser. Sie sehnen sich nie nach ungefilterten Zigaretten oder Musikfestivals.

Allerdings ist das kein fairer Vergleich, wenn man bedenkt, dass sie alle verheiratet sind. Ich würde gern mal hören, worüber die anderen Eltern in Greyabbey reden, wenn ihr Baby schläft. Ich möchte wissen, ob sie Kalender an den Wänden ihrer Küchen hängen haben und was darauf steht und was auf meinem stehen sollte.

Zwei Wochen vor meinem Geburtstermin verriet mir Colette beim Abendessen alle Tricks, um die Wehen einzuleiten – scharfe Currys, kohlensäurehaltige Getränke, Himbeerblättertee. »Bist du bereit?«, fragte sie, und ich nickte und legte meine Hand auf meinen dicken Bauch. »Ich will ihn endlich kennenlernen.«

Ein Paar in unserer Nähe hatte einen Kinderwagen neben dem Tisch geparkt. Das Baby wachte während des Nachtischs auf, und der Vater hob es in seine Arme. Das kleine Mädchen schaute zwischen ihren lächelnden Eltern hin und her, und mir schoss durch den Kopf: *Mein Sohn wird das nie tun.* Egal, wie freundschaftlich Tom und ich miteinander umgehen, das wird Finn nicht erleben. Colette muss meinen Gesichtsausdruck gesehen haben, denn sie sagte: »Er kann froh sein, dass er dich hat, Tessa.«

...

Meine Mutter hatte mir nicht gesagt, warum sie sich heute Abend nicht um Finn kümmern konnte. Vielleicht musste sie länger arbeiten.

Der Babysitter hat vierzig Pfund gekostet. Ich bleibe lange auf, verputze chinesisches Essen mit Stäbchen direkt aus der Schachtel und sortiere die Gas- und Stromrechnungen für diesen Monat. Der Gedanke an Geld fühlt sich an, als würde ich auf der obersten Stufe einer Treppe stolpern. Aber ich habe bereits beschlossen abzulehnen, wenn Eamonn mir anbietet, mich zu bezahlen. Als würde das Geld mich kompromittieren. Und das ist dumm, da die IRA bezahlte und unbezahlte Informanten gleich hart bestraft. Ich denke an den MI5, der für Marian ein Nummernkonto in der Schweiz eingerichtet hat, ein P-Konto. Den Kontostand hat sie mir nicht genannt.

Ich drücke mich vom Tisch weg. Finns Zimmer riecht anders als der Rest des Hauses, nach Calendula-Lotion und Bettlaken aus Baumwolle. Im Schlaf streckt er die Arme über seinen Kopf und rollt sich auf die Seite. Ein Füßchen ragt durch die Latten des Kinderbettes, und ich schiebe es wieder zurück. Ich lege meine Hand auf seine Brust, spüre, wie sich seine Rippen beim Atmen heben und senken, und frage mich, was genau ich da eigentlich tue.

21

Marian wartet allein an der Bushaltestelle in Newtownards. Sie trägt ein Etuikleid und hochhackige Stiefel, in denen sie mühelos gehen kann. Das ist seltsam, da sie sonst nie hohe Absätze trägt. Ich erinnere mich, dass sie sagte, Sanitäter sollten nur Schuhe tragen, in denen sie bequem laufen und rennen können.

»Sind die Stiefel neu?«, frage ich, als der Bus weiterfährt.

»Nein.«

Meine Schwester weiß, wie man eine Waffe lädt, wie man Sprengstoffe transportiert und wie man mit bloßen Händen kämpft. Warum sollte sie dann nicht auch wissen, wie man in Stöckelschuhen läuft? Diese Kleidung muss eine Tarnung für die Malone Road sein, damit sie Charles Cavil in die teuren Restaurants und Geschäfte in seinem Viertel folgen kann, während ihre Einheit ihn überwacht. Er lebt in einer modernen Villa mit viel Glas am Osborne Place.

»Hast du schon belastendes Material gefunden?«, erkundige ich mich.

»Einige Steuerhinterziehungen«, sagt sie.

»Und was passiert jetzt?«

»Einer unserer Jungs wird ihn ansprechen«, antwortet sie. »Der MI5 wird Cavil gesagt haben, wie er zu reagieren hat. Sie haben ihn bestimmt schon gebrieft.«

Ich denke an Marians Einheit, die in einem Wagen vor seinem Haus parkt, und an Cavil, der drinnen eine Flasche Wein entkorkt oder Abendessen kocht, weil er weiß, dass er beobachtet wird. Mir kommt das alles wie eine Farce vor.

Der Bus kommt im Freitagabendverkehr nur im Schneckentempo voran. »Wie gut kennst du Eamonn?«, frage ich.

»Nicht besonders gut.« Meine Schwester sagt, sie hätten nur kurze Treffen gehabt, im Auto, beim Herumfahren. Sie hat ihm Informationen gegeben, dann hat er sie wieder auf die Straße gesetzt, und sie ist nach einer winzigen Unterbrechung weiter spazierengegangen.

»Er sagte, er sei aus Strabane, aber ich kann nicht beurteilen, ob sein Akzent echt ist.«

»Wahrscheinlich nicht«, sagt Marian. »Ist das wichtig?«

»Ich will wissen, ob er mich anlügt.«

»Sieh es nicht als Lüge«, rät sie mir. »Betrachte es als einen weiteren Schutz.«

Wir fahren an Bauernhöfen, Wiesen und stillen Teichen vorbei. Das alles befindet sich in einer Konfliktzone, hinter Sicherheitskontrollpunkten, innerhalb eines militärischen Kordons. Für Marian bedeutet diese Phase das Ende eines jahrhundertelangen Krieges, die letzte Welle überhaupt. Trotzdem wünsche ich mir, es würde nicht passieren.

»Hast du Informationen für Eamonn?«, frage ich sie.

»Ich lege heute Abend ein Waffenlager in Armagh an.«

In meinem Magen gähnt plötzlich ein Loch. Wenn sie dabei jemand überrascht, könnte sie erschossen werden. »Gehst du allein?«

»Nein, mit Damian und Niall.«

Ich kann nicht sagen, ob das besser oder schlechter ist. Zu dritt geht das Schaufeln schneller, aber sie sind auch auffälliger. Marian verrät mir die Stelle des Waffenverstecks auf einer Apfelplantage an der Monaghan Road.

»Und wenn euch dabei jemand sieht?«, frage ich.

»Um diese Zeit ist niemand unterwegs.«

»Und wenn euch doch jemand überrascht, erschießt du ihn dann?«

»Nein.«

»Würden Damian oder Niall es tun?«

Sie antwortet nicht. Ich rücke von ihr weg, drücke mich an das Busfenster und starre auf die Dächer und Kirchtürme draußen. »Was ist los mit diesem Ort? Was ist bloß damit passiert?«

»Sie sind keine Monster«, sagt sie. »Sie bekämpfen die Briten, wie sie die Nazis bekämpfen würden. Sie glauben, dass sie das Richtige tun.«

»War der Anschlag auf der Elgin Street richtig?«

»Das waren nicht wir, das waren Loyalisten.«

»Es ist mir egal, welche Seite es war. Wie konntest du danach einfach weitermachen?«

»Du verstehst das nicht. Wenn man einmal etwas Schreckliches getan hat, muss man weitermachen, man muss gewinnen, sonst war auch diese schreckliche Sache umsonst.«

»In einem vereinigten Irland würdest du dich also nicht schuldig fühlen?«

»Ich werde mich für den Rest meines Lebens schuldig fühlen.«

Wir fahren an Mount Stewart vorbei, und schon bald tauchen die Dächer von Greyabbey vor uns auf.

»Darf ich Finn sehen?«

»Hör auf zu fragen.«

...

Als ich Finn von der Kindertagesstätte nach Hause trage, bin ich kurzatmig vor Mitleid und Schuldgefühlen. Ich habe Mitleid mit meiner Schwester, so wie ich es auch hätte, wenn sie die letzten sieben Jahre krank oder süchtig gewesen wäre. Ihr Leben war so viel schwieriger als meines.

Trotzdem kann ich sie nicht nur bemitleiden. Das war kein Autounfall. Kein Alkoholismus. Sie besaß keine genetische Veranlagung für das, was sie tat, sondern sie hat sich aus freien Stücken entschieden, Terroristin zu werden. Sie hat einen Eid abgelegt. *Ich, Marian Daly, bin eine Freiwillige der Irisch-Republikanischen Armee.*

»Wir werden das Waffenversteck überwachen«, erklärt Eamonn, als wir uns in Ardglass treffen. »Dann sehen wir, wer sie abholt und wohin sie die Waffen bringen.«

»Bring sie nicht in Gefahr.«

»Sie werden gar nicht merken, dass wir da sind.«

Nach jedem Treffen mit Eamonn schwimme ich wie

verrückt im Meer. Meine Füße wühlen die Oberfläche auf, und meine Arme gleiten durch das Wasser. An der Landzunge wird die Strömung stärker, man spürt den kalten Sog der Flut, die einen in Richtung Nordsee zieht.

Im Wasser denke ich über die Informationen nach, die ich Eamonn über die Pläne, Routen oder Ziele ihrer Einheit mitgeteilt habe. Und ich stelle mir die Möglichkeiten vor, wie seine Behörde darauf reagieren könnte und wie diese Informationen zu Marian und irgendwie dann auf mich zurückgeführt werden könnten.

Ich war noch nie eine schnelle Schwimmerin, aber jetzt ist es fast ein Sprint. Als ich aus dem Wasser komme, sind meine Beine ganz schlaff. Das Salzwasser rinnt mir den Körper hinunter, während ich durch die Dünen zurücklaufe. Auf dem Parkplatz ziehe ich mir ein T-Shirt über und streife darunter meinen Bikini ab, erleichtert, den klammen Stoff loszuwerden. Ich streiche mir das Wasser aus den Haaren, schiebe meine sandigen Füße in die Schuhe und lasse mich dann auf Hände und Knie fallen, um unter dem Auto nach einer Bombe zu suchen. Selbst nach der Überprüfung habe ich Angst, bevor ich den Schlüssel umdrehe. Ich sitze da und denke an Finn.

Zu Hause schmerzen die Muskeln hinter den Schulterblättern, wenn ich das Baby hochhebe, wenn ich unter der Dusche die Arme strecke, wenn ich nachts ins Bett steige.

•••

Manchmal bleibe ich weit hinter der Stelle, wo die Wellen sich brechen, trete auf der Stelle Wasser und beobachte die Fischtrawler. »Die IRA erwartet eine Lieferung«, hat Marian gesagt. »Deshalb war ich in Ballycastle. Sie haben mich zur Nordküste geschickt, um dort einen geeigneten Anlandeplatz zu suchen.«

Die Lieferung erfolgt von Kroatien auf der Privatyacht eines Waffenhändlers. Irgendwann in diesem Herbst trifft sich die Yacht im Mittelmeer mit einem irischen Fischtrawler, der ihre Ladung aufnimmt, nach Hause zurückkehrt und nachts irgendwo an der Nordküste anlandet.

»Sie brauchen einen abgelegenen Ort«, sagte Marian. »Ich habe einen Strand westlich von Ballycastle gefunden, aber sie ziehen auch andere in Betracht.«

Ich stehe bis zum Hals im Wasser, beobachte die Trawler und denke an die Yacht, ein großes Schiff mit einer kompletten Besatzung. Ich frage mich, ob einer von ihnen weiß, was sie an Bord haben.

»Fünfundvierzig Tonnen Gelignite«, hatte Marian gesagt.

»Ich weiß nicht, was das heißt.«

»Der Sprengstoff reicht für dreißig große Bomben.«

22 Ich lasse mich neben meiner Mutter in einen Stuhl fallen, und vor Erschöpfung kommen mir die Tränen. Finn liegt in seinem Bettchen, aber er wird in ein paar Stunden wieder aufstehen. Er war noch nie ein guter Schläfer. In den ersten Wochen dachte ich, er sei endlich eingeschlafen, dann schaute ich in die Wiege und sah seinen Schnuller, der sich heftig auf und ab bewegte.

»Warum schläft er nachts nicht durch?«, frage ich sie. Es fühlt sich so einsam an, in der Dunkelheit aufzustehen, um ihn zu füttern und zu wickeln. Manchmal habe ich nachts Heimweh, diese große, unangebrachte Sehnsucht nach meiner eigenen Mutter und danach, wieder in meinem Kinderzimmer zu sein.

»Das erste Jahr ist hart«, erwidert sie. Ich lege meine Wange auf den Tisch, und sie streichelt mein Haar. »Er wird schon bald durchschlafen. Du warst als Baby genauso, wirklich. Es war die reinste Qual.«

Das zu hören ist aus irgendeinem Grund ungemein beruhigend. Meine Mutter blickt nach unten. »Sind das meine Socken?«

»Oh.«

Sie seufzt. »Gib sie mir das nächste Mal zurück, Tessa.«

Bevor sie geht, wickle ich Mandelkekse in Folie und stecke sie neben einen schwarzen Kittel in ihre Tasche. »Was ist das denn?«

»Meine Uniform.«

»Du trägst doch nie Uniform.«

»Jetzt schon«, gibt sie leichthin zurück. »Die Dunlops haben mich gefeuert.«

»Wegen Marian?«

»Ja.«

Sie hat eine neue Stelle in einer Hotelkette im Stadtzentrum gefunden. Bei den Dunlops war meine Mutter oft allein im Haus, konnte ihren Tag selbst gestalten und jeden Nachmittag mit den Labradoren einen langen Spaziergang durch den Wald machen. Sie liebte diese Hunde, hat ein Foto von ihnen an ihren Kühlschrank geklebt. Jetzt ist sie den ganzen Tag im Hotel und putzt ein identisches Zimmer nach dem anderen. Außerdem ist die Arbeit anstrengender. Das Hotel setzt seine Zimmermädchen unter Zeitdruck und zwingt sie, eine bestimmte Anzahl von Zimmern pro Stunde zu reinigen.

»Es ist nur die Umstellung«, sagt sie. »Ich werde mich daran gewöhnen.«

»Bewirbst du dich auch auf andere Stellen?«

»Die meisten Menschen mögen ihre Arbeit nicht, Tessa, sondern finden sie einfach nur anstrengend. Nicht jeder hat so viel Glück wie du.«

»Es muss doch noch eine andere Stelle geben wie die bei den Dunlops«, beharre ich hartnäckig. Aber vielleicht nicht für sie, für die Mutter einer Terroristin. »Wieso bist du nicht wütend auf meine Schwester?«

»Marian hat mich gebeten, ihr zu vergeben«, erwidert sie.

»Und?«

Meine Mutter wirft mir einen Blick zu, der weniger enttäuscht als fassungslos ist. Ihr fällt es leichter, Marian zu vergeben als mir. Sie wurde ihr ganzes Leben lang darauf vorbereitet, ihre ganze Religion basiert auf Sünde und Sühne, Wiedergutmachung und Reue.

...

Am nächsten Tag will Tom gerade gehen, nachdem er Finn abgesetzt hat, als mein Telefon klingelt. »Tut mir leid, Tom. Kannst du noch ein paar Minuten bei Finn bleiben? Ich muss eine Besorgung machen.«

»Was für eine Besorgung?«

»In einer Apotheke. Die macht gleich zu.«

Auf einem Feldweg hinter Mount Stewart halte ich an, und Marian steigt in mein Auto. Niemand kommt hierher. Der Weg sieht aus wie eine Privatstraße durch den Wald und liegt versteckt unter alten Eichen und Ulmen. Vielleicht gehörte dieser Wald einst zum Herrenhaus. Irgendwo hinter den Bäumen liegen die ausgedehnten Rasenflächen, die Teiche und das Herrenhaus, mit Säulen am Eingang und von Efeu überwuchert.

Die Jahreszeit beginnt sich zu verändern. Der Efeu auf Mount Stewart färbt sich rot, und die Farbe sickert durch diesen Wald. Oberhalb des Weges sind die Eichen und Ulmen rotbraun, und in der Luft liegt der Geruch von Holzrauch. Vom Auto aus beobachte ich, wie das Licht schräg durch die Bäume fällt. In einem anderen Leben würden Marian und ich uns vielleicht hier treffen, um Brombeeren zu pflücken.

»Ein Immobilienmakler von Fetherston Clements überlässt der IRA seine Immobilien als Unterschlupf«, sagt Marian. Sie erzählt mir, dass die IRA-Mitglieder wie Mietinteressenten in leere Wohnungen geführt werden. Dort werden sie dann allein gelassen und können ihre Treffen abhalten.

»Welcher Makler?«

»Jimmy Kiely.«

»Okay, ich sag's Eamonn.« Ich warte darauf, dass Marian aussteigt.

»Wie geht es Finn?«, erkundigt sie sich.

»Gut.«

»Kann ich ein Foto von ihm sehen?«

Ich massiere meine Schläfen. Marian besucht Finn seit einigen Wochen nicht mehr, aber als wir uns das letzte Mal getroffen haben, hat sie ihm ein Set Trinkbecher mitgebracht, weil sie gelesen hatte, dass er jetzt alt genug dafür sei.

Ich habe es satt, wütend auf sie zu sein. Es ist anstrengend, diese endlosen Streitereien ständig mit mir herumzuschleppen.

»Musst du sofort zurück nach Belfast?«, frage ich sie.

»Nein«, sagt Marian, »noch nicht.«

»Dann warte hier.«

Als wir zurückkommen, steht Marian genau an derselben Stelle, als hätte sie in den letzten fünfzehn Minuten keinen Muskel bewegt. Sie muss befürchtet haben, dass ich dann meine Meinung ändern könnte. Ich öffne die Hintertür, und Finn dreht sich in seinem Sitz zu mir um. Er umklammert seinen Plastikspielzeugbüffel, und über seinen Beinen liegt eine Decke.

Ich öffne die Schnappverschlüsse und hebe ihn heraus in die kühle Luft. Er dreht den Kopf, um diesen neuen Ort zu studieren, betrachtet die Blätter, die im Wind tanzen. Als er Marian erblickt, macht er eine überraschte Miene. Seine Wangen werden rund, und seine Augenbrauen heben sich.

»So, bitte«, sage ich, und Marian nimmt ihn in die Arme. Er strahlt sie an und schiebt sich eine Fingerspitze in den Mund.

Marian lächelt und weint gleichzeitig. Ich erinnere mich daran, wie sie im Wartezimmer der Entbindungsstation ihre Hand auf ihr Herz drückte und sich zu ihm hinunterbeugte.

Ich beobachte, wie mein Sohn sein Kinn senkt und an der Schulter ihres Tweedmantels lutscht. Ich sehe, wie meine Schwester ihre Augen schließt. Sie geht mit ihm langsam im Kreis herum, als ob sie tanzen würden.

23 Die Wochen vergehen. Marian erzählt mir von Raubüberfällen, Waffenlieferungen und Telefonzellen, und ich gebe die Informationen an Eamonn weiter.

Ich treffe mich mit ihm zwei- oder dreimal pro Woche am Strand, jeweils etwa fünf Minuten, also insgesamt zehn oder fünfzehn Minuten. Das ist nichts Besonderes. Ich verbringe jede Woche mehr Zeit damit, Babykleidung zusammenzulegen.

Finn ist inzwischen neun Monate alt. Alles an ihm ist jetzt noch klarer. Seine Vorlieben, seine Hartnäckigkeit, sein Humor. Er spielt gerne Kuckuck mit mir. Dann ragt sein kleiner Kopf über die Matratze auf der anderen Seite des Bettes heraus. Jeden Morgen werde ich von einer klaren Stimme geweckt, die im anderen Zimmer »*Baba*« sagt. Wenn ich Finn in die Küche trage, zeigt er auf den Kühlschrank und sagt noch einmal »*Baba*« und vergewissert sich, dass ich ihn auch ja verstanden habe.

Seine Augen leuchten jeden Tag heller. Er kann jetzt laufen, wenn auch noch etwas unsicher. Wenn er seinen

Teddy sieht, kräht er vor Freude und wirft ihn zu Boden. Er schüttelt den Kopf, wenn er Nein sagen will.

Er isst nicht mehr alles, was man ihm vorsetzt. Wenn er im Hochstuhl sitzt, hebt er eine Nudel hoch und schüttelt sie, um den daran klebenden Spinat zu lösen.

Ich verstehe jetzt, wie Agenten jahrelang im Verborgenen leben können. Man kann sich an alles gewöhnen. Man kann seine Aufmerksamkeit auf etwas anderes lenken.

Mit der Dünung im Herbst sind die Wellen stärker geworden. Eamonn kommt zu unseren Treffen in einer Fleecejacke, die bis zum Kinn zugezogen ist, und ich habe einen Neoprenanzug dabei. Nachher stehe ich auf dem Parkplatz, rolle den Neoprenanzug Zentimeter für Zentimeter an meinem Körper herunter und frage mich, ob ich jetzt erschossen werde. Unter dem dicken Neoprenanzug ist mein Bauch blass und vom Wasser aufgeweicht, so dass ich mich doppelt verletzlich fühle.

Aber abgesehen von den Momenten auf dem Parkplatz habe ich jetzt weniger Angst als vor meiner Tätigkeit als Informantin. Meine Haltung zur IRA hat sich verschoben. Ich studiere sie jetzt, arbeite gegen sie und warte nicht einfach darauf, eines ihrer Opfer zu werden.

Auch bei der Arbeit hat sich mein Blickwinkel verändert. Ich verstehe jetzt mehr von der Wirklichkeit hinter den Nachrichten. Zum Beispiel haben wir über eine Reihe von Geldautomatenüberfällen in Downpatrick berichtet. Marians Gruppe hat diese Raubüberfälle durchgeführt. Sie nannte mir die Standorte der einzelnen Geldautomaten, ich sagte es Eamonn, und der Sicherheitsdienst hat die Scheine zur Nachverfolgung markieren lassen.

Im Laufe meines Arbeitstages recherchiere und schreibe ich über bestimmte Politiker, und manchmal ist das verwirrend. Ich bin für sie ein Nichts. Wenn ich in einem ihrer Stadthäuser in London auftauchen und mich vorstellen würde, würden sie mich nicht hereinbitten oder mir ein Glas Wein anbieten. Sie würden ihren Sicherheitsdienst rufen, verärgert über mein Eindringen. Trotz allem, was ich tue und was es mich kosten könnte, habe ich keinerlei Anspruch auf sie.

...

Wenn Marian und ich uns in der Gasse hinter Mount Stewart treffen, hat sie es manchmal eilig, dann wiederum bleiben wir mitunter auch eine Stunde zusammen. Normalerweise nehme ich Finn mit, und wir schlendern durch den Wald und über den Rasen des Herrenhauses, wo wir uns unter die anderen Besucher mischen, die das Gelände erkunden. Finn mag den Springbrunnen und die Hecken, die in Form von Tieren geschnitten sind. An einem Samstag im Oktober sitzen wir zusammen auf den Stufen des Herrenhauses. »Wie ist es, einen Geldautomaten zu knacken?«, frage ich sie unvermittelt.

Marian zuckt mit den Schultern. Ich kenne das Wesentliche: Sie stehlen einen Bagger von einer Baustelle, reißen damit den Geldautomaten aus der Wand, laden ihn in einen Lieferwagen und fahren davon, alles in wenigen Minuten.

»Ist es aufregend?«, hake ich nach, und sie nickt. »Was machst du hinterher?«

»Wir besaufen uns.«

Sie suchen einen sicheren Unterschlupf auf, sagt sie, drehen die Musik auf und tanzen. Sie trinken aus Wodkaflaschen, schreien sich gegenseitig an und tanzen eng umschlungen.

»Musst du das jetzt vortäuschen?«

»Dass ich glücklich bin?«, fragt sie. »Nein, das ist echt.«

»Liebst du sie noch?«

»Ja.«

Ich kenne Seamus, Damian und Niall jetzt aus ihren Erzählungen. Marian hat mir gesagt, wer von ihnen in einer wohlhabenden Familie aufgewachsen ist, wer kein Geld hatte und wer mit sieben Jahren in eine Pflegefamilie gekommen ist. Ich kenne ihre Streitereien, die sie im Van über Musik und im Unterschlupf wegen der Sauberkeit führen.

Niall ist der Fahrer, weil er in West-Belfast aufgewachsen ist, Damian ist der Koch, weil er Essen liebt und einmal einen ihrer Kuriere gebeten hat, einen Beutel Tapiokamehl in ihren Unterschlupf zu bringen, damit er Brathähnchen zubereiten konnte. Seamus ist der Professor, denn er hat alles gelesen. Politik und Theorie, aber auch Belletristik, Mavis Gallant und Albert Camus und Jean Rhys.

Ich weiß, dass Niall, der Jüngste, oft ein rosafarbenes Polohemd und eine graue Trainingshose trägt, dass die Seiten seines Kopfes rasiert sind, aber nicht die Haare obendrauf und dass er ein guter Tänzer ist. Ich weiß, dass Seamus, der Älteste, der Ernsthafteste, ein Tattoo mit Hammer und Sichel hat. Ich weiß, dass Damian sich kürzlich von seiner Freundin getrennt hat.

Ich weiß, dass die drei an Marians letztem Geburtstag mit ihr in Mullaghmore surfen waren. Als sie in die Hütte zurückkehrten, war alles dunkel, bis auf einen Kuchen mit brennenden Kerzen.

»Wie kannst du ihnen das antun?«

»Ich tue das auch für sie«, sagt sie. »Sie brauchen ein Friedensabkommen, sonst werden sie irgendwann umgebracht.«

24

»Wie ist es für dich, in Ardglass zu leben?«, frage ich Eamonn, als wir uns das nächste Mal treffen. Er runzelt die Stirn und überlegt, was er antworten soll, und ich greife nach einer Muschelschale, schüttele den Sand heraus und stecke sie in meine Tasche. Ich will sie für Finn mit nach Hause nehmen.

»Ziemlich ruhig«, antwortet Eamonn schließlich, was eine Untertreibung ist. Nachts wirkt Ardglass wie ausgestorben, die verputzten Reihenhäuser haben die Fensterläden geschlossen, und Nebelschwaden wabern um die Natriumlaternen.

»Wo warst du vorher?«

»In Hongkong.«

Er hat im vierzigsten Stock eines Hochhauses im Stadtteil Wan Chai gewohnt. Über die Details seiner Arbeit dort will er mir nichts sagen. Ich erfahre nur, dass er dort das Finanzierungsnetzwerk einer Terrorgruppe in Großbritannien untersuchte.

Er lehnt sich zurück und stützt sich mit den Ellbogen im Sand ab. Ich betrachte sein Profil, die spitze Nase, die

Furche in seiner Unterlippe. In seinem Beruf muss es hilfreich sein, wenn man attraktiv ist.

»Wie kommst du mit alldem klar? Wie ist das mit deiner Schwester?«, fragt er.

»Ich habe ihr nicht verziehen. Damit befasse ich mich später.«

»Wenn du genug Kapazitäten dafür hast«, sagt er. Ich nicke, blicke blinzelnd auf das Wasser und frage mich, ob diese Zeit jemals kommen wird. Aber lange kann es nicht mehr so weitergehen. Es ist, als würde man mit einem gebrochenen Fuß herumlaufen und hoffen, dass der Knochen schon irgendwie heilen wird.

Vor uns ragt das Meer auf, rau und chaotisch. Stränge aus schwarzem Seegras verheddern sich in den Wellen.

»War deine Versetzung hierher eine Degradierung oder eine Beförderung?«, will ich wissen.

Er lächelt. »Weder noch. Es war einfach ein neuer Posten. Ich war seit sechs Jahren in Hongkong, es war Zeit für einen Wechsel.«

»War deine Arbeit dort schwieriger?«

»Das Tempo war anders«, sagt er. »Die meisten meiner Quellen lebten nicht in Hongkong. Ich musste zu ihnen reisen, um sie dort zu treffen, wo sie sich aufhielten.«

Er erzählt mir, dass seine Quellen ihn normalerweise nicht etwa zu glamourösen oder bemerkenswerten Orten führten. Bis auf ein einziges Mal, als ein Treffen in einem Luxusresort arrangiert wurde, in einem Strohbungalow am Ende eines Stegs.

Ich verkneife mir die Frage, ob die Quelle eine Frau war. Ich greife nach einer Handvoll Sand und lasse ihn zwischen meinen Fingern hindurchrieseln, überrascht von dem Anflug von Eifersucht.

Eamonn wischt sich den Sand von den Handflächen. Wir unterhalten uns weiter, obwohl ich nur daran denken kann, ob er jemals mit einer Quelle geschlafen hat. Ich bin mir meiner selbst sehr deutlich bewusst, mit meinem Bikinioberteil, den Neoprenanzug bis zur Taille heruntergerollt. Wir sind allein am Strand. Er könnte hinübergreifen und den Knoten an meinem Rücken lösen, den dünnen Stoff von meinen Brüsten schieben und mich in den Sand drücken. *Nicht er*, sage ich mir, *um Himmels willen nicht ausgerechnet er.*

Eamonn zieht seine Jacke enger an sein Kinn. »Kaum zu glauben, dass es nie zufriert.« Er nickt zum Meer.

Das Meer gefriert nicht, aber die Beschaffenheit des Wassers fühlt sich jetzt anders an, ist dicker und zäher, so wie Wodka in einer kalten Flasche zähflüssig wird.

Ich schiebe meine Arme in die Ärmel des Neoprenanzugs, und er hilft mir mit dem Reißverschluss. Mit einer Hand streicht er mein Haar zur Seite, mit der anderen zieht er den Reißverschluss hoch. Ich spüre seine Fingerknöchel über meinen nackten Rücken gleiten, und meine Kehle schnürt sich zu. Ich atme nicht mehr normal. Als er kurz innehält, denke ich, dass er den Reißverschluss wieder öffnen und mir den Anzug mit seinen warmen Händen ausziehen will. Er steht hinter mir, ich kann sein Gesicht nicht sehen.

Dann schließt er den Klettverschluss des Neoprenanzugs, und ich bedanke mich. Ich bin erleichtert, wie lässig meine Stimme klingt, und springe dann etwas zu schnell von dem Sand hoch.

Meine Füße brennen vor Kälte, als eine Welle über sie hinweggleitet. Eamonn schüttelt den Kopf und winkt mir zu, bevor er sich auf den Rückweg ins Dorf macht.

Ich halte die Luft an, während ich hineinwate, und atme erst wieder aus, nachdem ich an der Brandung vorbei bin. Um mich herum hebt und senkt sich das graue Wasser. Ich tauche wieder unter die Oberfläche und blinzle inmitten der Sandpartikel, die um mich herum aufgewirbelt werden. Mein Herzschlag hat sich noch nicht beruhigt. Als ich auftauche, zwinge ich mich, nicht zum Ufer zurückzuschauen, nicht nachzusehen, ob Eamonn mich beobachtet, ob er vielleicht stehen geblieben ist. Als ich ins Wasser trete, hebe ich beide Hände, um mein nasses Haar zu glätten.

Weit draußen auf dem Meer liegt ein Fischtrawler. Seine Umrisse sind im grellen Licht des Horizonts fast unsichtbar. Er könnte mit Gelignite beladen und unterwegs sein, um irgendwo anzulegen. Marian hat nichts mehr über die Lieferung gehört, und Eamonn sagt, sie hätten noch immer kein Boot mit Sprengstoff identifiziert.

»Wie schwer kann das sein?«, fragte ich ihn.

»Es gibt siebentausend in Dienst stehende Trawler«, erwidert er. »Und das sind nur die, die hier zugelassen sind. Sie könnten auch ein in Europa registriertes Schiff dafür benutzen.«

Ich starre den Trawler durch das grelle Licht an, als könnte ich es von hier aus erkennen, während kaltes Wasser unter den Kragen meines Neoprenanzugs rinnt.

Später, als Finn ein Nickerchen macht, drücke ich Teig in eine Kuchenform und schaue dann wieder im Kochbuch nach den Zutaten für die Füllung. Das Rezept verlangt sechs süße, feste Äpfel, wie Honeycrisp, Pippin oder Northern Spy. Ich halte kurz inne, plötzlich verunsichert, als würde jemand am Fenster stehen und meine Reaktion auf diese letzten beiden Worte beobachten.

25 Rauch steigt aus den Schornsteinen von Mount Stewart auf. Kalte graue Wolken ballen sich über dem Herrenhaus und den schwarzen Hemlocktannen auf seinem Rasen. Marian und ich sitzen allein auf einer Bank am Springbrunnen und beobachten, wie Finn versucht, über den Brunnenrand zu klettern. Sie erzählt mir von ihren frühen sicheren Häusern. Das erste war das Haus eines Priesters in den Glens. Er bestand darauf, sie mit Weihwasser zu segnen, wenn sie von einem Raubüberfall zurückkehrten. »Ich mochte ihn nicht«, sagt Marian. Sie erinnert sich, wie er dünne Koteletts kochte und das Fleisch in der Pfanne schwarz wurde.

»Er war in dieser Woche bei einem Mord dabei«, sagt sie. »Eine IRA-Einheit hat ihn geholt, um einem Mann die Letzte Ölung zu geben, bevor sie ihn töteten.«

»Und er hat sie nicht daran gehindert? Oder die Polizei informiert?«

»Nein.«

Ich schüttle den Kopf. »Gehst du zur Beichte?«

»Manchmal.«

»Willst du mal was wirklich Absurdes hören? Ich war im letzten Frühjahr bei der Beichte. Ich hatte Schuldgefühle wegen der Scheidung, wegen Finn und dachte, eine Beichte könnte helfen. Ich sagte: ›Ich möchte meine Scheidung beichten‹, und der Priester sagte: ›O nein, das können Sie nicht. Sie können das Sakrament der Beichte nicht als geschiedene Frau empfangen.‹ Ich sagte: ›Aber ich will doch gerade meine Scheidung beichten.‹ Er sagte: ›Wenn Sie das Sakrament der Beichte empfangen wollen, müssen Sie die Ehe annullieren oder sich zu einem Leben im Zölibat verpflichten.‹«

»Oh!«, entfährt es Marian. »Das ist ja gruselig.«

»Ist schon in Ordnung. Es war eine nützliche Mahnung.«

»Also wirst du Tom um eine Annullierung bitten?«, scherzt Marian, und ich lache.

Finn stampft mit den Füßen auf, weil er sich nicht in den kalten Brunnen stürzen kann, und Marian wirft ihn in die Luft. »Hat deine Oma dich schon getauft?«, fragt sie ihn. Während meiner Schwangerschaft sagte meine Mutter: »Es muss nicht unbedingt ein Priester sein, weißt du. Jeder kann ein Baby taufen.«

»Wage es ja nicht!«, sagte ich, was sie mit einem Schulterzucken abtat.

»Deine Oma ist sehr stur«, verrät Marian Finn. Wir schlendern durch den Garten, vorbei an den rostroten Dahlien und Chrysanthemen, während sie mir Seamus', Damians und Nialls Ansichten über die Kirche schildert. Sie sind der Reihe nach Atheist, Kirchgänger und Gläubiger. »Marian, erinnerst du dich daran, als ich letzten Winter mit Finn in deiner Wohnung war?«

»Welche Zeit?«

»Das war kurz nach seiner Geburt. Du hattest am Abend zuvor Besuch gehabt.«

»Ja, richtig. Was ist damit?«

»Wer war dein Besuch?«

»Ach, verstehe. Seamus, Damian und Niall.«

»Hast du dich deshalb so seltsam verhalten?«

»Habe ich mich seltsam verhalten?«, fragt sie zurück.

An diesem Morgen habe ich mit ihr Baklava gegessen, die Damian am Abend zuvor mitgebracht hatte. Ich weiß nicht, warum der Gedanke mich so beunruhigt, aber ich beschließe, nicht zu intensiv darüber nachzudenken.

Wir zeigen Finn die in Tierform geschnittenen Hecken und gehen dann durch den Wald zurück zum Auto. »Bis morgen«, sagt Marian.

»Was ist morgen?«

»Aoifes Hochzeit.«

»O Gott. Das habe ich völlig vergessen.«

Unsere Cousine heiratet morgen in St. Agnes in West-Belfast, mit einem Empfang im Balfour Hotel, das der IRA gehört. Marian sagt mir, dass ihre ganze Einheit bei der Hochzeit dabei sein wird, sie selbst, Seamus, Damian und Niall.

»Dann kann ich unmöglich hingehen.«

»Das musst du«, widerspricht Marian. »Denn das würdest du normalerweise auch tun. Es sieht viel verdächtiger aus, wenn du nicht dort auftauchst. Hast du ihren Verlobten schon mal kennengelernt?«

»Nein.«

»Sein Onkel ist Cillian Burke«, sagt sie, und ich stöhne auf.

»Wie ist Cillian so?« Ich hoffe, dass Marian mir antwortet, dass er gar nicht so schlimm sei und dass die Medien übertrieben haben.

Marian denkt einen Moment nach. »Sein Spitzname ist Lord Chief Executioner«, sagt sie dann.

Das deprimiert mich.

»Cillian mag das Balfour«, fährt sie fort. »Die haben da eine eigene private Bar. Ich glaube, dort trifft sich manchmal der Kriegsrat. Ich brauche deine Hilfe«, sagt sie, aber ich schüttele schon den Kopf. »Ich soll dort eine Wanze anbringen.«

...

Nach der Zeremonie wird uns Konfetti zum Werfen gereicht. Ich stehe lächelnd auf meinen hohen Absätzen in der Menge vor der Kirche und unterhalte mich mit meiner Mutter und meiner Tante Bridget. Wir werfen das Konfetti, während die Braut und der Bräutigam darunter durchlaufen, und damit ist dieser Teil der Trauung beendet. Alle stehen dann noch eine Weile herum, während sich das Konfetti auf dem feuchten Boden auflöst, bis sie der Kirche den Rücken kehren und in Richtung Balfour abmarschieren.

Cillian Burke steht in der Mitte einer Gruppe auf dem Kirchenrasen und klopft mit dem Konfettipäckchen gegen seine Handfläche. Er ist einer dieser kräftigen, energischen Männer mit Glatze, deren Kahlheit wie ein Beweis für ihre Vitalität wirkt. Seine Augen sind zwei helle Jetons unter einer glatten, hohen Stirn. Er trägt einen teuren Anzug und ein gebügeltes weißes Hemd. Er hat gewiss eine Pistole bei sich, wahrscheinlich trägt er sie im Hosenbund. Ich frage mich, wie viele Waffen sich wohl in diesem Moment in der Menge befinden und wie viele andere Menschen ebenfalls Angst haben. Statistisch gesehen bin ich nicht die einzige Informantin hier. Cillian lächelt und schüttelt einem anderen Mann die Hand. Der Prozess gegen ihn wurde zwar eingestellt, aber er wird vermutlich immer noch überwacht. Irgendwo in der Nähe werden Polizisten oder Geheimdienstler in einem Fahrzeug sitzen und ihn oberservieren. Wie schnell können sie hier sein, wenn etwas schiefgeht?

Ich bin Cillian schon einmal näher begegnet. Als ich ein Teenager war, wurde ein Mietcontainer an der Falls Road in eine Art Nachtclub verwandelt. Die Wände waren mit plüschigem rosa Stoff bespannt, der leicht nach Erbrochenem roch. Wir nannten ihn den »Ballroom of Romance«. Wir gingen ein paar Mal hin und die harten Kerle aus dem Viertel auch. Ich erinnere mich, dass Cillian einmal mit einem Mädchen auf dem Schoß dasaß. Es war in meinem Alter, vielleicht ein Jahr älter, vielleicht sechzehn.

Bridget lacht mit meiner Mutter, der Glitter über ihren Augen funkelt, und ich lächle, als hätte ich den Witz gehört. Ich trage ein schwarzes Kleid mit weißen Blumen und einen Samtblazer. Ich sollte mich nicht so unsicher fühlen. Dies hier ist mein Zuhause. Ich bin drei Straßen von hier entfernt aufgewachsen. Das Requiem für meine Großmutter fand in dieser Kirche statt. Die Initialen meines Vaters sind in einen Baum auf dem Black Mountain geritzt. Die Braut ist meine süße Cousine Aoife, die früher mit mir gebadet wurde, bei uns auf einem Ausziehbett schlief und bei Familienessen noch heute von meinem Teller nascht.

Ich bin hier nicht der Blender, sondern sie sind es. Cillian Burke und der Rest seiner Leute. Sie marschieren in Beerdigungszügen mit, mit Skimasken und verspiegelten Sonnenbrillen, als erwarteten sie, dass wir stolz auf sie sind.

»Wie geht es deinem Kleinen, Tessa?«, erkundigt sich Bridget, doch dann ertönt ein Jubelruf aus der Nähe der Kapelle, und wir werfen unser Konfetti in die Luft.

Als wir das Balfour erreichen, schaue ich zu den roten Lichtern der Kraftwerkstürme auf dem Bergkamm und folge dann den anderen ins Innere. Der Geruch ist unverwechselbar: staubiger Teppich und Whiskey. Drinnen warten die Gäste, die nicht an der Zeremonie teilnehmen konnten. Wegen Cillian dürfte die Polizei die Kapelle überwacht haben. Sie haben mit ihren Teleobjektiven zweifellos jeden Gast fotografiert. Diejenigen, die im Hotel warteten, sind IRA-Mitglieder, die im Untergrund bleiben wollen. Und hier sind sie sicher. Die Polizei hat noch nie eine Razzia im Balfour durchgeführt. Vermutlich ist es zu gefährlich. Marian steht in der Gruppe, in einem blauen Crêpe-Kleid. Sie ist die einzige Frau. Als sie mich sieht, löst sie sich von den anderen, kommt auf mich zu und umarmt mich.

»Was willst du trinken?«, erkundigt sie sich. »Willst du meinen Drink mal probieren?« Sie reicht mir ihr Whiskyglas, und ich trinke einen langen Schluck. Der Bourbon beruhigt meine Nerven. »Komm, ich möchte dir meine Freunde vorstellen«, sagt sie. Mein Puls rast so schnell, dass man bestimmt die Ader an meinem Hals pochen sieht. »Jungs, das ist Tessa.«

Sie begrüßen mich, als ob ich ihre Schwester wäre. Damian zieht mich in den Kreis, legt seinen Arm um meine Schultern, und Seamus und Niall lächeln mich an. Es ist frappierend. Ich habe Monate damit verbracht, sie mir vorzustellen, und jetzt sind sie da und sehen genau so aus, wie ich sie mir vorgestellt hatte.

Ich gebe ihnen der Reihe nach die Hand und fühle mich etwas hysterisch, als wollte ich sie in einen Scherz einweihen. Allerdings habe ich mich in einigen Punkten geirrt. Niall scheint jünger zu sein, als ich ihn mir ausgemalt habe, ein jugendlicher Sechsundzwanzigjähriger, dessen blasse Segelohren weit abstehen. Und Seamus wirkt überhaupt nicht bedrohlich. Er trägt einen beigefarbenen Anzug mit breitem Revers und hat sein rotes Haar zur Seite gebürstet. In diesem Anzug und mit seinen roten Haaren sieht er ein wenig albern aus, wie ein verlorenes Mitglied von Monty Python. Das macht ihn als Anwerber sicher noch effektiver.

Marian erzählt eine Geschichte über uns und Aoife als Mädchen, und die drei Männer hören zu. Sie verdächtigen sie nicht. Man erkennt an ihren Mienen, dass sie sie bewundern.

Ich unterhalte mich eine Weile mit Damian über das Kochen. Er ist groß, sieht gut aus, wippt auf seinen Fersen und beugt sich vor, um mich verstehen zu können, wenn die Gäste zu laut werden. Er scheint sich vollkommen wohlzufühlen, obwohl er letzte Woche an einem Raubüberfall beteiligt war.

Als Aoife und Sean den Raum betreten, unterbrechen wir unsere Gespräche und jubeln. Sie mischen sich unter die Gäste, und die Meute an der Bar wird lauter. Einer unserer Nachbarn aus unserer Siedlung, Michael, taucht neben meiner Schulter auf. »Tessa Daly, wie geht es dir denn so? Immer noch bei der BBC?«

»Ja.«

»Wie hältst du das nur durch?«, fragt er. Ich merke, wie Seamus sich zu mir umdreht und zuhört.

»Du kannst es nicht ändern, wenn du nicht dabei bist.«

»Sicher, sicher, aber sag mir eins: Woher kommt ihr Chef?«, fragt Michael.

»Er ist Engländer.«

»Und sein Chef? Ist er Engländer?«

»*Sie* kommt aus Manchester.«

Michael nickt ernsthaft. »Sie lassen dich für sie arbeiten, aber du wirst den Laden nie leiten.«

Ein anderer unserer Nachbarn kommt vorbei und sagt: »Hallo, Michael«. Er hebt die Hand. »Gerry.«

»Woher beziehst du deine Nachrichten, Michael?«, frage ich ihn.

»Von Al Jazeera«, gibt er zurück. Seamus lächelt hinter ihm in sein Glas. »Ernsthaft, Honey. Ich kann mit dem Scheiß in den Nachrichten hier nichts anfangen.«

Nachdem Michael sich auf den Weg zur Bar gemacht hat, tritt Seamus zu mir. »Ist Finn hier?«

Eine Klammer legt sich um meine Brust. Er kennt den Namen meines Sohnes. »Nein, er ist bei seinem Vater.«

Tom ist dieses Wochenende beruflich unterwegs. Ich sollte nicht lügen, aber ich will Seamus nicht verraten, dass mein Baby mit einem Babysitter allein zu Hause ist.

»Das ist auch besser so«, sagt Seamus. »Er sollte das hier nicht sehen müssen.«

Ich weiß nicht, ob er es ernst meint. Die Gäste sind bereits betrunken, dabei sind wir erst eine Stunde hier und haben noch nicht einmal mit dem Wein und Prosecco zum Essen angefangen. Aoife hat den Barkeepern gesagt, dass sie keine Shots servieren sollen, also bestellen die Gäste Wodka ohne Eis in einem Whiskytumbler.

Weiße Luftballons tanzen an der Decke, ihre langen Schnüre baumeln knapp über dem Boden. Niall und Marian bestellen Getränke, Damian steht hinter uns und unterhält sich mit einer Frau in einem Kleid mit schwarzen Federn an den Schultern. Als sie lacht, bewegen sich die Federn ein wenig. Ich nehme Cillian Burke hinter mir wahr, fast als wäre er ein Magnet und mein Hinterkopf mit Eisenspänen bedeckt, die alle hochstehen.

»Wie alt ist Finn?«, fragt Seamus.

»Zehn Monate. Willst du auch Kinder?« Ich will, dass wir aufhören, über meinen Sohn zu reden.

»Nicht in Anbetracht der Krise, in der wir uns gerade befinden.«

»In Irland?«

»Ich meine das Klima«, erwidert er trocken.

»Oh. Weil du dir Sorgen machst, was sie durchmachen müssten, oder weil du nicht zur Überbevölkerung beitragen willst?«

»Letzteres«, erwidert er. »Man kann nie vorhersagen, was die eigenen Kinder durchmachen müssen.«

Ich versuche, die Bemerkung zu ignorieren. Sie war ja nicht gegen mich gerichtet.

»Welche Bevölkerungsmodelle kennst du denn?« Wir unterhalten uns weiter über Demografie, während Marian, Niall und Damian wieder zu uns stoßen. Ich bin immer noch etwas zittrig. Seamus kennt den Namen meines Sohnes und jetzt auch sein Alter. Ich versuche, nicht zu denken, dass dies etwas bedeutet, dass ich versagt habe, ihn zu beschützen.

Niall spielt mit einem der Luftballons und fummelt an der Schnur herum.

»Schling dir das bloß nicht um den Hals«, sagt Marian. »Idiot.«

Als wir den Bankettsaal betreten, taucht Seamus neben mir auf. »Marian hat mir erzählt, was du der Polizei gesagt hast.«

Meine Schulterblätter ziehen sich zusammen. Da ist es endlich. Die Anschuldigung. Ich spüre, wie ich mich anspanne und darauf vorbereite, alles zu leugnen.

»Dass sie schwanger ist«, fährt er fort. Der Knoten in meinem Magen löst sich. »Das war clever. Hut ab.«

Während des Abendessens sitzen wir an getrennten Tischen. Ich lasse mich auf meinen Stuhl gleiten und nehme einen Schluck Eiswasser. Unter dem Tischtuch zittern meine Beine. Meine Mutter setzt sich mir gegenüber, und unsere Blicke treffen sich. *Sie weiß es!* Das erkenne ich sofort. Marian hat es ihr gesagt. Sie weiß, dass ich Informantin bin und auf einer IRA-Hochzeit.

Ich verstehe das nicht. Sie ist meine Mutter, sie sollte jeden Vorwand nutzen, um mich aus diesem Hotel zu holen.

Die anderen um uns herum plaudern und schenken sich Wein ein. Meine Mutter muss den Schmerz in meinem Gesicht sehen. Ihre Miene ist zwar ausdruckslos, aber als sie nach ihrem Glas greift, verschätzt sie sich und kippt Rotwein über das Tischtuch. »Immer langsam, Liebes«, sagt ihr Bruder und lacht. »In diesem Tempo schaffst du es nie bis zu ›Rock the Boat‹.«

»Ach, geh weg!«, tadelt ihn meine Mutter, während sie ihre Serviette über dem Fleck ausbreitet. Ihre Hände zittern.

Die Kellner servieren Brötchen. Wir haben die Wahl zwischen Huhn und Lachs. Ich scheine vergessen zu haben, wie man Silberbesteck benutzt. Ich steche mich immer wieder mit den Zinken der Gabel und beiße auf die Innenseite meiner Wange. Mein Mund schmeckt nach Eisen.

Während des Abendessens sitzt Aoife in der Mitte des erhöhten Tisches zwischen den beiden Familien. Ich frage mich, ob sie begreift, worauf sie sich da eingelassen hat, als sie in Cillians Familie einheiratete.

Als ein Kellner mit einem Mikrophon vor dem Pult auftaucht, sieht Marian mich an. »Musst du auch auf die Toilette?«, fragt sie mich. Wir schleichen rasch von unseren Plätzen weg, bevor die Trinksprüche beginnen. Ein paar Leute stehen an der Bar, und wir gehen an ihnen vorbei, um die Ecke und durch einen Gang.

Marian stößt eine Tür auf, und wir treten in einen kleinen Raum mit Holzvertäfelung, Strukturtapete und einem an die Wand montierten Hirschkopf. Aus einem Regal hinter der Bar holt sie eine Flasche Tequila und zwei Schnapsgläser und stellt sie auf den Tresen. Ich presse mein Ohr an die Tür und lausche auf Schritte.

Irgendetwas ist mit meinen Augen passiert. Das Licht in meinen Augenwinkeln ist verwaschen. Marian nimmt das Abhörgerät aus ihrem BH und klemmt es mit einem Taschenmesser unter das Glasauge des Hirschkopfes. Dann gibt sie einen Tupfer Kleber auf das Auge, wie man ihn zum Aufkleben falscher Wimpern verwendet, und drückt es wieder an seinen Platz.

»Marian«, sage ich, als sie einen weiteren Tropfen Kleber hinzufügt. Sie kommt zu mir an die Bar. Ich gieße zu schnell Tequila in die Gläser und verschütte etwas davon auf die Bar. Ich wische die Flüssigkeit mit meiner Handfläche ab, als sich die Tür öffnet. Ich erkenne den Mann von vorhin vor der Kapelle. Er hat Cillian Burke begrüßt.

»Was macht ihr denn hier drin?«, fragt er.

Marian hält die Flasche hoch. »In der anderen Bar gibt es keine Shots. Willst du auch einen?«

26

Finn steht an der Schiebetür, eine Hand an die Scheibe gepresst, wie ein König, der sein Volk grüßt. Ich knie mich hinter ihn, schlinge meine Arme um seine Taille und betrachte mit ihm den Garten. Seine Stupsnase berührt das Glas, und er drückt auch seine runde Stirn dagegen. Er gibt eine Reihe kurzer eindringlicher Laute von sich, und ich möchte wissen, was sie bedeuten. Hinter der Gartenmauer gleiten Schafe durch den Nieselregen. Finn wendet sich von der Tür ab und streicht mit seiner vom Glas kalten Hand über mein Gesicht.

Zieh die Reißleine, sage ich mir. Finn wird bald ein Jahr alt. Er wird nie wieder so klein sein. Alle müssen uns in Ruhe lassen. Keine Botengänge als Informantin mehr. Keine Arbeit, kein Pendeln, keine Kita, keine Freunde, keine Beantwortung von SMS, von Anrufen oder WhatsApp-Nachrichten. Ich trage mein Baby auf meiner Hüfte zum Waschbecken, um Wasser für den Tee zu kochen. Durch das gekippte Fenster weht der Duft von Lehm und Regen herein. Heute Nachmittag gehe ich mit Finn zum

Pilze sammeln in den Wald. Wir sammeln goldene Pfifferlinge mit gewellten Rändern.

Es hätte gestern Abend auch passieren können, dass ich das Balfour nicht mehr verlassen hätte. Ich hätte in diesem Raum sterben können. Als der Mann hereinkam, war ich so erschrocken, dass mein Körper sich zu häuten schien, als würde ich wortwörtlich aus der Haut fahren. Anscheinend nahm er das jedoch nicht wahr; er sah nur zwei weibliche Hochzeitsgäste in schönen Kleidern und eine silberne Flasche Tequila. »Willst du auch einen?«, hatte Marian gefragt.

»Ja, einen doppelten, gern«, erwiderte er.

Das Abhörgerät befindet sich in der Bar. Das erste Wort, das es übertrug, war meine Stimme, als ich den Namen meiner Schwester sagte. Hätte er die Tür nur Sekunden früher geöffnet, würde es jetzt vielleicht unsere Verhöre, Schläge oder Hinrichtungen übertragen. Wir haben dieses Mal Glück gehabt. Vielleicht der richtige Moment, um aufzuhören. Ich gieße Wasser für den Tee in die Kanne und denke daran, dass Finn sich weder an mich noch an all das hier erinnern würde, wenn man mich jetzt aus dem Verkehr zöge. Er würde aufwachsen, ohne auch nur zu ahnen, wie sehr ich ihn liebe.

...

»Seamus findet dich ganz in Ordnung«, teilt mir Marian mit.

»Oh, schön«, erwidere ich und bemerke dann ihren Gesichtsausdruck. »Nicht schön? Was ist denn?«

»Er will dich rekrutieren.«

»Nein.« Der Bus ist erst an der Comber Road, noch Meilen von Greyabbey entfernt, aber vor lauter Panik will ich am liebsten an der nächsten Haltestelle aussteigen.

»Seamus will dich schon seit Jahren rekrutieren«, fährt Marian fort. »Er hält dich für eine Sympathisantin.«

»Hast du ihm das gesagt?«

Sie nickt, und ich falte meine Hände, um sie nicht zu ohrfeigen. »Er kann mich nicht mehr als Scout benutzen«, erklärt sie, »seit die Polizei mein Gesicht aus Templepatrick kennt.«

»Als Scout?«

»Jemand, der bei einem Einsatz vor ihrem Auto herfährt, um sie vor Straßensperren der Polizei oder der Armee zu warnen«, sagt sie. »Und er braucht außerdem jemanden für Observierungen.«

Eigentlich ist es gut, dass wir dieses Gespräch in einem öffentlichen Bus führen und nicht zum Beispiel in meiner Küche, wo ich schon längst einen Topf nach ihr geworfen hätte.

»Er will dafür eine Frau«, fährt Marian fort.

»Das ist nicht mein Problem«, gebe ich zurück. Marian blickt zu Boden und zupft an einem Faden an ihrem Ärmel. »Was?«

»Es tut mir so leid, Tessa«, sagt sie. »Wenn du ablehnst, könnte er sich fragen, warum. Er könnte dich genauer unter die Lupe nehmen.«

»Dann ziehe ich eben um. Ich bin damit fertig, Marian. Es ist zu viel.«

»In Ordnung«, sagt sie. »Selbstverständlich. Es ist deine Entscheidung.« Sie drückt den Knopf für die nächste Haltestelle, und ich beobachte, wie sie in dem Gewühl auf dem Bürgersteig verschwindet.

Bevor ich Finn von der Tagesstätte abhole, halte ich bei Spar, um Eamonns Geschenkkarte einzulösen. Ich kaufe für über zehn Pfund ein, damit er weiß, dass wir uns sofort treffen müssen. Anschließend bringe ich Finn zu Sophies Haus, entschuldige mich dafür, dass ich sie beim Essen störe, erkläre das mit einer Krisensituation in meinem Job und fahre nach Ardglass.

Wir haben uns noch nie abends am Strand getroffen. Ich warte auf der Sandkuppe auf Eamonn und versuche, mich nicht vor der Dunkelheit zu fürchten. Stattdessen rufe ich mir ins Gedächtnis, dass dieser Strand um diese Zeit genauso sicher ist wie bei Tageslicht. Ich weiß nicht, wie lange Eamonn brauchen wird, um zu kommen. Er war vielleicht eine Stunde entfernt, als er mein Signal empfangen hat.

Ich kuschle mich in meinen Mantel und betrachte die weißen Schaumkronen der Wellen, wenn sie sich brechen. Als ich Schritte höre, wende ich mich der Gestalt zu, die auf mich zukommt. Ich kneife in der Dunkelheit die Augen zusammen. Aber dieser Mann hat die falsche Größe, er geht anders! Es ist Seamus! Natürlich würde er mich nicht einfach so aussteigen lassen. Ich weiche vor ihm zurück, dann sagt Eamonn meinen Namen. Er hockt sich vor mir in den Sand und legt seine Hände auf meine Knie. Die Vision von Seamus verblasst. Ich kann in der Dunkelheit gerade noch Eamonns Gesicht erkennen, seinen ernsten Gesichtsausdruck. »Geht es dir gut? Was ist passiert?«

»Seamus will mich rekrutieren«, sage ich. »Sie brauchen einen Scout.«

Er stößt einen langen Seufzer aus und reibt sich den Kiefer. Mir fällt wieder ein, wie anziehend ich ihn finde, ich erinnere mich an das Gefühl seiner Fingerknöchel auf meinem nackten Rücken und bin über uns beide verärgert, weil wir einen Moment so taten, als hätten wir Zeit für so etwas. »Hat Seamus dich auf der Hochzeit gefragt?«

»Nein, er hat es Marian gesagt. Ich werde es nicht tun, Eamonn. Ich wollte dir nur sagen, dass ich umziehe. Ich werde heute Abend packen und morgen früh mit Finn abreisen.«

»Das wird nicht gut ankommen«, wendet er ein.

»Das ist mir egal. Wir werden nicht mehr hier sein.«

»Nicht deinetwegen«, antwortet Eamonn bedächtig. »Wegen Marian. Wenn du jetzt verschwindest, wird er ihr gegenüber misstrauisch werden.«

»Davon hat Marian nichts erwähnt.«

»Sie wollte wahrscheinlich deine Entscheidung nicht beeinflussen.«

Ich schlage die Hände vor mein Gesicht. Vor lauter Frust möchte ich mir das Gesicht zerkratzen. Ich fühle mich wie Finn, wenn er einen Wutanfall hat. »Das ist nicht fair.«

»Nein«, bestätigt Eamonn.

»Wusstest du, dass so etwas passieren würde?«

Er schüttelt den Kopf. »Du hast wohl einen guten Eindruck auf ihn gemacht«, stellt er bedauernd fest. Ich lausche den Wellen, die sich in der Dunkelheit brechen. »Du sagtest, er will einen Scout?«

»Und jemanden für Observationen.«

Eamonn überlegt stumm.

»Das ist doch wohl nicht dein Ernst!«, fahre ich hoch. »Was ist mit Finn?«

»Ein Scout ist etwas anderes als ein Vollmitglied. Man wird nie bei bewaffneten Operationen eingesetzt, man bekommt nicht einmal eine Waffe. Es ist mehr wie eine Art Handlanger«, antwortet er. »Versteh mich richtig, ich will dir nicht vorschreiben, was du tun sollst.«

»Nein, das wirst du auch nicht.«

Auf halbem Weg nach Hause stelle ich fest, dass ich in meiner Wut vergessen habe, das Auto auf eine Bombe zu untersuchen. Einige ihrer Sprengsätze werden bei einer Steigung aktiviert, und die Straße war bisher flach. Ich halte am Straßenrand an, gehe in die Hocke und suche mit der Taschenlampe meines Handys den Unterboden des Autos ab.

27 Das Gallagher's liegt versteckt in einer Wohnstraße hinter der Falls Road, in einem von der IRA kontrollierten Gebiet. Vor einigen Monaten endete eine Schlägerei in der Bar damit, dass ein Mann erschossen wurde. Als die Polizei die Zeugen befragte, gaben zweiundsiebzig Personen an, dass sie zu diesem Zeitpunkt auf der Toilette gewesen seien.

Marian wartet vor der Bar auf mich, in einem Fischerpullover aus Wolle. »Es tut mir leid, Tessa«, begrüßt sie mich.

Gestern Abend hätte ich eine Tasche packen, das Haus abschließen und mit Finn über die Grenze zum Flughafen Dublin fahren sollen. Wir beide sollten in diesem Moment in einem Flugzeug sitzen, das gerade in Australien landet. Wir sollten am anderen Ende der Welt sein, weit weg von diesen Menschen, von diesem Kaff aus feuchten Straßen. Ich sollte eine Tasse Kaffee im Flugzeug trinken und durch das Bullauge in die Sonne blinzeln.

»Ist schon gut«, erwidere ich. »Lass uns gehen.«

Sie führt mich in ein Hinterzimmer, wo Seamus, Damian und Niall bereits warten. Die Decke ist hier noch niedriger als in der Bar, und die Tapete ist vom jahrelangen Rauch vergilbt. Ich trete vor und setze mich zu ihnen an den Tisch. Das ist ziemlich interessant, da ich gar nicht mehr in meinem Körper bin. Ich bin überhaupt nicht mehr hier, jedenfalls nicht wirklich.

»Was möchtest du trinken, Tessa?«, fragt Damian.

»Einen Rotwein, bitte.«

»Ich nehme noch einen Weißwein«, sagt Marian.

Ich hatte Marian gesagt, wie überrascht ich war, dass Seamus seiner Einheit erlaubte zu trinken. »Das ist nichts Besonderes«, tat sie das ab. »Manche Einheiten sind die Hälfte der Zeit auf Ketamin«, erklärte sie. Das war etwas, was ich lieber nicht gewusst hätte.

Damian kommt mit unseren Getränken zurück.

»Was hast du in Trinity studiert, Tessa?«, will Seamus wissen.

»Geschichte und Politik.«

»Hat es dir gefallen?«, fragt er.

»Ja, sehr.«

»Welcher Teil? Die Arbeit in den Kursen? Oder die Geselligkeit?« Sein Ton hat sich nicht geändert, aber meine Kehle schnürt sich zu.

»Beides.«

»Und du hast dort Francesca Babb kennengelernt. Habt ihr noch Kontakt?«

Als ich den Namen meiner Freundin aus seinem Mund höre, habe ich das Gefühl, jemand hätte mir einen Ellbogen in die Seite gerammt. »Ja.«

Er hebt sein Glas und trinkt seinen Whiskey. Dann wendet er sich an die anderen. »Ihrem Vater gehört Fortnum and Mason.«

»Nicht ganz«, sage ich. »Er ist nur ein Investor.«

»Wo wohnt Francesca?«

»In Dublin.«

»Wo genau?«

»In der Merrion Street.«

Vielleicht will Seamus sie entführen. Die IRA hat schon oft genug wohlhabende Iren entführt, um Lösegeld zu erpressen, so dass einige von ihnen offenbar im Voraus zahlen, damit sie nicht entführt werden.

»Wie viel weißt du über Francescas Vater?«, frage ich ihn, und Seamus legt den Kopf auf die Seite. »Er ist kein sonderlich netter Mann, und sie stehen sich nicht nahe. Er würde es wahrscheinlich als persönliche Herausforderung betrachten, sie zurückzubekommen, ohne auch nur einen Penny zu zahlen.«

»Hat er Enkelkinder?«

Aus dem Augenwinkel sehe ich, dass Marian ihren Ohrring befingert. Eine Warnung – Seamus kennt die Antwort bereits. Er testet mich. »Noch nicht«, erwidere ich beiläufig. »Aber Francesca ist schwanger.«

»Ah«, erwidert er. »Das behalten wir im Hinterkopf.«

Marian sitzt neben mir, so nah, dass ich die kleinen Borsten ihres Wollpullovers spüre. Ich denke in ihre Richtung: *Du musst mich hier rausholen, wenn es schiefgeht.*

Seamus räuspert sich. »Marian sagt, du wärst daran interessiert, der Bewegung zu helfen. Warum?«

»Für den Frieden«.

»Wie kommst du darauf, dass wir gewinnen werden?«, fragt er.

»Der Kolonialismus gewinnt nie. Nicht auf lange Sicht.«

»Du arbeitest aber für die Kolonialisten. Du hast sieben Jahre für die BBC gearbeitet.«

»Der Sender hat eine halbe Million Hörer pro Woche. Meinst du nicht, dass Leute wie wir ein Mitspracherecht haben sollten, was ausgestrahlt wird?«

Manchmal blickt Seamus von mir zu Marian, als würde er uns vergleichen. Ich weiß, dass Marian weicher wirkt als ich, sanfter, besonders in ihrem Fischerpulli. Ich trage meine Arbeitskleidung, ein langärmeliges Schottenkarokleid, Strümpfe und Stiefeletten. Aber wir sind uns auch ähnlich, in unserer Mimik, in unserem Auftreten. Was für ein Glück für ihn, dass er jemanden gefunden hat, der Marian so ähnlich ist. Er würde wahrscheinlich einen Klon von ihr vorziehen. Er weiß, dass ich nicht Marian bin, aber sie ist auch wirklich etwas ganz Besonderes.

Er setzt die Befragung fort. »Warum hast du dich nicht schon früher gemeldet?«

»Ich hatte Angst, ins Gefängnis zu kommen. Das habe ich immer noch, um ehrlich zu sein. Ich bin nicht wie Marian. Aber ich habe vor einem Jahr einen Sohn bekommen, und eines Tages wird er mich fragen, was ich getan habe, um das alles zu verhindern.«

»Und du willst ihm sagen, dass du ein Terrorist warst?«, fragt Seamus.

»Der Staat wendet jeden Tag politische Gewalt an, er nennt es nur Terrorismus, wenn die Armen ihn benutzen.«

Wir reden weiter, und etwas setzt sich in mir, wie Schlick, der auf den Grund eines Flusses sinkt. Ich fühle mich so ruhig wie seit Wochen nicht mehr. Das ist gar nicht so schwierig. Ich bin schließlich eine Frau und habe ein Leben lang geübt zu erraten, was ein Mann von mir hören oder sehen will. Seamus möchte, dass ich lebhaft und fähig bin, und er möchte, dass ich wütend bin, was ich auch bin, nur richtet sich meine Wut nicht gegen das, was er meint.

Seamus stellt mir Fragen, und während ich sie direkt und meist ehrlich beantworte, denke ich: *Ich werde dich vernichten.*

»Wir brauchen einen Scout.« Jetzt redet Damian. »Würdest du von der Polizei einfach so willkürlich angehalten werden?«

»Nein.«

»Aber du wurdest nach Marians Raubüberfall in Musgrave verhört.«

»Wenn die Polizei mich unter Verdacht hätte, dürfte ich nicht weiter arbeiten, nicht mit den Politikern, die in die Rundfunkanstalt kommen.«

»Wurdest du jemals verhaftet?«

»Nein.«

»Wurdest du jemals von der Polizei angehalten und durchsucht?«

»Mein Auto wurde an Straßensperren durchsucht.« Aber das kann so ziemlich jeder hier von sich behaupten.

»Hast du jemals an republikanischen Märschen, Veranstaltungen oder Beerdigungen teilgenommen?«

»Nein.«

»Trinkst du in republikanischen Pubs?«

»Ich war mit der Familie unserer Mutter ziemlich oft in der Rock-Bar.«

»Dahin darfst du nicht mehr gehen«, erklärt Damian, und in dem Moment weiß ich, dass ich dabei bin.

28

Finn hebt den Arm und macht ein Geräusch. »Was ist das?«, frage ich, und er wiederholt das Geräusch mit mehr Nachdruck. Ich öffne die Tür zu seinem Zimmer, er geht zu seiner Decke, zieht sie zwischen den Gitterstäben seines Kinderbettes heraus und geht an mir vorbei wieder hinaus. Die Decke hängt über seine Schulter und seinen Rücken.

»Das ist neu«, verkünde ich.

Finns Bedürfnisse füllen die Räume des Hauses wie Wasser. Er muss gefüttert und gewickelt werden, will eine Tasse Wasser oder einen bestimmten Ball. Weil es noch früh am Morgen ist, ist jedes dieser Bedürfnisse frisch, und ich kann mir nicht vorstellen, dass ich sie ermüdend finden könnte, kann mir nicht vorstellen, jemals nicht grenzenlos zufrieden zu sein. Er watschelt zu mir herüber, und ich hebe ihn auf den Arm, damit er mir beim Kaffeekochen zusehen kann. Ich mache alles schnell, führe jede Handlung zügig aus, aber in ihrer Gesamtheit wirken sie beruhigend.

Der Wasserkessel pfeift, und Finn sieht, auf meiner

Hüfte sitzend, zu, wie ich das heiße Wasser über das Kaffeepulver gieße. Wir sind allein im Haus, und die Herbstsonne brennt auf die Fensterrahmen. Jetzt und hier halte ich es für möglich, dass der Tag so weitergeht, alles in sich aufnimmt und dabei dennoch ganz bleibt. Er muss nicht, wie meine Tage in letzter Zeit, in einzelne Fragmente zerbrechen, die nichts miteinander zu tun haben.

Es ist nicht so, dass ich den ganzen Tag mit Finn zu Hause bleiben möchte. Es ist eher so, dass ich mich mit ihm so aufmerksam und kompetent fühlen möchte wie bei der Arbeit und bei der Arbeit so aufnahmefähig und vertieft wie mit ihm. Ich möchte, dass die Dinge anfangen, miteinander zu verschmelzen. Ich möchte das Gefühl bekommen, ich selbst und seine Mutter zu sein, wäre ein und dasselbe.

Vielleicht ist das ja auch schon so. Aber dann schließen wir die Tür ab und lassen das Haus, die Musselindecken und das Spielzeug, den Filter mit nassem Kaffeesatz, die Tube Calendula-Lotion auf dem Tisch zurück, und wie immer bin ich überrascht, dass der Morgen mit all seiner Geschäftigkeit und Wärme schon zu Ende ist. Wir werden erst in einigen Stunden wiederkommen, und mit dieser Erkenntnis beginnt der Tag zu zerfallen.

Als ich in Belfast eintreffe, habe ich keinen einzigen Gegenstand dabei, der mit der Pflege eines Babys zu tun hat, abgesehen von einer kleinen Socke ganz unten in meiner Tasche. Meine Hände sind frei. Ich fühle mich seltsam schlank und unbelastet, und die Luft in Belfast scheint dünner zu sein, als wäre ich höher hinaufgestiegen.

Niemand meiner Kollegen bei der Besprechung wird etwas davon mitbekommen, wie der Tag für mich begonnen hat, auch wenn meine Vormittage mit dem Baby sehr monoton und verdichtet sind. Einige von ihnen haben ebenfalls Kinder, aber ich versuche nicht, mir ihre Vormittage zu Hause vorzustellen, weil ich mich dort nicht hineindrängen möchte. Obwohl ich es liebe, wenn ihnen etwas über ihre Familie herausrutscht, wenn Nicholas stöhnt, dass sein Sohn sein Auto zerkratzt hat, wenn Esther fröhlich verkündet, dass ihre Töchter früher »wie räudige Straßenköter« gekämpft haben.

Die Redakteure fangen an, ihre Geschichten vorzustellen, und ich höre zu und wirke nicht so, als hätte ich etwas zurückgelassen.

Nach unserem Treffen recherchiere ich für ein Vorstellungsgespräch, als die Rezeption anruft. Ein Kurier hat ein Paket für mich abgegeben. Versteckt in einer Toilettenkabine öffne ich den wattierten Umschlag. Darin befindet sich ein Wegwerf-Handy.

Zu Hause packe ich das Ladegerät aus, stecke das Telefon in die Steckdose und beobachte, wie sich der Bildschirm mit blauen Pixeln füllt. Dann passiert eine Woche nichts mehr. Ich schleppe das Telefon in verschiedenen Taschen mit mir herum, beim Schlafen liegt es neben meinem Bett und beim Duschen neben dem Waschbecken.

Ich habe die Lautstärke so oft getestet, dass ich, als der Klingelton am Sonntag endlich ertönt, einen Moment brauche, bis ich kapiere, dass mich da jemand anruft. Ich versteife mich, während ich gerade ein Hemdchen von Finn in der Hand halte. Er nutzt die Gelegenheit und macht sich davon. Er plappert fröhlich vor sich hin, halb angezogen, als ich das Gespräch annehme. »Hallo, Tessa, ich bin's, Seamus. Wir brauchen dich heute.«

...

Seamus hat mich aufgefordert, das Polizeirevier in Saintfield zu überwachen. Ich soll mir jedes Auto notieren, das dort ein- oder ausfährt. Sobald die Einheit meine Liste hat, hält sie auf der Straße nach diesen Autos Ausschau. Seamus sucht ständig nach Polizisten, die er umbringen kann. Es ist nicht mehr so einfach, ihre Namen oder ihren Wohnort herauszufinden. Als eine andere Einheit einen Detective Inspector in Coleraine ermordet hatte, ging Seamus zur Beerdigung, in der Hoffnung, dort das nächste Ziel zu finden. Und am nächsten Tag ging er erneut zum Grab, für den Fall, dass einer der anderen Detectives seinen Namen auf eine Karte oder eine Kranzschleife geschrieben hatte.

»Was für ein Psychopath«, sagte ich.

»Er ist noch nicht einmal der Schlimmste«, meinte Marian.

Eine Frau aus der IRA wurde Grundschullehrerin. »Was macht eure Mami?«, fragte sie die Kinder. »Was macht euer Papa?« Wenn eines der Kinder antwortete, er sei Polizist, informierte die Lehrerin ihre Brigade, damit sie ihn umbringen konnte.

Als ich das hörte, spürte ich eine Wut, die sich wie Panik anfühlte. Aber ich kann nicht in der Zeit zurückgehen, all diese Kinder einsammeln und sie aus ihrem Klassenzimmer führen, also sitze ich stattdessen in einem Café gegenüber einem Polizeirevier.

Eamonn hat den Polizeipräsidenten über diese Überwachungsmaßnahme informiert. Einige Autos wurden umlackiert oder mit neuen Kennzeichen versehen, andere werden als Köder auf den Straßen zurückgelassen. Einer ihrer Besitzer wäre vielleicht ohne mich ermordet worden. Ich habe Seamus' Plan einen Strich durch die Rechnung gemacht.

In meiner Handtasche klingelt das Handy. »Hast du Babytücher eingepackt?«, fragt Tom.

»Sie sind in seiner Tasche.«

»Ich finde sie nicht.«

»Sieh ganz unten nach.«

»Ah, hab sie«, antwortet er nach einer Minute. Das ist die Art von Interaktion, die das Dasein als alleinerziehende Mutter nicht ganz so schlimm erscheinen lässt.

Meine Konzentration ist gestört, als wäre Finn plötzlich ins Café gewatschelt, und ich brauche ein paar Minuten, um mich wieder zu sammeln. Ich beobachte die Wache auf der anderen Straßenseite. Es ist gerade Schichtwechsel. Fünf Autos sind bereits auf den Hof der Wache gefahren, und ich habe ihre Kennzeichen in das Kreuzworträtsel der Zeitung geschrieben. Seamus hat mir gesagt, ich solle eine Zeitung mitbringen, aber keine Lokalzeitung. »Du liest den Guardian? Ja? Das ist gut.«

Er glaubt an Details. Deshalb wurde er auch noch nicht entführt oder getötet. Er sagte mir, ich solle etwas zu essen bestellen. Er hat mir nicht gesagt, was, also bestelle ich ein üppiges Frühstück. Zwei Spiegeleier, Baked Beans, gegrillte Tomaten, Kartoffelbrot und Tee mit Milch. Aber nicht das komplette Ulster, also ohne Blutwurst und Würstchen. Marian hat einmal erwähnt, dass Seamus seit seinem Herzinfarkt kein Fleisch mehr essen sollte.

»Wann hatte er denn einen Herzinfarkt?«, wollte ich wissen. »Ist er dafür nicht noch zu jung?«

»Er ist vierzig«, sagte sie. »Das ist bei IRA-Mitgliedern normal, wegen des Stresses.« Der befehlshabende Offizier für Belfast bot Seamus die Möglichkeit, sich ehrenvoll zurückzuziehen. »Aber er wird nie aufgeben«, sagte Marian. Und er wird auch nicht aufhören, Steaks zu essen oder Frühstücksspeck, Blutwurst oder Würstchen. Das ist zum Verrücktwerden. Ich will nicht, dass er an einem Herzinfarkt stirbt. Er soll vor Gericht kommen und keine paramilitärische Beerdigung bekommen oder in den Ruhestand gehen.

»Sie erhalten jetzt Pensionen«, sagte Marian. »Und die hohen Tiere bekommen sogar Villen in Bulgarien.«

»Woher hat die IRA denn Geld für ein Rentenprogramm?«

Die Frage schien sie zu verwirren. »Sie verfügen über ein ganzes Imperium.«

Sie verdienen an Erpressungen, Schutzgelderpressungen, bekommen Überweisungen von idiotischen irischen Amerikanern, die mit der Sache sympathisieren. Sie besitzen Hotels, Kneipen, Nachtclubs, Taxiunternehmen und Partyverleihe.

»Partyverleihe?«, hakte ich nach.

»Du weißt schon, Hüpfburgen«, sagte sie. »Für Kindergeburtstage.«

»Na klar, selbstverständlich.«

Ich arbeite mich durch mein Frühstück und beobachte die Autos, die an der Wache vorfahren. Die Fahrer müssen sehr mutig sein. Denn sie wissen, dass sie ständig gejagt werden. Der Detective Inspector in Coleraine, an dessen Beerdigung Seamus teilnahm, saß in seinem Wagen auf seiner Einfahrt, als ein Mann ihn ansprach. »Alex?«

»Ja?«, erwiderte er, woraufhin der Mann ihm ins Gesicht schoss.

Die Schützen sagen immer zuerst den Namen des Opfers. Sie wollen nicht versehentlich die falsche Person töten. Sie haben aber kein Problem damit, die richtige Person zu töten, auch wenn in diesem Fall die Tochter des Mannes auf dem Rücksitz des Autos schlief. Sie war auf der Heimfahrt von einem Schulkonzert eingeschlafen.

Die Schützen werden von ihrem befehlshabenden Offizier angewiesen, ein paar Tage lang keine Nachrichten zu sehen, damit sie die Trauer der Familie nicht mitbekommen. Das sollten sie offenbar nicht durchleiden müssen.

Eine Kellnerin tritt an meinen Tisch. »Alles in Ordnung bei Ihnen?«

»Alles bestens, danke.«

Seamus hat Pläne für mich. »Er hätte dein Leben nicht besser planen können«, verriet mir Marian. »Wenn Seamus dich kennengelernt hätte, als du neunzehn warst, hätte er dich vielleicht sogar gebeten, auf die Trinity zu gehen, um einen Job bei der BBC zu bekommen. Er hätte jahrelang darauf hinarbeiten müssen, jemanden in genau deine Position zu bringen. Er sagte, dich gefunden zu haben wäre, als wäre er über einen Schläferagenten gestolpert.«

Er glaubt, dass ich in bestimmten Etablissements nicht auffallen würde.

»Kannst du reiten?«, hatte er mich am Montag im Gallagher's gefragt.

»Nein.«

»Du könntest es lernen.« Er möchte, dass ich einen Ponyclub besuche, weil er gehört hat, dass einige hochrangige Armeeangehörige ihre Mädchen dorthin bringen. »Hat einer deiner Freunde Töchter?«

»Nein.« Ich werde weder Poppy noch ein anderes Mädchen als Tarnung benutzen.

»Keine?«, fragte er. »Wie wahrscheinlich ist das denn?«

»Ich meine keine, die alt genug wäre. Einem Kleinkind bringt man noch nicht das Reiten bei.«

Obwohl man das könnte. Ich habe keine Ahnung, wann sie damit anfangen. Genauso wenig wie Seamus. Der Ponyclub war auch nicht gerade Teil seiner Erziehung.

»Und was ist mit Golf?«, fragte er.

In Bangor gibt es einen teuren Golfclub, zu dessen Mitgliedern auch Richter und Regierungsminister gehören. Marian sagte, dass er seit Jahren versucht, dort jemanden einzuschleusen, und ich könnte geeignet sein.

Ein silberner Citroën fährt vor dem Revier vor. Ich warte, bis der Wagen hinter der Stahlabsperrung verschwindet, dann schreibe ich mir das Kennzeichen auf. Ich esse Kartoffelbrot und trinke Tee. So hat Seamus auch mit Marian angefangen, mit diesen kleinen Besorgungen oder Gefälligkeiten, und ich gebe es nur ungern zu, aber ich verstehe jetzt, warum es funktioniert hat. Man kommt sich dadurch wie jemand Besonderes vor.

Letzte Woche bat unser Interviewgast auf der Arbeit mich statt unseren Laufburschen, ihm einen Kaffee zu bringen. Eine Gruppe Jugendlicher versuchte, mich auf dem Bürgersteig regelrecht zu überrennen. Der Bus hatte Verspätung. Finn weigerte sich, auch nur einen Bissen von dem Essen zu kosten, das ich ihm so sorgfältig zubereitet hatte. Ich musste es vom Boden, von der Wand und von mir selbst abwischen. Ich will damit sagen, dass ich mich nicht sonderlich oft am Tag mächtig fühle. Das geht den meisten Menschen so.

Aber jetzt fühle ich mich mächtig. Ich sitze in einem Café und esse ein warmes Frühstück, an einem Melamintisch mit klebriger Oberfläche und Plastikflaschen mit roter und brauner Soße. Aber ich bewege mich auch auf einer anderen Ebene, einer, die jede Schlacht einschließt, die in diesem Krieg geschlagen wurde. Die Belagerung von Derry, Burntollet Bridge, das Grand Hotel. Und jetzt bin ich hier, in diesem Café, und wir sind vielleicht schon fast am Ende. Natürlich fühle ich mich besonders.

...

Als Tom mit Finn nach Hause kommt, sitze ich mit den Kulturseiten aus der Sonntagszeitung auf dem Sofa. Das Haus ist sauber, der Geschirrspüler läuft, die Wäsche ist zusammengelegt. »Wie war dein Tag?«, fragt er.

»Gut«, sage ich und hebe Finn auf meinen Schoß.

»Was hast du gemacht?«

»Oh«, sage ich. »Ach, du weißt schon, dies und das.«

29

»Im Kühlschrank steht ein Fläschchen«, sage ich zu Olivia. »Falls er aufwacht.«

»Wie lange bist du weg?«, fragt sie besorgt.

»Es sollte nicht zu lange dauern. Ich muss nur schnell noch mal ins Büro.«

Olivia nickt. Sie weiß, dass mein Job irgendwie mit den Nachrichten zu tun hat, was gelegentlich eben dazu führt, dass ich an einem Sonntagabend in den Sender gerufen werde.

Seamus hat mir eine Nachricht geschickt, dass wir uns im Gallagher's treffen. Ich will nicht dorthin. Von hier aus kommt mir Belfast wie die andere Seite des Mondes vor. Bevor ich gehe, lege ich eine Decke um Finn. Er reibt sein Gesicht an der Matratze, rollt sich auf den Bauch und verschränkt die Arme unter sich.

Ich muss mich zwingen, hinauszugehen und ins Auto zu steigen. Als ich ankomme, sitzen die vier bereits im Hinterzimmer. Sie scheinen schon seit Stunden hier zu hocken. Marian beugt sich über den Tisch, um mir einen Begrüßungskuss zu geben. Ihr Haar riecht nach Rauch.

Ich reiche Seamus die Liste der Autos, die ich heute Morgen auf dem Polizeirevier gesehen habe. »Danke«, sagt er. »Wenn es dir keine Umstände macht, schicken wir dich nächste Woche wieder dorthin.«

Sie beginnen zu besprechen, wie sie die Operation vorantreiben können. Ihr Plan sieht vor, einen Wagen zu verfolgen, bis sie den Polizisten in die Enge treiben und erschießen können. Damian plädiert dafür, ein weites Netz auszuwerfen und weitere Beobachter in der Gegend zu platzieren, um mehr über die Bewegungen der Autos zu erfahren. Niall möchte ein Auto aus der Liste auswählen und sich nur auf dieses konzentrieren.

»Was, zufällig?«, sagt Marian. »Sei nicht dumm. Der Fahrer könnte auch der Hausmeister sein.«

»Dann ist er eben ein Kollaborateur«, sagt Niall.

»Und wenn er ein republikanischer Verdächtiger war, der gerade verhört worden ist?«, wendet Damian ein.

»Dann hätten sie ihn nach Musgrave gebracht.«

»Bist du sicher?«, fragt Seamus. »Du würdest das Leben eines anderen darauf verwetten?« Niall wird rot, und er wedelt mit der Hand vor seinem Gesicht. Ich habe Mühe, dem Gespräch zu folgen. Offenbar stehen sie unter Druck, denn sie reden wie in Kurzschrift miteinander, benutzen Begriffe und zitieren Vorfälle, die mir nichts sagen.

Wenn ich sie beobachte, scheinen sie sich nicht von einer Einheit der Special Forces oder der Royal Irish Rangers zu unterscheiden, und die Entscheidung, ihnen beizutreten, wirkt nicht dramatischer als die Entscheidung, sich für irgendeine Armee zu verpflichten. Ich versuche, den moralischen Unterschied zwischen ihnen und der

Royal Air Force herauszufinden. Auch die RAF hat Zivilisten verstümmelt und getötet. Es scheint alles gleich hohl zu sein.

»Ich will nicht noch mal dasselbe wie in Letterkenny«, sagt Seamus.

»Dein Patrick ...«, setzt Damian an.

»Würde das hier im März stattfinden, wäre es etwas ganz anderes«, sagt Marian.

Die vier haben Jahre damit verbracht, sich einander anzupassen. Würde ein loyalistischer Killer in diese Bar platzen, würde jeder von ihnen sofort in Position gehen. Sie antizipieren die Reaktionen der anderen mit einer Präzision, die aus meiner Sicht wie Hellseherei wirkt. Niall hat kaum die Hand ausgestreckt, da schiebt Damian ihm, ohne zu zögern, Zigaretten und Feuerzeug herüber.

Es erinnert mich daran, wie ich andere Mütter auf dem Spielplatz beobachte. Die Signale ihrer Babys sind für mich unverständlich, für sie dagegen völlig klar. Gestern hat ein Baby aus heiterem Himmel angefangen zu weinen und seiner Mutter den Rücken zugedreht. Sie reagierte darauf mit den Worten: »Nein, tut mir leid, den ganzen Pfannkuchen kriegst du nicht.«

Marian muss dieses Gespräch später für mich übersetzen, wenn ich Eamonn davon berichten soll. Dann, ohne das geringste Anzeichen, löst sich das Patt auf. Sie haben sich geeinigt.

»Und was ist mit diesem Pferdeort?«, will Seamus wissen.

»Dem Ponyclub?« Ich schrecke zusammen, weil es so

unvermittelt angesprochen wurde. »Ich mache da am siebten Dezember eine Führung mit.«

»Gut, das ist gut. Gut gemacht.«

...

Nachdem ich Olivia bezahlt habe, setze ich mich zu Hause in den Schaukelstuhl neben Finns Kinderbett. Ich war hier, als er heute Abend eingeschlafen ist, und ich werde da sein, wenn er aufwacht. Er wird nie erfahren, dass ich zwischendurch das Haus verlassen habe und nach West-Belfast gefahren bin. Es fühlt sich an, als würde ich ihn anlügen.

Und so etwas sollte ich nicht tun. Wenigstens waren auf dem Geschenkgutschein, den Eamonn mir gegeben hat, um ihn damit zu benachrichtigen, nur zweihundert Pfund. Vielleicht ist das ein Zeichen dafür, dass die Friedensgespräche voranschreiten. Denn offensichtlich erwartet er nicht, dass das noch lange so weitergeht.

...

»Kannst du mir einen Gefallen tun?«, fragt mich Damian ein paar Tage später. Sie brauchen Kerosin. Zehn Liter, geliefert an ihren Unterschlupf in West-Belfast. Ich frage mich, was er wohl sagen würde, wenn ich sein Ersuchen ablehnen würde, weil ich auf der Arbeit bin.

»Nicholas, ist es in Ordnung, wenn ich für den Rest des Tages von zu Hause aus arbeite?«

Er nickt mit einem Telefon am Ohr. Er hängt in der

Warteschleife des Büros des Stellvertretenden Premierministers. »Fühlst du dich nicht wohl?«

Ich will gerade antworten, aber dann ist die stellvertretende Ministerin am Apparat. Nicholas begrüßt sie und winkt mir zum Abschied zu. Ich bin enttäuscht, dass mich nichts zwingt, heute Mittag im Büro zu bleiben.

Ich hatte erwartet, dass ich meine Information an diskreten, geplanten Terminen weitergeben würde, die ich zwischen Kinderbetreuung und Arbeit einschieben konnte. Ich weiß nicht, wer mir diesen Eindruck vermittelt hat, ob es Eamonn oder Marian war oder ob ich es mir einfach selbst eingeredet habe. Ich dachte wohl, ich müsste es einfach schaffen, so wie ich das Abpumpen geschafft hatte oder wie ich in beiden Bereichen mehr tat, um die verlorene Zeit auszugleichen. Es schien zwar eine Herausforderung zu sein, aber nicht unmöglich zu bewältigen.

Jetzt erst kapiere ich, dass die Arbeit als Informantin so nicht läuft. Natürlich kann ich nicht einfach beliebig damit anfangen und sie dann mal kurz beiseiteschieben. Die IRA wartet mit ihren Aktivitäten ja auch nicht, bis ich meine Arbeit beendet habe oder Finn zu Abend gegessen hat, und setzt sie dann erst fort.

Ich fahre mit dem Bus vom Büro über den Westlink, die sechsspurige Verkehrsschneise, die West-Belfast vom Rest der Stadt trennt. Ich erinnere mich an den Schock, als ich als Kind erfuhr, dass der Westlink nicht schon immer da war, sondern dass Menschen dafür verantwortlich sind, dass meine Busfahrten zu fast jedem Punkt der Stadt so lange dauerten. Das war wohl auch der Sinn der Sache, ein Stück soziale Manipulation. Die Häuser und Restaurants der Millionäre auf der einen Seite und wir auf der anderen.

Einmal, als Teenager, ging ich von unserer Siedlung über die Westlink-Fußgängerbrücke bis zur Malone Road. Es war ein feuchter Sonntagmorgen im Frühling, und vor den großen Häusern wuchsen mächtige Glyzinien, deren Blüten über ihren Haustüren hingen. Die Häuser in meinem Viertel hatten alle Kies in ihren Vorgärten. Ich ging mit aufgesetzten Kopfhörern an den Villen vorbei und rauchte eine selbst gedrehte Zigarette. Wäre jemand wie Seamus an diesem Nachmittag zu mir gekommen und hätte mich gefragt, ob ich wollte, dass sich etwas ändert, hätte ich Ja gesagt.

In einem Supermarkt an der Falls Road nehme ich zwei Kanister Kerosin aus dem Regal und spüre das Gewicht der Flüssigkeit, die in den Plastikbehältern herumschwappt. Heute Abend wird mit diesem Kerosin ein gestohlenes Auto in Brand gesetzt. Sie spritzen es auf die Sitze und in den Kofferraum und zünden es mit einem Feuerzeug an. Die Fenster werden durch die Hitze zerspringen, und Flammen werden aus den Fensteröffnungen schlagen und das Wrack einhüllen.

Niall öffnet die Tür des Unterschlupfs in Poloshirt und Trainingshose. »Großartig, vielen Dank«, sagt er, als würde ich Spiritus für ein Barbecue vorbeibringen.

Damian und er wollen heute Abend eine Taxizentrale in Banbridge ausrauben und brauchen das Kerosin, um sämtliche Spuren zu vernichten. Bis das Feuer gelöscht ist, ist das Auto ein verbogenes Wrack. Die Kerosinkanister haben etwa die Größe eines Waschmittelbehälters. Sie sehen nicht nach viel aus, auf jeden Fall nicht nach etwas, das die Kraft hat, ein ganzes Auto zu zerstören. Niall übrigens auch nicht, was das angeht.

Als ich ankam, spielte er gerade Fifa. Wir könnten in seiner Studentenwohnung sein. Er stellt das Kerosin ab und räumt Platz auf dem Küchentisch zwischen alten Take-away-Schachteln und leeren Harp-Bierdosen frei.

»Ist Marian hier?«, frage ich.

»Nein«, sagt er, »sie sind ausgegangen.«

»Macht Marian euch deshalb nicht die Hölle heiß?« Ich deute mit einem Nicken auf die schmutzige Tischplatte, das von dreckigem Geschirr überquellende Waschbecken, den klebrigen Boden, die Tabletts mit kaltem, verkrustetem Chicken Tikka und Lamm Vindaloo.

»Oh, doch«, sagt er, »das tut sie. Wir haben einen Putzplan gemacht.«

Der Plan hängt am Kühlschrank. Diese Woche muss Seamus den Müll rausbringen. Ich merke mir das für das nächste Mal, wenn er mich erschreckt.

»Du bist mit dem Abwasch dran«, stelle ich fest. Niall nickt niedergeschlagen. »Warte, lass mich dir helfen.«

Ich kratze die Folienschalen aus, und Niall spritzt etwas Spülmittel auf die schmutzigen Teller in der Spüle. Ich weiß jetzt schon, dass es mir schwerfallen wird, den Überfall mit diesem Moment in Verbindung zu bringen, wenn heute Abend in den Nachrichten darüber berichtet wird. Auf den Überwachungsbildern wird man vielleicht zwei maskierte Gestalten mit Waffen sehen. Niemand kann sich vorstellen, dass einer von ihnen ein paar Stunden zuvor in seiner Küche den Abwasch erledigt hat.

»Möchtest du einen Tee?«, fragt Niall unvermittelt, als hätte ihm jemand, vielleicht Marian, einmal gesagt, dass man einem Gast Tee anbieten soll.

»Das wäre schön.«

Wir putzen weiter die Küche und reden über Fußball und das Wetter. Wir diskutieren über die Qualität der verschiedenen Imbissbuden in der Gegend, und Niall beschwert sich, weil Seamus jeden Abend in derselben Pommesbude bestellen würde, wenn er könnte. Er und Marian dagegen sind von dem neuen koreanischen Laden in Ballymurphy begeistert.

»Ich dachte, Damian kocht gerne. Kocht er nicht für euch?«, erkundige ich mich.

»Er ist zu beschäftigt«, sagt Niall. Ich besprühe die Arbeitsplatte der Küche mit Dettol und wische sie mit einem Tuch ab. Ich gebe mir Mühe, zu tun, als würde ich mich nicht allzu sehr für das interessieren, was Damian in letzter Zeit so getrieben hat.

»Bist du vor einem Überfall nervös?«, frage ich.

»Ja. Früher war das anders«, erwidert er.

»Warum hat sich das geändert?«

»Wahrscheinlich, weil ich älter werde«, antwortet er nachdenklich. Es bricht mir fast das Herz, wie jung er wirkt. Ich möchte wissen, wie sie ihn rekrutiert haben, welche Versprechungen sie ihm gemacht haben. Er ist bei Pflegeeltern aufgewachsen. Ich möchte wissen, ob sie deshalb auf ihn gekommen sind.

Wir räumen weiter auf. Ich beuge mich über die Spüle und wische alte Chips und Essig von den Tellern.

»Weißt du, was Marian sich zu Weihnachten wünscht?«, fragt er. Er plant voraus, es ist immerhin erst November.

»Du könntest ihr eine schöne Dose mit Pulver für heiße Schokolade schenken«, sage ich. »Oder Scotch.«

»Was für einen?«

»Oh, vielleicht einen Oban. Oder einen Talisker.«

Er holt sein Handy heraus und tippt die Namen sorgfältig in seine Notizen. Ich wende mich ab, trockne einen Teller mit einem Handtuch ab und versuche, meine Gefühle in den Griff zu bekommen, bevor ich entweder in Tränen ausbreche oder ihm die Wahrheit gestehe. Er denkt, diese Leute seien seine Familie. Schließlich sind wir mit dem Geschirr und dem Putzen fertig, und er begleitet mich zur Tür.

»Sag Marian bloß nicht, dass du mir geholfen hast«, bittet er mich. »Sie würde ausrasten.«

Ich denke an die beiden Torten, die Marian letztes Jahr zum Geburtstag bekommen hat. Die bei mir zu Hause und die auf ihrem Surftrip in Mullaghmore. Ich stelle mir Marian in den dunklen Räumen vor, umgeben von zwei völlig unterschiedlichen Gruppen von Menschen, die sich auf zwei Torten stürzen, eine rosa, eine gelbe. Sie muss sich in einer der Gruppen mehr zu Hause gefühlt haben. Eine von ihnen muss sich für sie wie ihre wahre Familie angefühlt haben, wie die Menschen, die sie am meisten, die sie bedingungslos lieben. Und die ganze Zeit über war ich mir so sicher, dass wir das waren.

30 Ich nehme einen Bus zurück ins Stadtzentrum. Es ist vierzehn Uhr. Ich muss Finn erst in ein paar Stunden von der Kita abholen, also schlendere ich die Lisburn Road hinunter bis zur Marian's Street. An der Ecke bleibe ich stehen und schaue an der Reihe aus Backsteinhäusern entlang. Am einen Ende der Straße befindet sich ein Pub, am anderen Ende die Eisenbahnlinie. Wenn Marian die Fenster geöffnet hat, kann sie die Köche in der Küche des Pubs hören und das Rauschen der Bäume entlang der Bahnlinie.

Marian war nur ein paar Kilometer entfernt. Ich frage mich, ob sie sich vorstellt, hierherzukommen, um in ihrem eigenen Bett zu schlafen oder ein Bad zu nehmen oder auf ihrem Sofa Tee zu trinken.

Sie muss doch in Versuchung gewesen sein, das zu tun. In ihrem Versteck ist Marian ständig von anderen Menschen umgeben, was sie bestimmt nervt, weil sie keine Zeit für sich selbst hat. Sie braucht das Alleinsein. »Ein Tag ohne Einsamkeit ist wie ein Getränk ohne Eis«, zitierte sie einmal aus einem alten Buch.

Letztes Weihnachten verschwand Marian plötzlich aus dem Haus unserer Tante. Ich fand sie draußen. Sie saß in ihren Mantel gehüllt auf den Stufen an der Rückseite des Hauses und beobachtete, wie eisige Wolken vor dem Mond vorbeizogen. »Es war mir zu laut«, sagte sie. Aber vielleicht braucht sie von ihrer Truppe keine Pause. Vielleicht fällt ihr das Zusammensein mit ihnen genauso leicht wie das Alleinsein.

Ich bin seit Monaten nicht mehr in ihrem Haus gewesen. Es hat für mich einen anderen Aspekt angenommen, als wäre es das Hauptquartier, von dem aus sie ihre zwei Leben führte. Marian war sowohl Zivilistin als auch Terroristin, als sie hier lebte. Sie lud ihre Freunde zum Essen ein und bereitete Einsätze vor.

Sie muss erschöpft gewesen sein. Es muss viel Organisationsaufwand und Energie gekostet haben, zwei Identitäten zu managen. Als ich mich bei ihr darüber ausheulte, dass ich zwischen der Arbeit und dem Baby hin- und hergerissen wäre, sympathisierte Marian mit mir. »Es ist immer schwer zu entscheiden, wie man seine Zeit am besten nutzt«, sagte sie. Damals dachte ich, sie hätte keine Ahnung, wovon sie sprach, dabei musste sie seit Jahren ihre Ressourcen und ihre Aufmerksamkeit aufteilen.

Ich versuche sogar, zu akzeptieren, dass Marian vielleicht sogar erschöpfter ist als ich. Es gibt Nächte, in denen ich stundenlang an meinem Laptop arbeiten muss, nachdem Finn eingeschlafen ist. Dann gibt es Wochen, in denen ich mir den Wecker auf 4:45 Uhr stelle und mich frühmorgens an meinen Schreibtisch setze und arbeite, bevor er aufwacht. Ich denke dann immer, alles wird gut, ich schaffe mein Pensum, dann wacht er ein paar Minuten später ebenfalls auf.

Aber ich habe Finn erst seit elf Monaten. Marian dagegen musste jahrelang nachts arbeiten, sowohl als Sanitäterin als auch mit ihrer Einheit. Einmal musste sie Seamus sogar klarmachen, dass sie nicht drei Nächte hintereinander wach bleiben konnte. »Seamus wird nie müde«, sagte Marian. »Er schläft nur vier Stunden pro Nacht, wie Margaret Thatcher.« Das könnte ihn am Ende umbringen, wenn sein Herz ihn nicht vorher im Stich lässt.

Von der Ecke aus betrachte ich die Fassade ihrer Wohnung, die bemalte Tür, die Vorhänge an den Fenstern. Ich möchte hineingehen, die Toilette aufsuchen, nach dem Heizkessel und der Post sehen, aber vielleicht wird die Wohnung noch von der Polizei überwacht.

Ich gehe in den Naturkostladen ein paar Häuser weiter an der Lisburn Road. Marian liebt diesen Ort. Sie hat in ihrer Küche ein Regal mit Bienenpollen, Gelée Royale, Ginseng, Echinacea und Nachtkerzen. Ich mache mich über sie lustig, aber sie wird nie krank, während ich mich jeden Winter erkälte. Ich fülle einen Einkaufskorb mit Gläsern und Fläschchen, lege auch diese pulverisierten Pilze dazu, Lion's Mane und Ashwagandha, die sie jeden Morgen in ihren grünen Tee einrührt, und dann noch eine versiegelte Packung des Tees selbst. Ich bin mir nicht sicher, wie viel davon ich aus Eifersucht mache. Ich bin zwar wütend auf sie, aber ich will trotzdem, dass sie mich am meisten liebt.

...

Marian verspätet sich. Ich sitze unbeweglich im Auto. Es besteht durchaus die Möglichkeit, dass sie nicht mehr kommt. Dass ich allein nach Hause fahre und niemals erfahre, was mit ihr passiert ist.

Ich will durch den Wald nach Mount Stewart laufen, um jemanden um Hilfe zu bitten. Weitere zwanzig Minuten vergehen, und ich bin allmählich überzeugt, dass es ein Notfall ist.

Falls Marian nicht in zehn Minuten auftaucht, kontaktiere ich Eamonn, dann wird der Sicherheitsdienst sie finden.

Eine Bewegung im Augenwinkel veranlasst mich, in den Seitenspiegel zu schauen. Meine Schwester kommt die Straße hinauf. Es fühlt sich an, als würde ich an Land kriechen, nachdem ich von einer Flutwelle fast erdrückt worden bin.

»Tut mir leid«, sagt Marian. »Ich musste in Rostrevor einen Reisepass abgeben.«

»Warum ist deine Einheit so viel in South Down im Einsatz?«

»Wir füllen eine Lücke in der Newry Brigade.«

»Warum?«

»Die Polizei hat alle erschossen.«

Ich weiß nicht, was ich dazu sagen soll, und so sitzen wir ein paar Augenblicke schweigend da. »Ich habe dir etwas mitgebracht.«

»Echt jetzt?« Ich zucke zusammen, weil sie sich so über eine einfache Gefälligkeit freut.

Als sie die Tüte aus dem Naturkostladen sieht, reißt sie die Augen auf. Sie holt sie aus dem Fußraum und legt sie auf ihren Schoß. Dann öffnet sie die Tüte und starrt auf die Apothekergläser.

Marian schweigt. Einen schrecklichen Moment lang denke ich, dass sie gleich zugeben wird, dass sie nie an all das geglaubt hat, dass es Teil ihrer Tarnung war. Stattdessen stößt sie einen langen Seufzer aus. Sie geht langsam die Artikel in der Tasche durch, und auf ihrem Gesicht malt sich Verzückung ab, als würde sie ihren Weihnachtsstrumpf auspacken.

Während ich sie beobachte, verstehe ich, wie sehr sie ihre Unabhängigkeit, ihre Routinen vermisst. Sie kommt kaum noch zu Atem. Die Arbeit für die IRA und den MI5 reibt sie völlig auf.

»Hast du Heimweh?«, frage ich.

»Es hatte nicht so lange dauern sollen«, gibt sie zurück. »Ich bin überrascht, dass es überhaupt so lange funktioniert hat.«

In den letzten sieben Jahren, erzählt Marian, war jedes Wochenende, das sie mit dem Besuch einer Galerie, einem Film oder einem Einkaufsbummel verbrachte, für sie gestohlene Zeit. Jeden Moment hätte die britische Regierung sie verhaften können. Es war häufig kurz davor. Sie war ein Staatsfeind. Manchmal hat sie ihre voraussichtliche Gefängnisstrafe ausgerechnet. Mitgliedschaft in einer verbotenen Organisation, Schusswaffendelikte, Sprengstoffattentate. Natürlich hätte es vom Richter abgehangen, aber sie hätte mehrfach lebenslänglich bekommen können.

»Die Gefahr besteht jetzt nicht mehr«, sage ich. »Wenn du verhaftet wirst, holt Eamonn dich raus.«

»Vielleicht«, sagt sie. »Andererseits erregt das vielleicht

zu viel Verdacht. Es gibt viele Informanten, die im Gefängnis sitzen, damit ihre Tarnung nicht auffliegt.«

»Ist das dein Ernst?«

Marian nickt. Während der Unruhen, sagt sie, saßen etliche Informanten zehn Jahre im Gefängnis, wurden freigelassen, schlossen sich wieder der IRA an und informierten die Engländer weiter. Ich kann das nicht glauben. Ich kann mir keinen politischen Grund vorstellen, der mich dazu bringen würde, ein Jahrzehnt im Gefängnis auszuharren.

»Würdest du das können?«, frage ich sie.

»Ja«, gibt sie zurück. »Wenn es zum Frieden beiträgt. Aber ich habe mich an den Gedanken ans Gefängnis gewöhnt. Schließlich habe ich jahrelang darüber nachgedacht.«

»Du gehörst auch ins Gefängnis«, sage ich, aber ohne Schärfe, als wolle ich ihr die Sache ausreden und eine andere Lösung finden. Marian versteht mich und antwortet nicht. Natürlich kann sie niemals eine lebenslange Haftstrafe verbüßen.

»Was hast du mit der Wohnung vor? Willst du, dass ich sie ausräume?«, frage ich.

»Noch nicht«, sagt sie. Vorerst wird sie weiterhin die Miete, das Gas und den Strom bezahlen.

»Willst du dorthin zurückkehren?«

»Ja, wenn ich kann.«

»Willst du auch deinen alten Job zurück?«

»Ich weiß es nicht.«

Marian sagt, dass für sie ihre Arbeit als Sanitäterin mit ihrer Arbeit bei der IRA verschmolzen ist. Sie weiß nicht, ob sie beides voneinander trennen kann. Oft kam es ihr wie ein Teil desselben Projekts vor, ob sie nun in ihrem Krankenwagen oder mit ihrer Einheit durch die Stadt fuhr. Sie hat so viele Opfer von Schusswechseln oder Schlägereien während des Konflikts behandelt, dass selbst andere Patienten, die einen Schlaganfall oder eine Sportverletzung erlitten hatten, ihr wie Kriegsopfer vorkamen.

Sie erzählt mir, dass sie einmal bei der Behandlung eines Schlaganfallopfers davon überzeugt war, dass es sich bei den Gestalten in ihrem Umfeld um SAS-Officers handelte, die sie erschießen wollten. Sie erschrak furchtbar, ließ die Sauerstoffmaske fallen und verängstigte ihren Patienten.

»Du könntest deine Rente kassieren«, sage ich. »Du könntest dir von der IRA auch eine Villa in Bulgarien einrichten lassen.«

»Die meisten Leute bleiben hier.« Marian ignoriert meinen Sarkasmus. Ihren Worten nach würden die meisten ehemaligen Mitglieder, wenn sie die Wahl hätten, ein Zimmer im Divis Tower einer Villa im Ausland vorziehen. Das klingt einleuchtend. Wie sollten sie ein Land verlassen können, nachdem sie jahrelang darum gekämpft haben? Sie stecken seit Jahren mittendrin und wollen nicht verpassen, was als Nächstes passiert. Was sollten sie denn auch in Bulgarien anfangen?

Ich gebe es nur ungern zu, aber das haben wir gemeinsam. Wenn ich reise, selbst an einen schöneren, zivilisierteren Ort, ist sich ein Teil von mir immer bewusst, dass ich mich von meinem Mittelpunkt, meinem Lebenszentrum entfernt habe. Wenn das Flugzeug wieder in Belfast landet, selbst bei strömendem Regen, selbst wenn die Stadt am trostlosesten ist, denke ich: Gut, wir sind wieder da! Legen wir los!

In einem Urlaub ärgerte sich Tom über mich, weil ich die Nachrichten von zu Hause las. Für ihn war es Unfähigkeit, dass ich keine Lokalzeitung in die Hand nehmen und mein Interesse auf das Ferienland übertragen konnte. Ich konnte nicht erklären, warum es sich wie eine moralische Pflicht anfühlte, die Nachrichten von zu Hause zu verfolgen. Als läge es in meiner Verantwortung, zuzuhören und zu verstehen. Vielleicht wäre das anders, wenn man in einer Region lebte, in der die Nachrichten nicht so brisant wären, in der, wenn man nur eine Minute wegschaut, nicht alles gleich den Bach runtergehen könnte.

»Du bist provinziell«, schimpfte Tom, und er hatte recht. Wir waren seit drei Tagen in Rom, und jeden Morgen hatte ich zuerst die Wettervorhersage für Belfast gecheckt, als ob die wichtiger wäre.

Ich erzähle Marian von meinem gestrigen Besuch in ihrem Unterschlupf. »Wie wurde Niall rekrutiert?«

Sie runzelt die Stirn. »Gar nicht. Er ging ein Jahr lang jeden Monat zu Seamus und bat darum, der IRA beitreten zu dürfen.«

»Warum?«

»Er ist in einem Pflegeheim aufgewachsen. Wenn jemand aus erster Hand miterlebt hat, wie mies unser System funktioniert, dann er.«

»Er wollte wissen, was du dir zu Weihnachten wünschst«, sage ich, und Marian lächelt. »Du bist ihm gegenüber nicht fair. Er hat keine Ahnung, was du tust, er denkt, du bist seine Familie.«

»Ich bin seine Familie!«, erwidert sie nachdrücklich.

»Du bist eine Informantin, Marian. Du belügst ihn.«

»Er wird es irgendwann verstehen. Ich arbeite immer noch für das gleiche Ziel, nur auf eine andere Art und Weise.«

Ich zucke zusammen und rutsche auf dem Sitz herum.

»Was ist?«, will Marian wissen.

Ich deute auf meine Brust. »Ich hatte noch keine Zeit zum Abpumpen.«

»Dann geh doch schnell nach Hause.«

»Ich bin mit Eamonn verabredet. Mama passt auf Finn auf.«

»Du könntest eine Brustdrüsenentzündung bekommen.«

»Wenn ich wegen dieser Sache eine Brustentzündung bekomme«, zische ich, »bringe ich dich um«.

Marian reicht mir eine Kapsel mit Nachtkerzenöl.

»Wofür ist das?«, frage ich.

»Gegen Stress.«

»Wie viele kann ich auf einmal nehmen?«

...

Am Strand unterhalte ich mich mit Eamonn. Ich habe meinen Mantel über die Schultern gelegt, und warme Muttermilch läuft unter meinem Hemd über meinen nackten Bauch. Meine Milch schießt ein. Das gehörte nicht zu den Problemen, die ich beim Stillen erwartet hatte. Und schon gar nicht bei dem Job als Informantin.

»Ich kann nicht lange bleiben. Meine Mutter kann nur bis sieben auf Finn aufpassen.«

»Das ist in Ordnung.« Eamonn klingt besorgt. Er will weiter über die Treffen im Gallagher's sprechen. »Wie verhält sich Marian in ihrer Gegenwart?«, fragt er.

Ich zucke mit den Schultern. »Ganz natürlich.«

Er fährt mit dem Fuß durch den Sand. »Glaubst du, Marian hat sich wirklich verändert?«, fragt er mich dann.

»Wie bitte?«

»Es besteht durchaus die Möglichkeit, dass Marian eine Doppelagentin ist«, erklärt er. Hinter ihm rollen graue Wellen vom Meer an den Strand. »Die IRA könnte sie geschickt haben, damit sie uns mit Desinformationen versorgt.«

»Das glaubst du doch nicht wirklich.«

»So etwas haben sie schon öfter gemacht«, sagt er.

»Wolltest du deshalb, dass ich ihre Einheit kennenlerne?«

»Nein. Aber du kennst Marian besser als ich. Wirkt sie in ihrer Nähe ängstlich?«

»Wenn sie ihre Angst nicht verbergen könnte, wäre sie längst tot. Von wem hast du das?«

Eamonn antwortet nicht. Hier werden so viele Informationen gesammelt, und ich weiß nicht einmal für wen. Für den Chef der Abteilung? Für den Leiter des MI5? Für die Königin?

»Im Juli hat uns Marian von einem Waffenlager in einer Obstplantage in Armagh berichtet. Wir haben es monatelang überwacht. Gestern hat der Geheimdienst eine Drohne mit Wärmebildkamera über die Obstplantage geschickt. Sie ist leer. Dort ist nichts vergraben.«

»Dann müssen sie das Lager verlegt haben. Deine Überwachung war vielleicht fehlerhaft.«

»Das ist möglich«, sagt er. »Oder das eigentliche Waffenlager war woanders.«

»Wie kannst du so etwas andeuten? Marian hat gerade ein Abhörgerät im Balfour für dich installiert.«

»Wir haben aber bis jetzt noch nichts Relevantes abgeschöpft.«

»Was hast du denn erwartet? Dass du am nächsten Tag eine Sitzung des Armeerates mithörst?«

»Ich habe mich seit über sechs Monaten nicht mehr mit Marian getroffen«, sagt er. »Sie ist zurück im Schoß der Familie. Weiter oben macht man sich Sorgen, dass ich die Kontrolle verloren haben könnte.«

»Du hast sie nie kontrolliert.«

»Über die Situation, meine ich«, korrigiert er mich. »Ihre Loyalität ist nicht in Stein gemeißelt. Sie könnte sich jeden Moment ändern, wenn der richtige Druck ausgeübt wird.«

Ich erinnere mich, dass Marian auf der Hochzeit mit Damian getanzt hat. Kann man das als Druck bezeichnen?

»Ich werde meine Schwester nicht für dich ausspionieren.«

31

In den Wäldern um Mount Stewart ist es dunkel. Wir sitzen im Auto. Finn schläft in seinem Kindersitz, und Marian erzählt mir von einem Bunker auf einem Feld außerhalb von Coleraine. »Wir benutzen ihn für Schießübungen«, sagt sie, »aber vielleicht lagern sie dort auch den Sprengstoff vom Kutter.«

Mühsam reiße ich meinen Blick von den dunklen Wäldern los und sehe sie an. »Warst du dort? Warst du schon einmal in einem unterirdischen Schießstand?«

Sie nickt. »Während der Ausbildung.«

Ich hatte diese Gerüchte über IRA-Bunker unter Bauernhöfen für Märchen gehalten, aber jetzt beschreibt meine Schwester einen weiteren Bunker in Tyrone, der möglicherweise ebenfalls als Versteck für den Sprengstoff der Lieferung dienen könnte. Sie glaubt, dass der Fischtrawler bald anlanden wird, und bezieht sich dabei auf ein Gespräch, das sie belauscht hat. Vielleicht tuckert er in diesem Moment bereits den Bristol Channel hinauf.

Wir sitzen dicht beieinander in dem engen Innenraum des Autos. »Lügst du?«, frage ich sie.

»Wie bitte?«

»Eamonn weiß nicht, ob du echt bist. Er glaubt, dass die IRA dich geschickt haben könnte, um die Regierung mit Desinformationen zu versorgen.«

Marian stößt einen unartikulierten Laut aus. »Das ist verrückt«, sagt sie.

»Warum bist du Informantin geworden?«

»Aus mehr als einem Grund«, erwidert sie.

»Warum lügst du mich immer noch an?«

»Ich sage die Wahrheit«, sagt sie. »Ich habe aufgehört zu glauben, dass das, was wir tun, funktionieren kann, aber das ist langsam gewachsen. Es lag an einer ganzen Reihe von einzelnen Momenten.«

Der Mond geht über einer gezackten Reihe von Bäumen auf. »Erzähl mir davon.«

Marian fängt an zu weinen. Sie räuspert sich. »Ein Grund warst du. Ein anderer war deine Fehlgeburt.«

Ich schließe meine Augen. Ich war im vierten Monat schwanger, als mir in der Dusche das Blut die Beine herunterlief.

»Ich wollte danach nicht mehr weitermachen«, erklärt Marian. »Es gab da draußen schon genug Schmerz, auch ohne dass wir noch mehr verursachten.«

»Du hast Schlimmeres angerichtet«, antworte ich, obwohl es mir schwerfällt, mir Schlimmeres vorzustellen.

Nach dem Ultraschall, nachdem mir der Arzt gesagt hatte, dass das Herz meines Babys nicht schlägt, rief ich Marian vom Krankenhausparkplatz aus an. Der Abtreibungstermin war für den nächsten Tag angesetzt worden. Ich konnte mein Auto nicht finden und erzählte Marian, was passiert war, während ich mit zunehmender Panik danach suchte. Als ob alles in Ordnung wäre, wenn ich das Auto fände. Nach einer Weile lehnte ich mich mit dem Kopf gegen eine der Zementsäulen und begann zu schluchzen. Marian befahl mir, dort zu warten. Minuten später rannte sie die Treppe hinauf und flog förmlich auf mich zu.

Sie hatte mir bereits einen Schlafanzug in der Größe eines Neugeborenen geschenkt. Ich fragte sie, ob ich ihn jetzt weggeben sollte oder ihn behalten könnte. »Natürlich behältst du ihn, Tessa«, antwortete sie.

Marian weiß, dass meine Tochter Isla heißen sollte, und wann immer sie eine Isla kennenlernt, sagt sie: »Das war der Name meiner Nichte.«

Ist das meine Schwester? Oder ist meine Schwester die Frau, die in einem Bunker eine Waffe abfeuert?

»Wer bist du?«, frage ich. Es ist keine rhetorische Frage. Ich will wirklich, dass sie sie beantwortet.

»Ich werde es dir beweisen«, sagt sie. »Gib mir ein bisschen Zeit.«

...

Ich fahre auf der Lough Road nach Hause, vorbei an den georgianischen Häusern, deren Fenster sich golden gegen den schwarzen Himmel abheben. Einen Moment stelle ich mir vor, dass hinter mir zwei Autositze auf der Rückbank sind, dass meine beiden Kinder gerade darin schlafen, jedes mit seiner eigenen Decke und seinem eigenen Teddy.

Meine Tochter würde im März drei Jahre alt werden.

Nach der schrecklichen Prozedur der Abtreibung las ich

im Schwangerschaftsbuch den Abschnitt über die Genesung nach einer Fehlgeburt. Dann sprang ich zu dem Kapitel, das ich lesen wollte. »Wie Sie Ihr Baby aus dem Krankenhaus nach Hause bringen.«

Ich habe über nächtliche Fütterungen und Wickeltechniken, das Anlegen und Mastitis gelesen. Ich las, dass Westen mit Druckknöpfen an der Seite in den ersten Wochen am besten geeignet sind und dass man den Nabel mit Hamamelis abtupfen soll. Mein Baby war nicht mehr da, aber die Informationen schienen mir immer noch sehr wichtig zu sein, so als ob ich wissen müsste, wie ich mich um sie kümmern kann.

In den Wochen danach ertappte ich mich immer wieder dabei, wie ich meine Hand auf meine Brüste oder meinen Bauch legte, so wie ich es in den letzten vier Monaten getan hatte, um zu prüfen, wie sehr sie gewachsen waren. Oft hatte ich das Gefühl, dass die Zeit stehen geblieben war, so wie es auf langen Flügen manchmal vorkommen kann oder wenn die Tage einfach nicht verstreichen wollen. Tom schlug vor, Urlaub zu machen. Er glaubte, dann würde ich mich besser fühlen. Ich erwiderte, ich hätte keine Lust auf eine Reise, und versuchte, ihn nicht dafür zu hassen, dass er das als Lösung anbot.

Bei meinem Nachsorgetermin sagte mir der Arzt, dass die Fehlgeburt nicht meine Schuld war. Andere Ärzte hatten mir geraten, nicht auf dem Rücken zu schlafen, nicht zu viel Koffein zu trinken, keine Lakritze zu essen und keinen anstrengenden Sport zu treiben, da all diese Dinge eine Fehlgeburt verursachen könnten. Sie sagten auch, dass Stress schlecht für ein Baby sei, was für niemanden ein besonders hilfreicher Ratschlag ist, erst recht nicht für jemanden, der in Nordirland lebt.

Ein Jahr später, während der Schwangerschaft mit Finn, schwollen meine Knöchel an. Erst passten mir meine Jeans nicht mehr, dann wurden auch meine Kleider zu eng. Nach dem Duschen bemerkte ich, dass die Adern in meinen Brüsten ein helleres Blau hatten, als ob mehr Blut durch sie flösse oder sie dichter an der Oberfläche lägen.

Ich fühlte mich wie eine Betrügerin, die Schwangerschaftsvitamine schluckte, Heißhunger hatte und über ständige Müdigkeit klagte, als würde dieses Schauspiel niemanden mehr täuschen. Ich hätte das Baby jederzeit verloren haben können. Beim ersten Mal hatte ich es auch nicht gemerkt.

Das Schwangerschaftsbuch schien für jemand ander geschrieben worden zu sein, sich an Personen zu richten, die nie aus dem Krankenhaus nach Hause gekommen waren und auf Händen und Knien die Blutflecken von ihrem Badezimmerboden schrubbten.

Trotzdem befolgte ich jedes Wort. Ich vermied Weichkäse, rohen Fisch, heiße Bäder, Rauch, Abgase und Alkohol, auch wenn das alles nicht wirklich eine Gefahr darstellte.

Dann sah ich beim Ultraschalltermin den kleinen weißen pulsierenden Punkt auf dem Bildschirm. Sein Herz.

32 Marian scheint heute Abend ruhiger zu sein. Wir sitzen im Hinterzimmer des Gallagher's, an einem Tisch mit leeren Gläsern. Sie weiß, dass ich ihr Verhalten den anderen gegenüber beobachte und herauszufinden versuche, ob sie wirklich übergelaufen ist oder nicht. Die Vorstellung, dass sie das vielleicht nicht wirklich getan hat und ich die einzige Informantin in diesem Raum sein könnte, macht mir Angst.

»Noch mal dasselbe?«, fragt Damian. Marian nickt. Sie trinkt ihren Whiskey pur. Sie hat mir nicht in die Augen gesehen, vielleicht ist sie noch verletzt wegen unseres letzten Gesprächs.

Sie sitzt mir gegenüber, in einem mintgrünen Pullover und mit kleinen goldenen Creolen. Selbst jetzt fühle ich mich in ihrer Gesellschaft wohl, wie immer. Wir versuchen, bei jeder Party und jedem Familienfest nebeneinanderzusitzen. Das haben wir schon immer getan, seit wir klein waren. Dieser Instinkt lässt sich anscheinend nicht so leicht abstellen.

»Wie war die Arbeit, Tessa?«, fragt Seamus.

»Gut.«

»Gab es da heute zusätzliche Sicherheitskräfte?«

»Nein. Wieso?«

»Lord Maitland war im Sender. Du hast ihn nicht getroffen?«

Ich schüttle den Kopf und trinke einen Schluck Wein.

»Er wurde von *Newsnight* interviewt.«

»Warum?«, fragt Damian.

»Wegen seiner Wohltätigkeitsveranstaltungen«, antwortet Seamus. Lord Maitland ist ein britischer Aristokrat und besitzt ein riesiges Herrenhaus im Palladio-Stil in den Cotswolds. Technisch gesehen hat er Anspruch auf den Thron. Jedenfalls ist er irgendwo in der Thronfolge platziert.

»Er hat hier ein Ferienhaus«, fährt Seamus fort. »Er hat in *Newsnight* erzählt, dass er eine Vorliebe für Irland hat.«

Niall schnaubt. Diese Aussage klingt tatsächlich unaufrichtig. Vermutlich meint er nicht dieses Irland, nicht diese Bar, dieses Viertel, diese Menschen. Er meint die Landschaft, die Glens, die Cliffs of Moher.

»Mein Gott, wie lange kommt er schon hierher?«, erkundigt sich Damian. »Warum wussten wir das nicht?«

Sie sprechen darüber, dass sie es auf Maitland abgesehen haben, und ich höre ohne jedes Gefühl von Beunruhigung zu. Er scheint so weit außerhalb ihrer Reichweite zu liegen. Ein sechsundsiebzigjähriger Mann, ein Earl. Sie werden sich kaum über den Weg laufen. Jemand mit so viel Geld und Privilegien ist unerreichbar.

Ich mache mir viel mehr Sorgen um die Polizeibeamten in Saintfield. Sie sind einer glaubwürdigen Bedrohung ausgesetzt, Maitland dagegen nicht. Und sie müssen sich vor dieser Bedrohung schützen, ohne sich in ein bewachtes Anwesen in England flüchten oder ein Team von privaten Leibwächtern beschäftigen zu können.

»Wo liegt sein Ferienhaus?«, fragt Damian.

»Das weiß ich nicht«, sagt Seamus.

»Ich werde nachhaken. Vielleicht hat er Colette davon erzählt.«

Der Rand meines Glases klirrt gegen meine Zähne. Marian warnt mich mit einem Blick, ja nichts zu sagen.

»Colette McHugh?«, sagt sie schnell. Sie deckt mich, indem sie die Aufmerksamkeit an dem Tisch auf sich zieht. »Ich dachte, sie sei unpolitisch.«

»Jeder ist politisch«, doziert Seamus. »Zu sagen, man sei nicht politisch, ist politisch.«

Was die Frage allerdings nicht beantwortet. Unter dem Tisch, außer Sichtweite, presse ich beide Hände auf meinen Bauch. Colette ist eine meiner besten Freundinnen. Sie ist Visagistin bei der BBC, seit ich dort angefangen habe. Wir haben uns jahrelang jeden Tag gesehen, haben Stunden gemeinsam bei Teepausen verbracht, bei Mittagessen oder im Pub um die Ecke.

»Sie ist in der D-Kompanie«, verkündet Damian, und lässt Rauch aus seinem Mund quellen. »In Ballymurphy.«

Seamus sieht mich an. »Wir haben den Rundfunksender fest im Griff.«

»Gibt es dort noch andere?«, will ich wissen.

Seamus zwinkert mir zu und setzt sein Bier an den Mund.

Fast alle wichtigen Politiker haben Colettes Studio

durchlaufen. Sie reden mit ihr. Ihre Personenschützer warten immer draußen. Es ist der einzige Ort, an dem sie allein sind. Die meisten Politiker nutzen die Gelegenheit zu einem normalen Gespräch mit Colette. Sie sagt immer, dass sie Vertrauen zu einem fassen, wenn man ihr Gesicht berührt oder ihr Haar kämmt. Und, sagt sie, die Leute sind verlegen. Sie erwähnen ihre schlechte Haut oder die dunklen Ringe unter ihren Augen und ergehen sich oft in Erklärungen darüber.

Ich frage mich, wie viele Erpressungen und Attentate im Laufe der Jahre auf ihre Informationen zurückgehen.

Colette hat sich gewiss vor seinem Auftritt in *Newsnight* um Lord Maitland gekümmert. Sie hat ihm Make-up auf seine weichen Hängebacken getupft und seinen Kopf zum Licht geneigt. Sie hat ihn angewiesen, die Augen zu schließen, und er hat mit ihr geredet, blind, während sie arbeitete.

»Kannst du sofort mit Colette sprechen?«, fragt Seamus Damian. »Ich will wissen, wie lange Maitland in Irland ist.«

Damian leert sein Bierglas und geht. Bald haben auch die anderen ihre Getränke ausgetrunken. »Ich bringe dich noch zum Auto«, bietet Marian mir an.

»Wieso hast du mir nichts von Colette erzählt?«, frage ich sie draußen auf der regennassen Straße.

»Ich wusste es nicht.«

»Aber Damian wusste es.«

»Andere Einheiten leihen ihn sich manchmal aus.«

»Ist da noch jemand? Nicholas? Tom? Unsere Mom? Würdest du mir jetzt einfach bitte alle nennen?«

»Es tut mir leid. Ich weiß, dass ihr befreundet wart«, sagt sie. Ich verschränke die Arme. »Die IRA hat mich nicht losgeschickt, um mich als Informantin zu verdingen, das verspreche ich dir. Ich schwöre es bei Finns Leben.«

»Genau das würdest du in dem Fall auch sagen, oder?« Ich weiß nicht, ob ich es ernst meine oder sie nur verletzen will.

»Hör auf damit, Tessa!«, schnauzt sie mich an. Sie ist verletzt und wütend auf mich. »Wir müssen jetzt zusammenhalten, okay? Du musst mir einfach glauben.«

In diesem Moment klingt sie so sehr wie die alte Marian wie schon seit Monaten nicht mehr.

»Ich glaube dir.«

...

Eamonn flucht, als ich ihm von Colette erzähle. »Wir können sie nicht aus ihrem Job entfernen«, sagt er. »Sonst verraten wir der IRA, dass die Informationen von dir und Marian stammen.«

»Colette darf nicht dort bleiben. Weißt du, wie leicht sie in diesem Raum jemanden umbringen könnte?«

Das könnte ihr finaler Auftrag sein – zu warten, bis die Premierministerin im Studio ist oder der Innenminister.

Eamonn verspricht mir, dass sie zusätzliche Sicherheitsmaßnahmen ergreifen werden. Das Studio wird verwanzt, und das Schloss des Schminkraums wird deaktiviert, so dass Colette ihn nicht von innen verriegeln kann.

...

Als am nächsten Morgen mein Wegwerf-Handy klingelt, will ich nicht rangehen. Ich möchte es am liebsten an die Wand schleudern.

»Habe ich dich geweckt?« Es ist Seamus.

»Nein.«

Aber er hat Finn geweckt, und ich klemme mir das Telefon zwischen Ohr und Schulter, während ich ihn aus seinem Bettchen hebe.

»Colette hat herausgefunden, dass Maitland diese Woche im Haus seines Freundes in Mallow sein wird«, sagt er, und ich fühle mich bestätigt. Maitland ist schon längst weg, auf und davon, mit all seiner Macht und seinen Verbindungen, unerreichbar. Mallow liegt in der Republik, fünf Stunden südlich von Belfast. »Aber er will das Wochenende in seinem Ferienhaus in Glenarm verbringen. Er hat Colette gesagt, dass er ein letztes Mal segeln will, bevor er sein Boot für den Winter aufs Trockendock legt. Wir lassen das Boot mit einer Bombe hochgehen.«

Seamus beschreibt den Hafen, das Segelboot und die Lage von Maitlands Haus auf einem Hügel über dem Dorf. »Wir brauchen dich ab Donnerstag in Glenarm zur Überwachung.«

»Na klar.«

Danach drücke ich Finn enger an mich und blinzle über seinen Kopf hinweg durch den Raum. Sie wollen, dass ich ihnen helfe, eine Bombe zu legen.

Ich erinnere mich an ein Gespräch mit Marian am See in diesem Sommer, als sie mich zum ersten Mal bat, Nachrichten an Eamonn weiterzugeben. »*Du brauchst nichts selbst zu tun*«, sagte sie.

Es ist meine eigene Schuld. Ich hätte in jener Nacht mit Finn einfach weggehen sollen.

...

Heute ist Lord Maitland bei Freunden in Mallow, wo sie, wie er Colette erzählte, im Fluss Blackwater fischen, lange zu Abend essen und Silbenrätsel spielen wollen. Dieser Teil geht mir nicht aus dem Kopf. Dieser alte Mann mit seiner gebildeten Stimme spielt Silbenrätsel, während meine Schwester und ich uns bemühen, sein Leben zu retten.

Das Haus seines Freundes ist ein Schloss am Blackwater zwischen Mallow und Fermoy. Es wurde schon oft fotografiert, und bei der Arbeit im Sender betrachte ich die Bilder der Bogenfenster, der mit Chinoiserie tapezierten Wände, die großen Kamine, die Gemälde und Bücherregale mit einem gewissen Neid.

Ich würde gerne in diesen Tassen Tee serviert bekommen, in diesem Himmelbett schlafen und an diesem langen Esstisch dinieren. Es ist nicht fair, dass Maitland sich dort verwöhnen lässt, während Marian und ich hier draußen schuften. Und dabei wird er nie etwas von unseren Bemühungen erfahren. Vielleicht wird ihm der MI5, wenn er wieder zu Hause ist, empfehlen, nicht nach Irland zurückzukehren, und andeuten, dass sie seinetwegen Gegenmaßnahmen unternehmen mussten, aber er wird nie etwas über mich oder Marian hören.

Es fühlt sich an, als würden wir ihm dienen, so wie unsere Urgroßmutter Männern wie ihm gediente hatte. Sie ging mit zwölf Jahren zur Arbeit, und der Gutsbesitzer, der sie anstellte, nahm sie nicht in seiner Kutsche mit nach Hause. Sie musste kilometerweit hinter ihm herlaufen. Niemand tröstete sie, als sie in dem großen Haus ankamen. Niemand erwähnte, dass sie noch ein Kind und dies die erste Nacht in ihrem Leben war, in der sie nicht bei ihrer Mutter war. Nach vier Monaten Arbeit wurde sie mit fünf Pfund entlohnt.

In der Gasse hört Marian mir zu, wie ich über unsere Urgroßmutter schimpfe, dann lächelt sie leicht. »Und du verstehst immer noch nicht, warum ich der IRA beigetreten bin?«

»Nein.« Der Mann, der unsere Urgroßmutter eingestellt hatte, war ein Protestant, sie war katholisch. Ich verstehe, wie die Dinge hier traditionell gelaufen sind, aber das rechtfertigt Marians Entscheidung nicht. »Ich sage nur, dass jemand wie Maitland nicht verstehen wird, was wir für ihn tun.«

»Es geht nicht um ihn«, erwidert sie.

In gewisser Weise geht es sehr wohl um ihn. Manche Menschen sind als Opfer weniger akzeptabel als andere. Eamonn hat mir versichert, dass dieser Mordanschlag unbedingt vereitelt werden muss, und ich weiß nicht so genau, ob er sich mit der gleichen Überzeugung über einen Anschlag auf einen Polizisten in Saintfield geäußert hätte.

Ich denke an meine Mutter, die vierzehn Jahre lang für die Dunlops gearbeitet hat und dann fristlos entlassen wurde, ohne Rentenanspruch. Sie hätten ihr zumindest zwei Wochen Abfindung zahlen müssen, aber es wurde nie ein Vertrag unterzeichnet, und niemand wird die Dunlops zur Verantwortung ziehen.

Auch Seamus' Mutter hat fremden Herren gedient, und seine Großmutter und seine Ururgroßmutter sind während der großen Hungersnot gestorben. Er hat gute Gründe, dass er eine sozialistische Republik will. Die haben wir alle. Vielleicht liegt das Problem bei mir und Leuten wie mir, weil ich der Rebellion im Weg stehe. Denn ich glaube, dass diese Version der Zivilisation verbessert werden kann.

Wenn ich diese Geschichte in sechzig Jahren jemandem erzähle, könnte er Seamus als deren Heldenfigur betrachten. Sie hoffen vielleicht, dass seine Pläne Früchte tragen, und sie könnten damit richtigliegen. Seamus ist bereit zu sterben, um eine gerechte Zukunft zu erreichen. Es ist schwer zu sagen, wer von uns das Stockholm-Syndrom hat.

33

Die Bibliothek in Greyabbey ist heute Abend bis spät in die Nacht geöffnet. In der Kinderecke sitzt Finn auf meinem Schoß, während ich ihm aus einem Bilderbuch vorlese. In dem Buch sind Bilder von Tieren mit Kunstfellbüscheln. Finn will nicht, dass ich die Seite mit dem Kaninchen umblättere, also starren wir gemeinsam darauf.

»Kaninchen«, sage ich laut. »Kaninchen.« Nach einiger Zeit versuche ich, die Seite umzublättern, und er weint und umklammert das Buch, bis das Kaninchen wieder da ist.

In den anderen Regalen gibt es auch Schätze, aber noch sind sie nicht für uns bestimmt. Ich habe keine Ahnung, welche Bücher Finn gefallen werden oder ob er Spaß am Lesen haben wird. Ich kann mir vorstellen, wie es anderen Kindern gehen wird, aber nicht ihm. Ich glaube an ihn und vertraue ganz und gar auf ihn, so wie er jetzt ist. Jeder Monat scheint die endgültige, wahre Version seiner Kindheit zu bringen, den Höhepunkt, den wir beide nur mit viel Mühe erreicht haben.

Ich darf ihm nicht vorauseilen, und das muss ich auch nicht. Er hat ganz allein gelernt, zu krabbeln und zu gehen. Meine Aufgabe scheint es zu sein, ihm zu folgen, ohne Zögern oder Bedauern.

Ich werde immer misstrauisch, wenn andere Eltern mir sagen, ich solle jede Sekunde mit meinem Baby genießen, das Beste aus diesen Jahren machen, denn ihre Begeisterung scheint sich nie auf das aktuelle Alter ihrer Kinder zu beziehen. Finn wird mich nicht enttäuschen, wenn er acht Jahre alt ist oder vierzehn oder sechsunddreißig. Er wird meine Gefühle nicht verletzen, nur weil er erwachsen wird.

»Du hast keine Ahnung, wie sehr du diese Zeit vermissen wirst«, sagte meine Mutter. Aber das ist doch genau der Job, oder? Sich nichts anmerken zu lassen.

»Kaninchen«, wiederhole ich. Meine Stimme versinkt in der uns umgebenden Stille, während Finn die Seite studiert.

Ich leihe mir einen Stapel Pappbilderbücher aus, die wir nächste Woche zurückgeben können. Bis dahin ist Glenarm vorbei. Heute habe ich ein Schaukelpferd mit einem Miniatursattel und Zügeln für Finn bestellt. Das ist seine Belohnung, sage ich mir, als hätte er zugestimmt, mich gehen zu lassen oder irgendwas von alldem akzeptiert.

Auf dem Heimweg sieht Greyabbey in der Novemberdämmerung so ruhig und einladend aus wie die Dörfer in seinen Bilderbüchern. In jedem Haus bereiten die Familien Abendessen vor, lernen oder spielen. Ich kaufe im Blumenladen zwei Sträuße mit rosa Rosen und stelle die Blumen neben mein Bett, auf den Küchentisch und in eine Vase im Kinderzimmer. Sie erfüllen das ganze Haus mit ihrem Duft.

Während ich das Abendessen koche, meckert Finn und will, dass ich ihn auf den Arm nehme, damit er die Arbeitsplatte, die Käsereibe und die Töpfe auf dem Herd betrachten kann. Ich habe herausgefunden, wie man mit einer Hand Parmesan reibt und ein Ei aufschlägt.

Ich rufe Tom an, als die Nudeln kochen. »Ist es für dich immer noch okay, Finn morgen zu nehmen?«

»Na klar«, versichert er mir.

»Du musst ihn von der Tagesstätte abholen.«

Tom gähnt. »Vielleicht arbeite ich von zu Hause aus.«

»Wie denn?«

»Er macht doch einen Mittagsschlaf, oder?«

Der Abend scheint nicht zu Ende zu gehen. Schließlich schläft Finn an meiner Schulter ein, den Kopf an mich geschmiegt, die Nasenspitze an meinen Hals gedrückt. Ich habe keine Lust, ihn in sein Bettchen zu legen. Stattdessen mache ich eine Wand aus Kissen an der Seite meines Bettes und schlafe an seinen Körper gekuschelt. In der Nacht legt er manchmal seine kleine warme Hand auf mein Gesicht.

Ein Geräusch weckt mich vor dem Morgengrauen. Der Regen fällt auf das Dach. Ich höre ihn auf die Ziegel und die Fallrohre prasseln. In der Küche schalte ich das Radio ein, um den Wetterbericht zu hören. Es ist Donnerstag, und ich soll heute Morgen nach Glenarm aufbrechen. Seamus plant, Lord Maitland am Samstag zu ermorden und die Bombe zu zünden, sobald er mit seinem Boot in den Hafen hinausfährt.

Ich höre mit einer Hand am Herzen zu, als die Wettervorhersage kommt. »Ein Sturm bringt heftigen Regen und starken Wind über Nordirland und wird Sturmfluten in Küstengebieten und Überschwemmungen auf tief liegenden Straßen verursachen. Es wird eine Reisewarnung für das Wochenende herausgegeben, da mit einer Verschlechterung der Wetterbedingungen gerechnet wird.«

Das Zentrum des Sturms befindet sich irgendwo über dem Atlantik, noch Hunderte von Meilen entfernt. Dieser Regen ist nur die erste Salve, und er wird sich in den nächsten Tagen verstärken. Seamus ruft mich zu einer Krisensitzung in den Unterschlupf in West-Belfast. Als ich ankomme, sehen Damian, Niall und Marian ziemlich unglücklich aus. Das Sichere Haus fühlt sich feucht an, trotz der Gasheizung.

»Sie stufen den Sturm als Hurrikan ein«, sagt Damian.

»Das wird kein Hurrikan«, prophezeit Marian.

»Es könnte aber einer werden.«

»Cillian will, dass wir trotzdem weitermachen«, verkündet Seamus, und wir anderen wenden uns ihm zu.

»Das ist verrückt. Maitland wird niemals in einen Hurrikan hinaussegeln«, erklärt Niall.

»Nein. Wir wissen nicht, ob er überhaupt in den Norden kommt, aber wir wissen, wo er heute und morgen ist. Also werden wir zu ihm gehen.«

»Wie sollen wir über die Grenze kommen?«, erkundigt sich Marian.

»Das musst du nicht.« Seamus zeigt auf mich und Damian. »Die beiden gehen.« Mein Kopf dröhnt, als wäre ich zu schnell aufgestanden. »Keiner von euch beiden ist der

Polizei bekannt. Ihr spielt ein Pärchen, das übers Wochenende wegfährt.« Seamus hat bereits eine Reservierung für uns im Ballyrane, einem Landhaushotel bei Mallow, vorgenommen. »Wir wissen, dass Maitlands Freunde zum Forellenfischen fahren.«

»Im Regen?«, fragt Marian.

»Dort wird es nicht regnen. Der Sturm zieht über den Norden hinweg.«

»Und was sollen wir tun?«, fragt Damian.

»Ihn aus dem Hinterhalt erschießen«, erwidert Seamus. Ich spüre, wie ich zusammensinke. Seamus schaut auf seine Uhr. »Es ist eine lange Fahrt, ihr solltet jetzt gehen. Marian kann dir doch Kleidung leihen, oder?« Das gilt mir.

Ich folge Marian nach oben, wo sie eine Tasche vom Schrank nimmt und eine Jeans und einen Pullover hineinlegt. Durch die offene Tür hören wir, wie die anderen sich im Erdgeschoss weiter unterhalten. Ich packe Marians Handgelenk. »Ich kann das nicht!«

Sie umarmt mich, und ich merke, wie ich zittere. Tränen stehen mir in den Augen. »Dir wird nichts passieren«, flüstert sie. »Damian würde dir nie etwas antun, das verspreche ich dir. Du brauchst keine Angst vor ihm zu haben.«

»Wie soll ich das Eamonn sagen?«

»Ich benachrichtige ihn«, erwidert sie. »Hast du ein Ladegerät?«

»Nein.«

Sie legt ihr Handy in die Tasche. »Eamonn kann dein Handy orten.«

Sie packt für mich zu Ende, dann gehen wir die Treppe hinunter. Damian ist schon draußen und legt unsere Taschen in den Kofferraum des Wagens.

Wir fahren in Richtung des Westlink, vorbei an den vom Regen glänzenden Graffiti. Unsere Sitze sind sehr eng beieinander. Ich weiß nicht, was ich mit meinen Beinen im Fußraum machen soll – sie sehen seltsam gerade, aber auch gekreuzt aus, und jede Bewegung klingt laut in dem stillen Auto. Vor uns schaltet eine Ampel auf Rot, und ich versuche zu entscheiden, ob ich aussteigen und weglaufen soll. Ich kann nicht mit ihm aufs Land fahren, mit einem IRA-Scharfschützen.

Damian räuspert sich. »Ich stehe auf deine Schwester.«

Ich drehe mich erstaunt zu ihm um, und er lacht. »Hast du es ihr schon gesagt?«

»Noch nicht.«

»Ich habe so etwas eigentlich vermutet.«

»Tatsächlich?« Er klingt erfreut, und ich sage ihm nicht, dass ich hoffe, dass seine Gefühle nicht auf Gegenseitigkeit beruhen.

Wir fahren nach Süden. Dunkle Regenschleier wehen über die Hügel in der Ferne. Dieser Sturm ist eine Katastrophe. Glenarm wäre besser gewesen, komplizierter und leichter zu sabotieren. Ich weiß nicht, wie der MI5 jetzt intervenieren will. Taucht Maitland nicht draußen auf, wird es so aussehen, als ob er gewarnt worden wäre. Dann geraten Marian und ich unter Verdacht.

An der Grenze umkreisen die Soldaten unser Auto. Ich wünsche mir sehnlichst, dass sie das in der Türverkleidung versteckte Scharfschützengewehr finden, aber sie winken uns in die Republik durch.

In Monaghan hört der Regen auf, und den Rest der Strecke fahren wir unter einer weißen Wolkendecke. Wir durchqueren Kildare und Waterford, und ich habe das Gefühl, dass ich einen Schutzbereich verlasse, als ob ich nicht mehr im Zuständigkeitsbereich des Sicherheitsdienstes stünde. Ich bin auf mich allein gestellt.

Als wir über die Knockmealdown Mountains fahren, scheint der Faden völlig zu reißen. Wir sind weit im Süden, in einem Teil der Republik, den ich noch nie besucht habe. Das Satellitennavigationsgerät verliert das Signal, und ich beobachte den blinkenden Punkt unseres Autos, das sich durch einen blau karierten Raum ohne markierte Straßen bewegt.

Kurz vor dem Dorf Cappoquin meldet sich das Satellitennavigationsgerät zurück. Wir befinden uns jetzt im Blackwater-Tal und biegen nach Westen ab und folgen dem Fluss in Richtung Mallow.

•••

Der Besitzer des Hotels erzählt uns, dass das Haus, Ballyrane, bereits seit drei Jahrhunderten im Besitz seiner Familie sei. Fünf weitere Zimmer sind belegt, und wir speisen heute mit den anderen Gästen zu Abend.

Wir folgen ihm durch Räume mit breiten Eichendielen und handgemalten Tapeten, gestreiften Seidensofas und Ottomanen, auf denen sich Kunstbücher und Teetabletts stapeln. Ballyrane ähnelt dem Schloss von Maitlands Freund, allerdings logieren hier zahlende Gäste.

Ich beobachte die anderen Gäste, die sich geräuschlos durch das Haus bewegen und manchmal leise lachen. Keiner von uns benimmt sich achtlos. Keiner von uns erwartet, dass sich diese Erfahrung beliebig wiederholt. Eine ältere Frau und ihre erwachsene Tochter sitzen neben dem großen Kamin im Hauptraum und zeigen sich gegenseitig Bilder des Hauses aus alten *Tatler*-Ausgaben. Sie scherzen leise, und ich mag sie und die ironische Art, mit der sie die Situation hinnehmen.

Unser Zimmer hat ein französisches Bett. Damian deutet auf die Liege unter dem Fenster. »Ich schlafe dort.«

Ich nicke und setze meine Tasche ab. Auf der Kommode steht ein Weidenkorb mit einer Halbliterflasche Wein, Keksen und Süßigkeiten. Damian macht eine Packung Pralinen auf. »Sind die umsonst?«, frage ich.

Er lächelt. »Machst du dir Sorgen, dass Seamus wegen der Minibar verärgert sein könnte?«

»Und? Wird er sich ärgern?«

»Nicht, wenn das hier funktioniert.«

»Und wenn es nicht funktioniert?«

»Dann wird er sowieso völlig ausrasten.«

Morgen werden wir, so hat Seamus es geplant, zwei Meilen durch den Wald laufen und auf der anderen Seite des Flusses auf Maitland warten. Damian wird ihn mit einem einzigen Schuss aus seinem Scharfschützengewehr töten, und dann kehren wir hierher zurück.

Die Polizei wird nach dem Mord sämtliche Straßen kontrollieren, aber sie wird nicht hier nach den Mördern suchen. Die Gäste sind zu wohlhabend, sie würden sich niemals auf so etwas einlassen. Seamus war begeistert von diesem Plan, von der Cleverness, dass wir an Ort und Stelle bleiben, statt zu fliehen und uns zu verstecken. »Er liest gern Agatha Christie«, erklärt Damian. »Er ist vollkommen begeistert von ihr.«

...

Das Hotel hat eine Selbstbedienungsbar neben dem Hintereingang. Ich schaue mir das Dutzend verschiedener Flaschen mit Spirituosen, Wermut und Bitter an, die Messingschalen mit Zitronenstückchen, grünen Oliven und Kirschen.

Ich mixe mir einen Gin Tonic und nehme ihn mit in den Garten. Das Licht hat begonnen, sich zu verändern. Niedrige Wolken ziehen schnell über den Himmel. Die Obstbäume in dem ummauerten Garten sind jahrhundertealt. Riesige Feigen, Zwetschgen und Quitten, ein Spalierbaum mit bronzefarbenen Birnen. Mein Körper scheint sich nach den letzten sieben Stunden wieder zusammenzufügen und sich zu sammeln. Ich nehme einen langen Schluck von meinem Drink.

Schwarze Krähen fliegen hinter der Gartenmauer auf, wie etwas, das ich schon einmal gesehen und vergessen habe. Die Atmosphäre hat sich mit Erwartung aufgeladen. Ich bleibe stehen, stütze mich mit der Hand an der Mauer ab und spitze die Ohren. Ich warte verzweifelt darauf, dass sich jemand bei mir meldet. Der MI5 könnte bereits hier sein. Keiner der anderen Gäste sieht wie ein Spion aus, aber das wäre ja auch der Sinn der Sache. Die ältere Frau und ihre Tochter könnten Anti-Terror-Officers sein. Es wäre eine riesige Erleichterung, wenn jemand sagen würde: »Tessa, hallo, wir haben dich schon erwartet, wie geht es dir, hast du irgendwelche Fragen an uns?«

Als ich Eamonn von Glenarm erzählte, sagte er, ich sollte mir keine Sorgen machen. Mithilfe unserer Informationen würden sie den Anschlag verhindern. Er versprach mir auch, dass niemand etwas von ihrer Anwesenheit mitbekommen würde. Ich brauche eine Nachricht von ihm, dass alles noch nach Plan läuft, dass wir unbeschadet daraus hervorgehen werden.

Einsamkeit und Heimweh überwältigen mich. Ich habe Finn erst heute Morgen verlassen, aber es fühlt sich an, als hätte ich ihn schon seit Wochen nicht mehr im Arm gehalten. Als wir uns verabschiedeten, gab ich ihm einen Kuss, und Finn versuchte, es mir nachzumachen. Er drückte seine Hand an sein Ohr, zog sie weg und machte ein Kussgeräusch.

Damian und ich verbringen die Stunde vor dem Abendessen lesend in den Sesseln vor dem Kamin. Andere Gäste kommen herein und schlendern entweder wieder hinaus oder schließen sich uns an. Sie gehen davon aus, dass wir ein Paar sind. Wir müssen Gott sei Dank nicht Händchen halten oder gar miteinander plaudern.

Damian trinkt einen Scotch, und ich beobachte, wie er sorgfältig jeden seiner Drinks in das Kassenbuch einträgt. Er hat zwar vor, morgen jemanden zu ermorden, aber er wird keine Drinks aus einer Selbstbedienungsbar stehlen.

Ein Gong läutet das Abendessen ein. Es gibt Huhn mit Pflaumen und Cognac, Bratkartoffeln und Knollensellerie. Rotweinflaschen werden an der Tafel entlanggereicht.

Wir füllen den Wein in geschliffene Kristallgläser. Nach dem Hauptgang wird eine Schokoladen-Kastanien-Pavlova serviert, danach Käse und Obst.

Hinter den Fenstern des Esszimmers breitet sich eine tiefe ländliche Dunkelheit aus. Ich spüre jede Meile, die mich von meinem Zuhause trennt. Die Kontrolle, die ich brauche, um meine Stimme und meine Mimik zu beherrschen, schwindet allmählich. Ich spüre, wie sie abnimmt, fühle, wie ich zu stürzen beginne.

...

In der Halle schlägt eine Standuhr. Ich erinnere mich daran, dass Finn jetzt im Haus seines Vaters in seinem Bettchen liegt. Es ist einfacher, während der Stunden, in denen er schläft, von ihm getrennt zu sein.

Einige der anderen Gäste sind Engländer und Amerikaner. Englische und amerikanische Touristen besuchen zwar nicht mehr den Norden, aber anscheinend kommen sie durchaus gern hierher. Als die Frau neben mir erfährt, woher ich komme, zeigt sie sich erstaunt, dass es genauso lange dauert, einen Brief von ihrem Haus in Oxford nach London zu schicken wie nach Belfast. »Nun, wir gehören zum selben Land«, erwidere ich, und sie lächelt höflich.

Ihr Mann wendet sich an Damian. »Wie ist denn die Lage im Norden so?«

Damian hält inne und schluckt seinen Bissen hinunter. Der ganze Tisch wartet. »Wir haben Glück gehabt«, sagt er und legt seine Hand auf meine. »Der Konflikt hat keinen von uns wirklich beeinträchtigt.«

Der Engländer wirkt zufrieden, als hätte Damian die richtige Antwort gegeben. »Gewöhnliche Menschen halten sich aus diesem Chaos heraus«, stellt er fest.

»Das ist richtig«, sagt Damian. »Nur sehr wenige Menschen sind aktiv daran beteiligt.«

»Überall gibt es ein paar faule Äpfel«, erwidert der Engländer, und Damian lächelt. »Was sind Sie von Beruf?«

»Ich arbeite im Privatinvestment«, erwidert Damian.

»Oh, welche Art Investitionen?«

»Termingeschäfte.«

...

Als sich die Schlafzimmertür hinter uns schließt, ruft Damian Seamus an. »Hast du mit dem Ghillie gesprochen?«, fragt er. »Großartig«, fährt er nach einer Pause fort und drückt das Telefon an seine Schulter, während er etwas notiert. Am anderen Ende sagt Seamus etwas, und Damian lacht. »Na, dann sprich ein Gebet.«

»Was ist ein Ghillie?«, frage ich.

»Ein Jagdführer«, sagt Damian. »Maitlands Gruppe hat für die ganze Woche einen engagiert, und wir wissen, wohin er sie morgen bringen wird. Seamus hat ihm einen Tausender bezahlt. Er sagte, er wollte ein paar Schüsse von Maitland machen.«

»Was?«

»Fotos«, meint Damian lachend. »Diese Adels-Paparazzi zahlen immer für irgendwelche Tipps.« Damian klingt verächtlich, als wäre es schlimmer, Maitland zu fotografieren, als ihn umzubringen.

Der Ghillie wird die Gruppe zu einer bestimmten Stelle

des Blackwater bringen, wo sich der Fluss verbreitert und Unterwasserfelsen einen natürlichen Pool bilden. Dort kann man ausgezeichnet Bachforellen fangen. Lord Maitland wird ungeschützt sein. Das Rauschen des Flusses, die Lichtreflexe auf seiner Oberfläche werden ihn ablenken. Er wird bis zu den Oberschenkeln im Wasser stehen, und vom gegenüberliegenden Ufer aus wird Damian ihn mit einem Scharfschützengewehr erschießen.

Lord Maitlands Tod wird dem Establishment ein Messer ins Herz rammen. Sein Begräbnis wird mit einem Staatsakt vollzogen werden, bei dem die königliche Familie hinter seinem Sarg hergeht. Die Armee wird gedemütigt und entwürdigt erscheinen. Ein Vereinigtes Irland, die Demokratische Sozialistische Republik Irland, wird dann ein Stück näher gerückt sein.

Das ist ein Plan. Der MI5 wird einen anderen Plan haben, aber den kenne ich nicht, also kann ich auch nicht daran glauben.

34 Das Frühstück wurde an der langen Tafel angerichtet. Ich bin der erste Gast, der herunterkommt, und das Büfett wirkt verzaubert, als wäre es von selbst erschienen. Im Kamin brennt ein Feuer, und auf einem silbernen Gestell liegen die Tageszeitungen aus. Zwölf weiße Teller sind auf dem Tisch gedeckt, und ich wähle einen in der Mitte. Ich gieße den Kaffee in eine Porzellantasse. Es gibt kleine gesprenkelte Eier, weich gekocht, mit gebuttertem Toast zum Dippen, Krapfen und Blutwurst, Kedgeree, Porridge, Brombeeren und aufgeschnittene Pflaumen in Honig, Sodabrot und Scones. Ich esse langsam, erst etwas Herzhaftes, dann etwas Süßes, danach fülle ich mir den Teller mit Früchten.

Ich werde nicht satt. Nichts verbindet sich mit mir. Es kommt mir vor, als würde ich versuchen, ein Gerät in eine ausländische Steckdose zu stecken, als hätte dieses Essen die falsche Voltzahl.

Ich fülle einen weiteren Teller mit Kedgeree – Reis und Fisch – und Sodabrot. Normalerweise kostet mein Frühstück mich viel Arbeit. Ich muss Finns Löffel vom Boden aufheben, eine weitere Portion für ihn holen und ihn davon abhalten, sich die Augen zu reiben, solange seine Hände mit Joghurt verschmiert sind. Dieser Aufenthalt im Hotel sollte eine willkommene Abwechslung sein, und vielleicht wäre es das auch, wenn ich es selbst bezahlt hätte. Trotzdem ist das hier nicht kostenlos. Die IRA zahlt dafür.

Wie auch immer, ich habe mich an das Essenstempo mit Finn gewöhnt, an das ständige Auffangen und Richten, Anbieten, Plaudern. Alles andere fühlt sich dagegen irgendwie platt und leblos an. Diese Art von Essen ist schön, aber es ist auch schön, wenn mein Sohn die Faust senkt und mich durch seine joghurtverklebten Wimpern anblinzelt, voller Vertrauen, dass ich es wieder in Ordnung bringe.

Damian taucht auf und schenkt sich einen Kaffee ein.

»Willst du auch etwas?« Ich deute mit einem Nicken auf das Büfett.

»Nein, ich esse nichts«, erwidert er entschieden, als ob er fasten würde. Ich frage mich, ob das ein Zeichen des Respekts für sein Opfer ist oder ob seine Sinne schärfer sind, wenn er einen leeren Magen hat.

Er geht mit seinem Kaffee aus dem Frühstücksraum. Auch ich entferne mich von dem Büfett, als wäre es der Schauplatz eines Scheiterns. Allerdings bin ich mir nicht sicher, ob das Versagen darin besteht, nicht auf das Essen zu verzichten, oder darin, es nicht zu genießen.

•••

Um elf Uhr wird Damian das Radio in unserem Zimmer einschalten, damit jeder, der vorbeikommt, glaubt, er sei noch drinnen und telefoniere.

Ich arrangiere mein Buch und meinen Schal auf einem Stuhl im ummauerten Garten, als wäre ich nur für einen kurzen Moment weggegangen. Die anderen Gäste und das Personal werden uns im Laufe des Vormittags so oft gesehen haben, dass sich ihre Berichte überschneiden. Wenn sie befragt werden, wird der Eindruck entstehen, als hätten wir das Grundstück nie verlassen. Das ist ohnehin nur eine Eventualität, sagte Damian, denn die Polizei wird davon ausgehen, dass der Scharfschütze sofort geflohen ist und dass die Gäste des Ballyrane harmlos sind.

»Die Leute stellen die ganze Zeit Mutmaßungen an«, erklärte mir Damian gestern Abend. Er erzählte mir von einem Zauberer, der sein Publikum glauben ließ, er sei teleportiert worden. Das Theater wurde dunkel, und der Zauberer erschien in einem Scheinwerfer im hinteren Teil des Theaters und dann sofort in einem Scheinwerferkegel auf der Bühne.

»Und wie hat er das gemacht?«, fragte ich.

»Er ist einfach sehr schnell gerannt.«

Im ummauerten Garten mache ich es mir mit meinem Buch auf einem Stuhl bequem. Der Wind rüttelt an den Zweigen der Obstbäume. Nach ein paar Minuten schleiche ich durch den unteren Teil des Gartens hinaus, um Damian zu treffen. Am Rand des Grundstücks holt er den Rucksack heraus, den er gestern Abend dort versteckt hat. Er schiebt sich die Riemen über die Schultern, und wir laufen durch den Wald. Damian rennt wie ein Soldat, mit gesenkten Armen. Zuerst habe ich Mühe, mit ihm Schritt zu halten, doch dann verfliegt meine Anspannung, und ich bleibe ihm auf den Fersen.

Wir überqueren eine Steinbrücke über den Blackwater. Das ist die nächstgelegene Straße zum Tatort, und ich soll hier Schmiere stehen. Damian zieht sich Tarnkleidung über seine Kleidung an. Er steigt in Armeestiefel, holt das Gewehr aus seiner Tasche und lädt es.

Ich sehe ihm nach, wie er zwischen den Bäumen verschwindet. Bald höre ich nichts mehr außer dem Fluss und dem Rauschen der Blätter. Ein kalter Schweißfilm überzieht mein Gesicht. Lord Maitlands Angelgruppe befindet sich nur ein kurzes Stück flussaufwärts von mir. Er steht gleich hinter der nächsten Flussbiegung im Wasser.

Der MI5 könnte aus irgendeinem Grund, aus politischen Motiven, beschlossen haben, das Attentat doch geschehen zu lassen. Das könnte erklären, warum mir niemand irgendwelche Anweisungen gegeben hat. Ich denke an Maitlands altes, gerötetes Gesicht, an seine weiche Stimme. Er hat keine Ahnung, wie sehr er sich fürchten sollte. Dies könnten seine letzten Sekunden auf Erden sein.

Oder die von Damian. Officers der Special Forces könnten ihn umzingeln, die Gewehre im Anschlag. Sie könnten ihn gerade in diesem Moment erschießen. Marian könnte mich fragen, ob ich versucht habe, sie aufzuhalten, ihn zu retten.

Ich möchte auf die Knie fallen. Der Wind zerrt an meiner Kleidung, und ich überlege, ob ich schreien soll, um Maitland oder Damian zu warnen. Ich schnappe nach

Luft, als Damian zwischen den Bäumen auftaucht und auf mich zurennt. Ich bin zu spät. Ich halte ihm hastig seine Schuhe hin, er reißt den Rucksack auf, um seinen Tarnanzug und seine Stiefel hineinzustopfen. Dann zerlegt er hastig das Gewehr und stopft es auch in die Tasche. Unsere Bewegungen kommen mir unbeholfen und langsam vor, obwohl wir den Rucksack in Sekundenschnelle von der Brücke in den Fluss geworfen haben und lossprinten.

Als wir wieder im Garten ankommen, ist sein Gesicht kalkweiß, und ihm zittern die Hände.

»Was ist denn passiert?«, frage ich ihn.

»Ich habe ihn verfehlt.«

35 Ich trage Finn zu seiner Tagesstätte und knie mich vor ihn, um seinen Mantel aufzuknöpfen. »Wie war dein Wochenende?«, fragt mich Gemma, eine der anderen Mütter.

»Oh, ganz okay.«

»Hast du irgendetwas Schönes gemacht?«

»Eigentlich nicht. Ich war auf Geschäftsreise.«

Am Samstagmorgen sind wir von Mallow zurückgefahren, nachdem wir im Ballyrane einen unendlich scheinenden Nachmittag und Abend verbracht hatten. Die Nachricht von dem Attentat hatte sich rasch herumgesprochen, und die Gäste diskutierten während des gesamten Abendessens darüber.

Ich erwartete die ganze Zeit, dass einer von ihnen Damian oder mich ansah und sagte: »Ihr wart das doch, nicht wahr?«

Nach unserer Ankunft in Belfast fuhren wir direkt zu einem Sicheren Haus in New Lodge, um eine Nachbesprechung durchzuführen. Seamus löcherte mich über unseren Aufenthalt, über die Länge der Brücke und die Breite des Flusses, über Damians Stimmung vor und nach den Schüssen.

»Verdächtigen sie ihn?«, fragte ich Marian, als wir allein waren.

»Nein«, sagte sie. »Damians ganze Familie ist bei der IRA. Seine Eltern saßen während der Unruhen im Gefängnis.«

»Er ist in dich verknallt«, verriet ich ihr.

»Ich weiß.«

»Bist du mit ihm zusammen?«

»Nicht so, nein.«

Maitland hatte im Moment des Schusses sein Gewicht verlagert, die Kugel zischte an ihm vorbei und landete im Stechginster. In dem darauffolgenden Chaos konnte Damian nicht noch einmal auf ihn feuern, ohne möglicherweise den Ghillie oder eine der Frauen zu treffen. Seamus ist wütend auf ihn, stellt seine Loyalität aber nicht infrage.

»Wie war dein Wochenende?«, frage ich Gemma jetzt.

»Schrecklich«, antwortet sie fröhlich. »Beide Jungs waren erkältet.«

Wir sprechen eine Weile über Calpol für Kleinkinder, heiße Brühe und Mentholkompressen. Mich durchläuft ein Kribbeln am ganzen Körper, aus Freude, hier zu sein, in diesem Raum, mit meinem Sohn, der sich an meinen Knien festhält.

...

Clodagh und ich trinken gerade Tee im Personalraum, als ein Mann an der offenen Tür vorbeisprintet. Aus der anderen Richtung kommt ein dumpfer Schlag, als würde etwas

Schweres gegen die Wand prallen. Der Moment scheint einzufrieren. Dampf quillt aus unseren Tassen, ein Teller dreht sich in der Mikrowelle. Ich warte darauf, dass der Verriegelungsalarm losgeht. Es könnte sich ein Bewaffneter im Gebäude befinden.

Wir sollten die Tür abschließen und uns unter dem Tisch verstecken, aber stattdessen folge ich Clodagh auf den Flur hinaus. Wir schleichen langsam in Richtung des Nachrichtenraums. Ich spüre den Riemen des Schlüsselbandes um meinen Hals und die Zacken meines Haarclips auf der Kopfhaut.

Wir stoßen die schwere Tür zum Nachrichtenraum auf, und Lärm schlägt uns entgegen. Alle sind von ihren Schreibtischen aufgestanden, stehen in Grüppchen herum oder schreien in ihre Telefone.

»Was ist hier los?«, fragt Clodagh.

Nicholas wendet sich zu uns um. »Die IRA hat gerade einen Waffenstillstand verkündet.«

TEIL DREI

36

Während der restlichen Woche verlassen wir das Büro kaum, außer um ein paar Stunden zu schlafen oder ein Interview aufzunehmen. Nicholas duscht in seinem Tennisclub, um nicht den ganzen Weg nach Carnlough und zurückfahren zu müssen. Jeden Tag um fünf nehme ich den Bus nach Greyabbey, hole Finn von der Tagesstätte ab, füttere ihn und fahre mit ihm zurück ins Büro, wo er in einem Reisebettchen neben meinem Schreibtisch schläft, während ich arbeite.

Wir schuften alle wie besessen. Jeder hört jetzt unsere Sendungen, deswegen können wir uns keine Fehler leisten. In den Schulen ist der normale Unterricht ausgefallen, und die Schüler hören stattdessen BBC. In den Kneipen ist jeden Abend das Bier ausverkauft, denn die Leute drängen sich vor den TV-Geräten, um die Nachrichten zu sehen, sie streiten und feiern.

Dennoch ist es nur ein Waffenstillstand. Er bedeutet lediglich, dass die IRA der Bedingung der Regierung zugestimmt hat, weitere Anschläge auszusetzen, damit die Verhandlungen fortgesetzt werden können. Der Waffenstillstand kann jeden Moment in die Brüche gehen. Außerdem könnte es sich um einen Trick handeln. Die IRA könnte kriegsmüde sein und den Waffenstillstand angekündigt haben, um die Zeit zu nutzen, sich auszuruhen und zu reorganisieren, Nachschub zu beschaffen. Von Marian weiß ich, dass sie nur wenig Waffen haben und der mit Sprengstoff beladene Fischtrawler erst in Richtung Irland unterwegs ist. Vielleicht liegt er schon vor der Küste, aber Marian kann niemanden fragen. Sie sagt, man fragt nie nach einer Operation außerhalb der eigenen Einheit.

Im Büro essen wir Sesamnudeln und gebratenen Reis und spülen das Ganze mit Cola runter. Hochrangige Politiker geben sich für Interviews die Klinke in die Hand, noch bevor wir die Reste der Take-away-Behälter in den Mülleimern entsorgen können. Und oft schläft jemand auf dem Sofa im Glaskasten. Nach Mitternacht fahre ich mit Finn im Kindersitz nach Hause, vorbei an den nächtlichen Feldern und Obstplantagen. Ich fühle mich hoffnungsvoll und positiv.

Wir haben die Nachricht vom Waffenstillstand verkündet. Wir wollen auch diejenigen sein, die als Erste die Nachricht über ein Friedensabkommen verkünden. Simon hat eine Flasche Taittinger auf seinem Schreibtisch stehen, und wir warten auf den Moment, an dem wir sie öffnen können.

Die Uhr tickt weiter. Ein Tag ohne Bruch des Waffenstillstandes. Zwei. Schon bald sind es zwölf Tage, der längste Zeitraum ohne irgendeinen Zwischenfall seit Beginn des Konflikts.

Diese Woche steht eine Podiumsdiskussion auf dem Programm, darüber, was der Frieden für Investitionen, den Tourismus, Filmaufnahmen und die Kunst bedeuten würde. Die Teilnehmer sind allerdings keine Politiker, sondern Schüler weiterführender Schulen in Belfast. Zwei von ihnen haben in dem Konflikt einen Elternteil verloren. Ein anderer Junge hat seine kleine Schwester verloren. In der Sendung wirken die Schüler nachdenklich, ironisch und manchmal auch hart. Ein Mädchen wohnt in Ardoyne, und sie und ihre Schwester übermalen immer wieder die paramilitärischen Wandbilder in ihrer Straße, selbst nachdem einige Jungs gedroht haben, sie deswegen umzubringen. Sie malten zusätzliche Buchstaben auf ein Wandbild und änderten es von »Join the IRA« in »Join the Library«.

Am Ende sagt Nicholas: »Mehr Zeit haben wir heute Abend nicht, danke, dass Sie bei *Behind Politics* mitgemacht haben.« Dann schiebt er seinen Stuhl vom Mikrophon zurück und sieht mich etwas benommen durch das Glas an. Es ist die beste Sendung meiner Karriere. Dutzende Leute rufen an und sagen uns, dass sie links herangefahren sind, um konzentrierter zuzuhören, oder weil sie zu sehr geweint haben, um weiterfahren zu können.

Am Freitag geben Regierung und IRA eine gemeinsame Erklärung ab. Die Verhandlungen machen Fortschritte, brauchen aber Zeit. Sie bitten uns um Geduld.

Einige Leute glauben, dass wir bis Weihnachten Frieden haben werden. Vielleicht ist das nur Wunschdenken, aber die beiden Seiten müssen einer Einigung nahe sein, sonst wären die Gespräche nicht öffentlich gemacht worden.

Wir sind fast in Sicherheit. Sobald ein Friedensabkommen verkündet wird, brauche ich keine Angst mehr zu haben. Keiner wird mich oder Marian verfolgen. Dann haben wir es geschafft.

37 Als Eamonn am anderen Ende des Strandes auftaucht, stürme ich ihm förmlich entgegen. »War er es? War das der Trawler?«

Gestern Abend ist ein Fischerboot in der Irischen See vor den Skerries gesunken. Die Besatzung wurde von der Barkasse eines nahen Frachtschiffs gerettet. Es war nur eine kurze Meldung, die nichts über die Ladung des Bootes oder die Gründe für den Untergang aussagte.

»Er war es«, bestätigt Eamonn.

Ich fange an zu lachen und schubse ihn, so dass er zurückstolpert. »Nein!«

Eamonn nickt und lacht ebenfalls. »Also ... danke«, sagt er dann. »Ich danke dir, Tessa.«

Als ich verwirrt die Stirn runzle, fährt er fort: »Was glaubst du, wo wir das Gerede aufgeschnappt haben? Wir haben gehört, wie sie in einem Haus der Fetherston Clements darüber gesprochen haben.« Der Tipp war von Marian gekommen.

An diesem Abend trifft sie mich auf der Straße. »Ich

habe es dir doch gesagt«, erklärt sie. »Ich habe dir gesagt, auf welcher Seite ich stehe.«

...

Auf dem Weihnachtsbaummarkt in Greyabbey kaufe ich einen Kranz. Ich hänge ihn an den Griff des Kinderwagens und transportiere ihn nach Hause. Die Feiertage haben wieder an Reiz gewonnen. Ich will einen Strumpf für Finn aufhängen, einen Adventskalender mit ihm öffnen, ihn zu den Weihnachtssängern mitnehmen und selbst einen Yorkshire Pudding machen.

In seinem Kinderwagen rümpft Finn die Nase, um mein Schnüffeln zu imitieren. Autos mit Weihnachtsbäumen auf den Dächern fahren an uns vorbei. Die Luft duftet bereits weihnachtlich, und in ein paar Stunden, wenn die Temperatur sinkt, wird dieser Nieselregen zu Schnee werden.

...

Es schneit die ganze Nacht, und am Morgen ist der Himmel pastellblau. Marian möchte, dass wir zum Skifahren in die Mournes fahren.

»Kann man in den Mournes Ski fahren?«, frage ich. Ich wusste nicht, dass es so eine Möglichkeit gibt. Natürlich gibt es dort keine Sessellifte.

»Wir müssen mit Fellen an den Skiern hochwandern«, antwortet sie. Tom nimmt heute Finn und ist schon mit ihm losgefahren, und ich habe mich gefragt, was ich mit mir anfangen soll.

Als wir ankommen, heben sich die glatten weißen Kämme der Berge vom Himmel ab. Der Sturm hat fast einen halben Meter Pulverschnee gebracht, so viel wie seit Jahrzehnten nicht mehr. Wir schnallen uns die Felle unter die Skier und beginnen mit dem Aufstieg. Unser Großvater hat uns das Skifahren beigebracht, und ich stelle mir vor, wie stolz er wäre, uns auf diesem Berg zu sehen.

Auf dem Gipfel halten wir inne, um zu verschnaufen, dann wenden wir uns hangabwärts. Marian ist auf gleicher Höhe mit mir in den Kiefern, taucht zwischen den Bäumen auf und verschwindet wieder. Wir fegen den Berg hinab, und die Luft füllt sich mit dem regelmäßigen, rhythmischen Geräusch unserer Skier, die durch den Schnee pflügen.

Wir sind allein. Wir könnten in den Alpen sein, wir könnten auch im Hinterland von Klosters oder Val d'Isère Ski fahren, nicht dass ich jemals an einem der beiden Orte gewesen wäre. Als wir den unteren Teil der Piste erreichen, haben wir zwei perfekt geschwungene Abfahrtsspuren hinterlassen. Wir können beide nicht aufhören zu lachen, wandern wieder hinauf und fahren immer wieder hinunter.

Nachdem wir nach Hause gekommen sind, machen wir Fondue. Marian erhitzt das Öl, während ich das Brot in Würfel schneide. Ich habe ein Fondueset, eine braune Kasserolle und zwei lange Gabeln. Wir sind beide so hungrig, dass wir mit dem Kochen beginnen, bevor wir unsere Skikleidung ausgezogen haben und sehen absurd aus mit unseren Henley-Hemden und den langen Thermo-Unterhosen.

...

Am nächsten Morgen bereite ich das Frühstück für Finn vor. Ich weiß nicht, warum ich aufschaue. Als ich es tue, fällt mein Blick auf zwei Männer mit schwarzen Skimasken auf der anderen Seite der Gartenmauer.

38

Die Männer rühren sich nicht. Sie könnten schon lange dort stehen. Über ihnen drehen sich ein paar Blätter an den winterlichen Bäumen in einem schwachen Wind. Panik durchströmt meinen ganzen Körper.

Die Schüssel mit dem Brei, die ich gerade zu Finn tragen wollte, fällt auf den Boden, und der Brei spritzt auf meine Füße. Finn beobachtet mich aus seinem Hochstuhl neben der Schiebetür. Die Männer können ihn von ihrer Position aus sehen. Und sie wissen, dass ich sie bemerkt habe. Ich kann ihre Gesichter unter den Masken nicht sehen, aber ihre Augen sind auf mich gerichtet.

Ich kann Finn nicht von den Gurten des Hochstuhls befreien und rechtzeitig die Haustür erreichen. Sie werden vor mir an der Straße sein.

Das Blut rauscht in meinen Ohren. Die Männer steigen jetzt über die Mauer. Es geht zu schnell. Schon laufen sie in ihren Stiefeln und Armeejacken über meinen Rasen. Sie haben keine Waffen in der Hand, aber beide sind größer und muskulöser als ich.

Finn fängt an, vor Hunger zu jammern, und zeigt auf den Napf. Ich gehe zur Schiebetür, ohne zu wissen, was ich tun werde, ob ich sie verriegeln soll. Dann packe ich den Griff und reiße sie auf. Ich trete hinaus in die kalte Luft und schließe die Tür hinter mir wieder.

Durch das Glas höre ich Finns lauten Protest. Die Männer sind bereits die Hälfte des Rasens hochgelaufen. Ich hebe meine Hände in die Luft, und sie hören auf zu laufen.

»Komm mit, Tessa«, sagt einer. »Zeit zu gehen.«

Sie warten darauf, dass ich auf sie zukomme. »Ich kann meinen Sohn nicht dadrin lassen. Er kann nicht allein bleiben.«

Die Männer betrachten mich, die Löcher in ihren Skimasken sind eng um Augen und Mund gezogen. Die Lippen des kleineren Mannes sind dunkel, als würde er nicht genug Wasser trinken.

Hinter uns schreit Finn und kämpft gegen die Gurte. Würde ich ihn hochheben, würde er sofort aufhören zu weinen, er würde blinzeln, sich mit seinen großen Augen erleichtert umsehen und sich an mich schmiegen.

»Ich komme mit«, verspreche ich, »aber erst bringe ich meinen Sohn zu meiner Nachbarin. Sie wohnt ganz in der Nähe. Wir passen ständig gegenseitig auf unsere Kinder auf. Ich werde ihr sagen, dass meine Tante krank ist.«

»Du hast eine Minute«, sagt der kleinere Mann. »Wenn du ihr sagst, sie soll die Polizei rufen, oder wenn du versuchst zu fliehen, töten wir dich und dein Baby. Hast du das kapiert?«

»Ja.«

Er wartet draußen, aber der andere Mann folgt mir ins Haus. Meine Hände zittern, als ich die Schnallen an den Gurten des Hochstuhls öffne. Finn windet sich und streckt seine Arme nach mir aus. »Keine Sorge, Schatz, alles ist gut, Mama ist ja da.«

Er atmet zitternd ein, krallt sich in mein Haar und schaut über meine Schulter auf den Mann. Ich nehme seine Windeltasche und seine Decke und öffne die Haustür.

»Halt«, sagt der Mann. Ich frage mich, ob das nur ein Spiel war und sie nur so getan haben, als wollten sie mich gehen lassen. Ich drücke Finn an mich, eine Hand schirmt seinen Kopf ab. Der Mann zeigt auf meine Füße. »Zieh dir erst mal Schuhe an.«

Ich schaue nach unten. Meine nackten Füße sind vom Schnee gerötet. Ich schiebe sie hastig in ein Paar mit Fleece gefütterte Stiefel und laufe dann förmlich den Weg hinunter, bevor er seine Meinung ändern kann.

Finn schlingt seine Arme um meinen Hals. Ich bedecke sein Gesicht mit Küssen, murmele ihm Zärtlichkeiten zu und atme seinen Geruch ein.

Sophie öffnet die Tür. »Meine Tante ist krank«, sage ich. »Ich muss sofort zu ihr ins Krankenhaus. Kannst du auf Finn aufpassen?«

»Aber natürlich.« Sophie streckt ihre Arme aus, und mir sitzt ein Kloß in der Kehle, als ich ihn ihr reiche. Finn ist noch da. Ich kann ihn sehen, ihn hören. Wir sind noch nicht getrennt. Er hört meine Stimme, seine Augen sind auf mein Gesicht gerichtet. Wenn ich mich nur ein paar Zentimeter nach vorn beugte, würde er sich sofort wieder in meine Arme werfen.

»Steht da jemand hinter mir?«, frage ich Sophie so beiläufig wie möglich.

Sophies Augen leuchten auf. Sie blickt an mir vorbei und schüttelt dann unmerklich den Kopf.

»Ruf DI Fenton in der Musgrave-Wache an und bitte ihn, Finn in Sicherheit zu bringen.«

Sophies Gesicht verändert sich nicht, aber sie sagt: »Komm rein.«

»Bitte, tu es.«

Ich beuge mich vor, um Finn zu küssen, drehe mich dann um und gehe den Weg zurück. Nach ein paar Schritten höre ich, wie sie die Haustür hinter mir schließt und den Riegel vorschiebt. Jeden Moment wird sie ihr Telefon zücken und die Polizei anrufen.

Als ich in mein Haus zurückkehre, hat der Mann in meinem Wohnzimmer seine Waffe gezückt. Er richtet sie auf mich, und ich schaue über den Lauf hinweg in seine Augen.

»Es ist alles in Ordnung. Sie denkt, ich besuche meine Tante im Krankenhaus.« Meine Stimme ist tonlos, enttäuscht. Ich klinge, als würde ich die Wahrheit sagen. Er starrt mich einen Moment lang an, dann schiebt er die Pistole in den Bund seiner Jeans. Sobald wir die Gartenmauer hinter uns gelassen haben, setzen beide Männer ihre Kapuzen auf.

Von den Reihenhäusern aus wirken wir wie drei Spaziergänger. Niemand geht vor uns und kann sehen, dass ihre Gesichter von Skimasken verdeckt sind. Das Feld ist leer und still, bis auf den knirschenden Schnee unter unseren Stiefeln. Die Männer bewegen sich fast synchron, mit hängenden Schultern und geradem Rücken. Sie wurden ausgebildet.

Auf dem Hügel fällt es mir schwer, das Gleichgewicht zu halten, weil mir schwindlig wird. Ich möchte mich verzweifelt umdrehen, um nach Finn zu schauen. Obwohl Sophie ihn sicher nicht in die Nähe des Fensters lässt. Fenton wird ihr gesagt haben, was sie tun soll, bis die Polizei kommt. Sich normal verhalten, vielleicht. Oder sich mit Poppy und Finn im Badezimmer einschließen. Ich zucke zusammen, wenn ich daran denke, wie verängstigt sie sein muss.

Die Äste der Eiche auf dem Hügelkamm knarren im Wind. Wir sind in Sichtweite aller Häuser, dann sind wir auf der anderen Seite des Hügels, im Schatten, und der Temperaturwechsel ist wie ein Sprung ins Wasser. Ich bin allein mit den beiden Männern, ihnen so nahe, dass ich die Wolle ihrer Masken und ihren Schweiß riechen kann.

Ein roter Renault Corso parkt auf dem Weg hinter dem Feld. Der kleinere Mann öffnet die Fondtür. »Leg dich hin«, befiehlt er. Ich lege mich auf die Rückbank, und er deckt mich mit einer Decke zu.

Die beiden sitzen vorn, und die automatischen Schlösser schließen sich mit einem metallischen Knall. Die Decke ist aus orangefarbener Schottenwolle, und sie riecht nach Keller, so wie es Schlafsäcke oft tun. Ich kann durch den Stoff nichts sehen, aber ich spüre die Strahlen der Sonne und den Schatten, der auf die Rückbank fällt.

Als wir stoppen, müssen wir an der Ballywalter Road sein. Wir biegen jetzt nach rechts ab und fahren die Halbinsel hinunter. Die beiden Männer haben sicher schon ihre Masken abgenommen. Kein anderer Fahrer wird etwas bemerken. Die Leute sehen einfach nur ein rotes Auto auf einer Landstraße.

Unter der Decke greife ich mit der Hand nach oben zur Tür und finde den Türgriff. Langsam ziehe ich den Hebel, mein Herz klopft gegen meine Rippen, und ich frage mich, ob es so einfach sein kann, ob ich die Tür öffnen, mich auf die Straße hinauswerfen und dann davonlaufen kann. Aber nichts passiert, das Schloss rührt sich nicht. Die Kindersicherung ist aktiviert. Ich ziehe die Knie an meine Brust, schließe die Augen und versuche, den Kurven zu folgen. Wir sind immer noch in Richtung Süden unterwegs. Nach ein paar weiteren Kurven verliere ich die Orientierung. Es fühlt sich an, als würden wir in einen Tunnel fahren, immer weiter nach unten, wegen der Stille und dem Druck, aber als ich die Augen öffne, brennen die Wollfasern der Decke ein paar Zentimeter vor meinem Gesicht in der Sonne.

Ich erinnere mich an Finn, der letzte Woche seine Hand in einen Sonnenstrahl voller Staubmotten hielt und zusah, wie sie sich langsam drehten.

Ich kann ihn ganz deutlich vor mir sehen, und ich werde ruhiger. Ich weiß, dass ich überleben werde, bis der Sicherheitsdienst oder die Polizei mich findet. Ich werde mich aus der Sache herausreden. Letzte Woche hat Finn schließlich die Hand bewegt, so dass die Staubmotten durcheinanderwirbelten, und mich angesehen. Sein Haar hat geleuchtet. Seinetwegen werde ich wieder nach Hause kommen.

Einer der Männer räuspert sich. »Du kannst dich aufsetzen«, sagt er.

Wir fahren über eine Straße, die zwischen weiten Äckern und Feldern verläuft. Hier draußen brauchen sie sich keine Sorgen wegen irgendwelcher Verkehrskameras zu machen. Durch die Rückscheibe sehe ich die Mournes. Sie nehmen den größten Teil des Himmels hinter uns ein. Wir sind also irgendwo in Armagh, südwestlich von Greyabbey.

»Wie heißt ihr?«, frage ich. Keiner der beiden antwortet. »Mein Name ist Tessa.« Hinter dem Fenster steckt gefrorener Weizen seine Köpfe über den Schnee. »Danke, dass ihr meinem Sohn nichts getan habt. Habt ihr Kinder?«

Der Beifahrer rutscht auf seinem Sitz hin und her. Wenigstens hören sie zu. »Lieben eure Kinder ihre Mütter? So ist es am Anfang doch, oder? In ein paar Jahren muss ich ihn wahrscheinlich niederringen, wenn ich ihn umarmen will.«

Der Fahrer mustert mich im Rückspiegel.

»Warum passiert das hier gerade?«, frage ich.

Noch immer sagt keiner von ihnen ein Wort. Sie versichern mir nicht, dass ich mir keine Sorgen machen soll und dass alles in Ordnung ist. Das ist gut. Es würde mir mehr Angst machen, wenn sie mich ohne Bedenken anlügen könnten. Sie sind keine Soziopathen. Ihretwegen ist Finn jetzt bei Fenton, in der Obhut der Polizei, die ihn an einen sicheren Ort bringt.

»Hat euch jemand befohlen, mich umzubringen?« Ich gebe nicht auf.

Der Fahrer räuspert sich. »Nein.«

Ich schaue aus dem Fenster, und die Stille im Auto wird zunehmend unangenehm. Ich zwinge mich abzuwarten.

Schließlich ergreift der Beifahrer das Wort. »Wir bringen dich zu einer Befragung.«

»Werdet ihr mich befragen?«

»Nein.«

»Wer denn?« Der Beifahrer tippt mit den Fingern gegen die Tür. »Kann ich ihnen vertrauen?«

Die Gehöfte sind jetzt kleiner und wechseln sich mit dichten Gehölzen ab. Wir fahren immer weiter aufs Land. Vor uns taucht ein Feldweg auf, der Fahrer schaltet herunter und biegt darauf ein. Er folgt dem Weg durch den Wald, der an einem Bauernhaus auf einer Lichtung endet. Hinter dem Haus fließt ein Fluss entlang.

Als sich die Autotür öffnet, liegt dieser Geruch nach Schnee und Kiefern in der Luft, und ich kann ihn gar nicht schnell genug einatmen. Wir gehen über die Lichtung zum Haus. Die beiden Männer flankieren mich. Ich zittere nicht; die Bewegung ist langsamer und gleichmäßiger, wie sich kräuselndes Wasser. Ich versuche, einen von ihnen zu zwingen, mir in die Augen zu sehen. Sie haben mir keine Handschellen angelegt, was interessant ist. Offenbar rechnen sie nicht damit, dass ich mich wehre.

Das Bauernhaus hat Steinmauern und eine rote Tür mit zwei unterschiedlich breiten Flügeln. Es kommt mir irgendwie bekannt vor, als wäre ich schon einmal hier gewesen. Drinnen hängen ein paar Wachsjacken an Haken neben der Tür. Sie führen mich durch das Haus in eine gewöhnliche altmodische Küche. Ein Korb mit runzligen Äpfeln hängt an einem Haken, eine Teedose steht neben einer Reihe angeschlagener gelber Becher. Der

Fahrer füllt ein Glas mit Wasser aus dem Hahn und hält es mir hin.

»Danke.« Ich schaue ihm direkt ins Gesicht, und jetzt erkenne ich ihn. Er ist Türsteher im Sweet Afton, im Linen Quarter, wohin unser Büro manchmal nach der Arbeit auf einen Drink geht. Ich weiß nicht, ob ich das erwähnen soll. Es könnte ihm helfen, sich in einem anderen Szenario an mich zu erinnern, vielleicht fühlt er sich dadurch aber auch in die Enge getrieben.

»Warum bist du dabei?«, frage ich ihn.

»Freiheit«, antwortet er.

Ich nicke. Er ist jünger als ich. Seine Augen sind haselnussbraun und haben lange Wimpern. »Aber nicht für so etwas hier«, sage ich. »Dafür hast du dich nicht gemeldet.«

Bevor er antworten kann, erscheint der andere Mann in der Tür. Er ist älter und hat eine tiefe Furche auf der Stirn, als wäre sie in der Mitte eingekerbt worden. »Komm mit!«, befiehlt er. Ich sehe den Türsteher an, aber er wendet sich von mir ab und stellt mein leeres Wasserglas in die Spüle.

Sie führen mich in ein Zimmer im Obergeschoss und schließen die Tür von außen ab. Das Zimmer ist leer, bis auf zwei Matratzen auf dem Boden.

Ich hätte das Sweet Afton erwähnen sollen, ich hätte beschreiben sollen, dass ich ihn dort gesehen habe, das hätte mich für ihn vielleicht realer gemacht. Wir haben schon früher miteinander gesprochen, aber ich kann mich nicht mehr an die Einzelheiten erinnern. Ich weiß nicht, ob ich ihn um Feuer gebeten habe oder ob wir uns über das Wetter unterhalten haben. Wie konnte ich das vergessen, wieso sind mir diese Begegnungen zu jenem Zeitpunkt nicht als besonders bedeutsam erschienen? Wo dieser Mann doch entscheiden könnte, ob ich jemals zu meinem Sohn zurückkehren kann oder ihn niemals wiedersehe.

Ich lege mich in dem ruhigen Zimmer auf eine Matratze. Mir wäre es lieber, wenn sie mich bedrohten, mich beschimpften. Allein hier drinnen zu warten ist schlimmer, diese Stille ist schlimmer. In der Stille überfallen mich Gedanken. Vielleicht werde ich nie hören, wie mein Sohn seinen eigenen Namen sagt. Vielleicht erfahre ich nie etwas von seinen Vorlieben oder Interessen. Gewiss, ich habe da meine Vermutungen, aber ich muss miterleben, welche Entscheidungen er für sich selbst trifft. Vielleicht werde ich nie ein Gespräch mit ihm beim Abendessen oder am Telefon führen.

Tom und Briony werden ihr Bestes tun, und vielleicht reicht das aus. Vielleicht spürt er aber auch immer die Lücke, die das Fehlen seiner Mutter hinterlassen würde.

39 Die Tür öffnet sich, und Marian erscheint in der Öffnung, gefolgt von den beiden Männern. Sie erschrickt, als sie mich sieht. »Warum ist Tessa hier?«, fragt sie die beiden.

Als sie nicht antworten, stürzt sie sich auf die Männer. Sie können gerade noch rechtzeitig in den Flur zurücktreten. Sie kreischt, dann wirft sie sich gegen die Tür. Sie versucht, sie aufzubrechen. Schließlich dreht sie sich keuchend zu mir um. »Tessa ...!«

»Es ist in Ordnung, Marian. Es ist nicht deine Schuld.«

»Wo ist Finn?«

»In Sicherheit.«

Sie setzt sich auf die Matratze mir gegenüber. Sie hat ihren Wollpullover an, und ihr Haar wird von ihrer goldenen Spange zurückgehalten. »Bist du verletzt?«, fragt sie. »Haben sie dir wehgetan?«

»Nein. Wer sind die beiden? Kennst du sie?«

»Nicht besonders gut«, antwortet sie. Der Türsteher heißt Aidan, und der Name des Älteren ist Donal. »Sie warten auf jemanden, der uns befragen soll. Ich weiß nicht, wie lange das dauert. Es könnten ein paar Tage sein.«

»Hast du Hilfe angefordert?« Ich deute mit einem Nicken auf den Peilsender in ihrer Zahnfüllung.

»Ja.«

»Dann ist alles in Ordnung. Eamonn wird ein Team schicken.«

»Es sollte schon längst hier sein«, entgegnet sie.

Möglicherweise sind sie ja schon hier. Die Officers könnten in diesem Moment durch den Wald schleichen, das Haus umstellt haben.

Marian geht durch den Raum und untersucht die Fußleisten, die Decke, das Fenster und das Metallgitter, das an den Rahmen gelötet ist. An der Decke hängt eine Messingleuchte, deren Glühbirne herausgeschraubt wurde.

»Wo sind wir?«, erkundige ich mich.

»Ich habe dir von diesem Ort erzählt«, antwortet sie. »Es ist dieses Bauernhaus.«

Dann hat sie an dem Holztisch in der Küche Bomben gebaut. Sie stand an dem gefliesten Tresen, nachdem sie stundenlang über ein Gerät gebeugt war, hat ihren Rücken gestreckt und Tee gekocht.

Im Sommer, erzählt sie mir jetzt, sei sie oft im Fluss hinter dem Haus geschwommen. Jetzt ist der Fluss zugefroren, aber im Sommer ist das Wasser warm und fließt langsam zwischen Gräsern und überhängenden Wildblumen dahin. Sie ist behutsam an Libellen und Eisvögeln vorbeigeschwommen, nur mit dem Kopf über Wasser.

Marian erzählt mir das als eine Art Strafe für sich selbst. Sie will mir die Möglichkeit geben, sie zu hassen oder zumindest diese Version von ihr, eine Terroristin, die nackt im Fluss hinter demselben Haus schwimmt, in dem ich jetzt getötet werden könnte.

Aber ich kann nicht wütend auf sie sein. Ich habe keine Energie dafür, nicht, während ich versuche herauszufinden, wie ich entkommen kann.

Als es dunkel im Zimmer wird, legen wir uns auf die beiden Matratzen auf dem Boden. Die Männer haben sie deswegen hier hereingeschleppt.

Die Laken sind neu, der Stoff ist noch steif, weil er noch nie gewaschen worden ist. Einer der Männer hat das Bettzeug in irgendeinem Geschäft ausgesucht. Ich stelle mir vor, wie er vor einem Regal steht und die verschiedenen Angebote betrachtet, weil er weiß, wofür sie verwendet werden sollen. Er hat himmelblaues Bettzeug ausgesucht.

...

Marian ist eingeschlafen. Draußen ist der Mond hell genug, um den Himmel um ihn herum grün zu färben. Auf der anderen Seite der Lichtung erstrecken sich die winterlich kahlen Bäume über viele Meilen hinweg. Es sind keine Lichter zu sehen. Keine Strommasten. Ich frage mich, wie lange wir bis zum nächsten Haus laufen müssten.

Irgendwo suchen uns bereits Leute. Der Detective wird meiner Mutter gesagt haben, dass ich entführt worden bin. Ich erinnere mich, wie sie mich letzte Woche eines Abends fragte, ob ich mit Finn und ihr spazieren gehen wollte. »Nicht heute Abend, Mama«, habe ich geantwortet. »Ich kann nicht, ich bin so müde von der Arbeit.«

Ich habe es schon damals bedauert. Ich stellte mir vor, wie sie allein spazieren geht oder zu Hause auf dem Sofa sitzt, aufmerksam einen Katalog durchblättert und die Seiten sorgfältig glatt streicht. Ich hätte Ja sagen sollen.

Ich liege auf der Matratze und denke über die verschiedenen Räume dieses Hauses nach, über die verschiedenen Möglichkeiten, wie ein Überfall ablaufen könnte. Unsere Wachen haben automatische Gewehre. Wenn es einen Überfall gibt, könnten wir sterben.

Aber die Einsatzkräfte des MI5 sind erfahren. Die Special Forces sind auf Geiselbefreiung spezialisiert, und die Soldaten werden zwei Jahre lang ausgebildet, bevor sie überhaupt zum Einsatz kommen. Sie könnten Hunderte von Simulationen in einem Haus wie diesem durchgeführt haben, mit der gleichen Anzahl von Geiseln und Terroristen. Sie werden wissen, wie sie in diese Räume eindringen können. Wir sind nicht in einer befestigten Anlage, wir sind in einem Bauernhaus in South Armagh. Ich wünschte, es gäbe eine Möglichkeit, mit ihnen zu sprechen, ihnen zu sagen, wo wir uns im Haus befinden, damit sie uns Anweisungen erteilen können.

Ich versuche mir vorzustellen, wie wir nach einer Belagerung von Soldaten nach draußen gescheucht werden, aber das schaffe ich nicht. Wenn es tatsächlich eine Razzia gibt, kann es sein, dass wir diesen Raum vielleicht nie mehr verlassen werden.

Irgendwann in der Nacht rutsche ich von der Matratze. In mir ist ein Bild von uns beiden hochgestiegen, wie wir auf den Matratzen liegen und unser Blut die himmelblauen Laken durchtränkt. Deshalb knie ich auf dem Boden, als ob es nicht passieren würde, wenn ich nur einen Teil des Bildes ändere.

Schließlich lande ich auf Marians Matratze und schlafe in ihrem Arm ein.

...

Im Morgengrauen betritt ein Mann mit einem Stuhl den Raum. Es dauert einen Moment, bis ich ihn erkenne. Sein blassrotes Haar ist zur Seite gebürstet, und er trägt einen Tweed-Blazer über einem blauen Hemd. Er stellt den Stuhl auf den Boden und setzt sich uns gegenüber.

»Seamus«, sagt Marian erleichtert. »Du musst uns helfen.«

»Tja«, erwidert er. »Das hängt davon ab, wie das hier läuft.«

»Was redest du da?«

»Ich möchte, dass ihr beide ein paar Fragen beantwortet.«

»Du gehörst nicht zur Abteilung Innere Sicherheit.«

»Doch, das tue ich«, erwidert er, und Marian verzieht das Gesicht.

»Also gut«, sagt sie dann. »Wir beide reden, aber Tessa hat hier nichts zu suchen.«

»Oh, da bin ich anderer Meinung.« Er reibt sich die Knöchel seiner langen Hände. »Wir haben nämlich ein kleines Problem.« Er schlägt ein Bein über sein Knie und legt die Hände in den Schoß. »Ein Heckenschütze sollte die Justizministerin während ihrer Rede ermorden, aber jemand hat sie gewarnt. Wir glauben, du hast es Tessa erzählt, und sie hat es Rebecca Main verraten.«

»Das ist das erste Mal, dass ich davon höre, Seamus. Du weißt, dass wir an dieser Operation nicht beteiligt waren.«

»Das stimmt, aber jemand hat dir davon erzählt. Ich habe sein Wort.«

»Wer?«

Seamus richtet seine Aufmerksamkeit auf mich. »Du bist so schweigsam, Tessa.«

»Weil das alles verrückt ist.«

»Aber du kennst doch Rebecca Main, oder? Sie war zu Gast in deiner Sendung.«

»In die Sendung kommen jede Woche andere Politiker. Glaubst du wirklich, ich wäre mit ihnen befreundet?«

»Hast du die private Telefonnummer von Rebecca Main?«

»Nein.«

Seamus streicht sich Staub vom Schuh. »Weißt du, wie viele dieser Befragungen ich schon durchgeführt habe?«, fragt er. »Soll ich dir was sagen? Unschuldige Menschen werden unruhig. Sie zappeln herum. Aber von euch hat sich keine auch nur einen Millimeter bewegt, seit ich hier bin.«

Marian lacht. »Was soll das werden? Ein Hexenprozess? Da hinten ist ein Fluss, willst du sehen, ob wir schwimmen können oder wie Hexen untergehen?«

Seamus zeigt auf mich. »Ich weiß bereits, dass Tessa uns angelogen hat.«

»Was meinst du damit?«

»Du hast deiner Nachbarn gesagt, sie soll die Polizei rufen.«

Ich nicke. »Du hast nicht das Recht, meinen Sohn zu bedrohen.«

»Aber jetzt weiß ich, dass du eine Lügnerin bist.«

»Nein, ich bin seine Mutter. Und du kannst mich mal am Arsch lecken.«

»Pass auf, was du sagst«, warnt er mich.

»Welche Rede?«, fragt Marian.

»Wie bitte?«

»Bei welcher Rede wolltet ihr die Justizministerin ermorden?«

»Die sie in Portrush hält, diesen Freitag.«

Marian runzelt die Stirn. »Wir haben Waffenstillstand.«

»Ja, nur sind damit nicht alle von uns einverstanden«, erwidert Seamus. »Wir haben nie über einen Waffenstillstand abgestimmt.«

»Wer hat das Attentat angeordnet?«, fragt meine Schwester. »Jemand aus dem Armeerat? Nein? Ihr Jungs nehmt das einfach auf eure eigene Kappe?«

»Wir sind nicht meinetwegen hier, Schätzchen. Wie hast du Rebecca Main kontaktiert, Tessa?«, wendet er sich an mich.

»Gar nicht.«

Marian nimmt ihre Spange heraus und fährt mit der Hand durch ihr Haar. Dann zieht sie den Saum ihres Pullovers glatt. »Seamus«, sagt sie. »Du hast recht.«

Der Raum scheint plötzlich kleiner zu werden. Seamus wendet sich mit schmerzlicher Miene an Marian. Sie redet weiter. »Ich bin eine Informantin. Ich habe mit einem netten Burschen von der Regierung zusammengearbeitet, damit Idioten wie du die Friedensgespräche nicht sabotieren können. Du stehst uns im Weg. Das weiß jeder an der Spitze. Du hast Angst vor einem Waffenstillstand, richtig?

Denn was zum Teufel soll so ein Versager wie du machen, wenn das hier zu Ende ist?«

Sein Gesicht läuft rot an. Marian streckt ihre Hand aus, begutachtet ihre Fingernägel. »Trotzdem danke für all die Bücher. Ich werde sie behalten.«

Ich sitze starr da und beobachte, wie er Marian anstarrt. Er ist kurz davor, durchzudrehen. Und das wäre gut. Besser, er schreit und tobt herum, als dass er ruhig bleibt und die Situation unter Kontrolle hat. Wenn er die Beherrschung verliert, haben wir vielleicht eine Chance.

Seamus steht nicht auf und wirft auch nicht seinen Stuhl nach ihr, obwohl er so aussieht, als ob er das wollte. Stattdessen zeigt er auf mich. »Und Tessa?«

»Die hat nichts damit zu tun. Sie hat nicht genug Mumm dafür, ehrlich gesagt. Das weißt du ja selbst, denn deshalb hast du sie auch nur als Scout eingesetzt. Du weißt, dass sie nicht so ist wie ich.« Marian lächelt ihn an. »Weißt du noch, wie du vor all den Jahren zum Kaffee bei mir vorbeigekommen bist? Du hast mich selbst ausgesucht, und jetzt sitzen wir hier. Die Welt ist schon komisch.«

»Wie lange?« Er presst die Worte zwischen den Zähnen heraus.

»Gott, dass willst du wohl unbedingt wissen, was? Ob die Briten mich schon rekrutiert hatten, bevor du aufgetaucht bist?«

Seamus wartet auf der anderen Seite des Raumes, eine geballte Ladung Wut, seine Augen glitzern.

»Es macht mir nichts aus, es dir zu verraten. Ich erkläre dir gern, wann sie mich rekrutiert haben, was ich ihnen gesagt und welche Operationen ich sabotiert habe und welche ohne mein Zutun gescheitert sind. Du hast jahrelang versucht herauszufinden, warum so viele deiner Aktionen nicht geklappt haben. Lass Tessa gehen, dann verrate ich es dir.«

Seamus wendet sich mir mit einem leeren Blick zu, als hätte er vergessen, dass ich im Raum bin. Er interessiert sich nicht für mich. Seine ganze Aufmerksamkeit gilt Marian, dem Mädchen, das er vor sieben Jahren selbst ausgewählt hat, und dem, was sie getan hat. Er will das Ausmaß ihres Verrats erfahren, um beurteilen zu können, wie tief die Korruption in seiner Einheit reicht. Mich kennt er erst seit ein paar Wochen. Marian war sein Leben.

Auch er ist in Gefahr, wenn Marian der Regierung von ihm erzählt hat. Er wird wissen wollen, ob er selbst gefährdet ist. Wie viele Jahre sie bereits von ihm wussten, obwohl er dachte, er sei anonym.

Seamus sieht mich abwartend an, und ich erstarre am ganzen Körper. Finns Gesicht taucht vor mir auf. Wenn ich nicke, wird er mich nach Hause zu meinem Sohn gehen lassen.

»Sie lügt«, höre ich mich sagen, auch wenn alles in mir nach Finn ruft. »Marian ist keine Informantin. Sie sagt nur, was du ihrer Meinung nach hören willst, damit du mich gehen lässt.«

»Ich lüge nicht«, widerspricht Marian. »Es ist vorbei, Seamus. Lass sie gehen.«

Seamus wippt mit dem Fuß auf seinem Knie auf und ab und verzieht dann nachdenklich den Mund. »Nein«, sagt er schließlich. »Tessa ist auch schuldig, sieh nur, wie verängstigt sie ist.«

Marian geht durch den Raum und kniet sich vor seinen Stuhl. Sie will ihn anflehen, denke ich, aber stattdessen federt sie plötzlich hoch und rammt ihm die Metallspitze ihrer Haarspange in den Hals.

Blut spritzt durch die Luft. Seamus stößt einen Schrei aus, wie ein Bellen. Als er nach vorn sinkt, fängt Marian ihn auf und lässt ihn auf den Boden gleiten. Eine glänzende Blutpfütze fließt schnell auf mich zu. Sie erreicht die Matratze und steigt daran hoch, angesaugt von den himmelblauen Laken.

Ich betrachte Seamus' Gesicht über seinem blutglänzenden Hals. Ich betrachte seinen schlaffen Mund, die Tränensäcke unter seinen Augen, seine blassen sandfarbenen Wimpern. Vor ein paar Minuten hat er noch geblinzelt, geatmet und geredet.

Marian ist von seinem Blut besudelt. Es bedeckt ihre Brust, ihren Hals und ihre Hände. Es tropft von ihren Haarspitzen. Sie muss eine Menge Kraft aufgewendet haben, um die Spitze so weit in seinen Hals zu rammen. Ich sehe sie an, und mir schwant Böses. Ihre blutige Brust hebt sich unter ihren Atemzügen.

Marian kniet sich neben ihn und schiebt ihre Hand unter seinen Rücken. Dann streicht sie über seine Beine, und sinkt auf ihre Fersen zurück. »O Gott!«, sagt sie. Das bedeutet, er hatte keine Waffe. Die Wachen werden bald zurück sein. Sobald sie die Tür öffnen, sehen sie das Blut auf dem Boden und an der Wand.

»Was hast du getan?«, frage ich.

»Im Flur lagen Plastikplanen«, antwortet sie. »Er wollte uns umbringen.«

Ich bemerke Blutflecken auf meinem eigenen T-Shirt, und unter meiner Schädeldecke prickelt es. »Zieh deine Schuhe aus«, sagt Marian und schnürt ihre eigenen auf. Ich schüttle den Kopf. »Komm schon, Tessa. Wir müssen verschwinden.«

Eine Rolle Plastikfolie steht vor unserer Tür. Sie hat recht. Seamus wollte uns töten und dann unsere Leichen darin einwickeln.

Vom Flur geht keine andere Tür ab. Wir stehen gemeinsam am oberen Treppenabsatz und lauschen. Im Haus ist es still. Vielleicht sind die Wachen draußen und rauchen. Ich folge Marian die Treppe hinunter und halte den Atem an. Ich kann nicht hören, wie viel Lärm wir machen, weil mein Herzschlag in meinen Ohren dröhnt.

Marian beugt sich vor, blickt in Richtung Küche und winkt mich weiter. Die Haustür ist vielleicht noch einen Meter entfernt. Wir sind fast da, ich greife mit der Hand nach dem Knauf, als ich eine Bodendiele knarren höre. Der Türsteher steht regungslos in der offenen Tür zum Speisezimmer. Seine Augen weiten sich, als er uns und das Blut auf unserer Kleidung sieht.

Wir erstarren beide, rücken zusammen, Seite an Seite, so nah, dass ich ihre Wärme durch ihre Kleidung und ihr Haar spüren kann. Uns verbindet ein straffer Draht, der bei jeder Bewegung an uns zieht. Die Seite meines Körpers neben ihr kribbelt, die Haare auf meinem Arm stellen sich auf.

»Aidan«, sagt jemand, dann biegt der andere Wachmann um die Ecke. »Oh, fuck!«

»Hört mir zu.« Marian spricht ruhig. »Im Schrank liegt

ein Paket Semtex. Packt die Folie aus und legt es auf den Boiler, bevor ihr geht. Dann sieht die Explosion wie ein Unfall aus.«

Die Luft zwischen uns vibriert. Ich weiß nicht, was sie vorhat, warum sie glaubt, dass sie auf sie hören werden. »Ihr müsst aussagen, dass Seamus und wir beide während der Explosion im Haus waren. Und ihr müsst sagen, dass wir dabei getötet wurden.«

Langsam greift der Türsteher hinter seinem Rücken nach seiner Waffe. Er lässt sie an seiner Seite herunterhängen und schaut zwischen uns hin und her. Vom Fenstersims hängen Eiszapfen herunter. Sie fallen mir auf, ebenso wie der Zitronenduft in der Luft.

Nichts, was sie sagt, wird ihn überzeugen. Die Sinnlosigkeit all dessen raubt mir die Fassung, jetzt, wo wir so nah dran waren. Finn. Finn, Finn, Finn! Ich werde nicht erleben, wie er aufwächst. Er wird entzückend sein, das weiß ich. Mir entringt sich unwillkürlich ein Laut, wie ein schluchzendes Stöhnen in meiner Kehle.

»Niemand wird euch danken, dass ihr uns umgebracht habt.« Marian lässt nicht locker. »Wenn das alles hier vorbei ist, werden Leute wie wir nie belohnt.«

Das Sonnenlicht lässt die Eiszapfen glühen. Aidan macht ein paar Schritte auf uns zu, und ich spüre, wie Marian sich anspannt.

»Lauft«, sagt er.

40

Marian läuft vor mir. Ihr Haar schwingt von einer Seite zur anderen, und sie pumpt mit den Armen, während wir zwischen den Bäumen hindurchrennen. Sie ist schnell, trotz des Schnees. Die Kiefern zucken an uns vorbei, und es fühlt sich weniger wie Laufen als wie Skifahren an. Bei jedem Schritt sticht mir die Kälte in die Füße.

Die nassen Sohlen von Marians Socken blitzen vor mir auf und schleudern Schnee hoch, während sie sprintet. Ich schaue an ihr vorbei nach vorn, wo die Bäume lichter werden. Dann sind wir aus dem Wald heraus und hetzen einen Hang hinauf. Das Bauernhaus liegt hinter uns im Tal. Meine Lunge brennt. Wenn die Wachen draußen sind, können sie uns sehen, so ungeschützt auf dem Hügel.

Wir sind auf halbem Weg zum Hügelkamm, als ich mich bei einem Donnern hinter mir unwillkürlich nach vorn werfe. Ich lande auf Händen und Knien im Schnee und blicke hoch. Ein Feuerball bricht durch die Mauern des Bauernhauses und schießt in den Himmel. Trümmer und Glas prasseln auf die Lichtung herab. Die Flammen breiten sich immer weiter aus, schießen wie Pilze aus dem Boden, bis sie sich schließlich legen und dichter Qualm aus der geschwärzten Ruine aufsteigt.

»Komm schon!«, sagt Marian, und ich rapple mich auf. Wir erreichen den Kamm und stürmen auf der anderen Seite des Hügels hinunter. Wir rudern mit den Armen, um das Gleichgewicht zu behalten.

Am Fuß des Hügels biegen wir auf den schmalen Weg ein. Niemand ist hier entlanggefahren. Es gibt zwar Reifenspuren im Schnee, aber die könnten von Seamus stammen, als er am Morgen zum Bauernhaus fuhr. »Da vorn ist die Hauptstraße«, sagt Marian.

»Wie weit noch?«

»Zwei Meilen.«

Meine Füße sind taub. Ich spüre sie überhaupt nicht mehr. Es fühlt sich an, als würde ich auf Stümpfen laufen, als hätte ich zwei Stummelbeine.

Am Himmel werden die Wolken von der dahinter versteckten Wintersonne gelb und lila gefärbt. Sämtliche Oberflächen sind verschneit, und die Bäume sind von Eis überzogen. Die Temperatur liegt knapp unter dem Gefrierpunkt, schätze ich. Wir sollten uns Sorgen um Erfrierungen und Unterkühlungen machen. Wir kommen an einem heruntergekommenen Farmgebäude vorbei, einem Betonschuppen mit einem rostigen Blechdach. Ich möchte hineinkriechen, um mich vor der Kälte und dem Wind zu schützen, aber Marian rennt weiter über den Weg.

Als sie sich umdreht, um nach mir zu sehen, leuchten ihr Kinn und ihre Nase in der Kälte rot. Es scheint, als wären wir gar nicht von der Stelle gekommen. Vor uns erstreckt sich der Pfad mit weißen Hügeln auf beiden Seiten, ohne Häuser oder Telefonleitungen.

»Bist du sicher, dass das die richtige Richtung ist?«

»Ja.«

Wir hören in der Ferne ein Geräusch und bleiben beide stehen. Ein Auto kommt auf uns zu. Wir sind in South Armagh, in einem Gebiet, das von der IRA kontrolliert wird. Die Person im Auto könnte uns helfen oder uns direkt dorthin zurückfahren, woher wir gekommen sind. Wir sind nicht so weit gekommen, nur damit sie uns wieder einfangen.

»Glaubst du, das Auto will zum Bauernhaus?«, frage ich.

»Keine Ahnung«, erwidert Marian. Unsere Stimmen klingen undeutlich.

»Was liegt denn sonst noch in dieser Richtung?«

»Nicht viel.«

Es könnte sich um ein örtliches Mitglied handeln, das sich nach dem Ergebnis unseres Verhörs erkundigen oder mit Seamus sprechen will. Wir stehen in der Mitte des Pfades und zittern vor Kälte, während der Motor des Autos lauter wird.

Marian packt mich am Arm und zieht mich von der Straße in die Hocke hinter den Büschen. »Kopf unten lassen!«, befiehlt sie und drängt sich an mich. Das Auto röhrt vorbei, und als ich wieder hochblicke, ist es schon verschwunden.

Wir können beide nicht mehr schnell laufen, die Kälte macht uns ungelenk. In meinem Kopf spreche ich mit Finn. Ich sage ihm, dass ich auf dem Weg zu ihm bin.

Endlich taucht die Kreuzung vor uns auf. An der Hauptstraße stehen eine Handvoll Häuser, identische Backsteinbungalows. Das erste ist nur zehn Meter entfernt. Ich halte meinen Blick darauf gerichtet, und das Haus zittert bei jedem Schritt, den ich mache.

»Wie sollen wir uns entscheiden?«, frage ich. Marian schüttelt den Kopf. Wir haben keine Wahl mehr bei diesen Temperaturen. Ich will ihr etwas zurufen, aber dann klopft sie an die Tür.

»Es ist verlassen«, stellt sie fest.

All diese Häuser könnten leer stehen. Angesichts der Auswirkungen des Konflikts hier in der Gegend könnten längst alle Bewohner weggezogen sein. Die Straße wirkt wie ausgestorben. Die Stille lastet auf ihr, als wären wir meilenweit die einzigen Lebewesen. Auch am nächsten Haus antwortet niemand. Wir gehen weiter, und ich habe Mühe, meine Beine zu bewegen.

Ein Hund bellt. Meine Nackenhaare stellen sich auf. Der Hund bellt wieder, ein heiseres Kläffen von einem kleinen Hund. Ich gehe auf das Geräusch zu, und da taucht der Hund auf. Ein Foxterrier. Meine Knie beginnen zu zittern. Der Hund legt den Kopf schief, als er mich betrachtet.

Eine ältere Frau im Mantel mit einer Wollmütze auf dem Kopf und einer Schneeschaufel in der Hand kommt um das Haus herum. Sie lässt die Schneeschaufel fallen, als sie mich sieht, und schlägt eine Hand vor den Mund. Ich stehe am Rande ihres Grundstücks, mit nackten zerschundenen Füßen und blutverschmierter Kleidung.

»Können Sie mir helfen?«, frage ich.

Sie will gerade etwas sagen, als Marian neben mir auftaucht. Die Blutflecken auf ihrem Pullover sind fast schwarz geworden. Die Augen der Frau zucken zwischen uns hin und her. »Jesus!«, sagt sie dann. »Oh, lieber Jesus, kommt rein, kommt ins Haus!«

Wir folgen ihr in den Bungalow, und sie schließt die Tür ab. Sie nimmt zwei Decken von einem Bügelbrett und wickelt uns hinein. »Ich rufe einen Krankenwagen.«

»Nein«, sagt Marian, »bitte nicht.«

Keiner hier darf uns sehen. Wir können nicht einmal den Sanitätern trauen, geschweige denn der örtlichen IRA.

»Wie weit sind wir von der Grenze entfernt?«, fragt Marian.

»Zwölf Meilen.«

»Kannst du uns rüberfahren?«

Im Auto dreht die Frau die Heizung auf volle Leistung. Ich krümme meine gefühllosen Finger an den Lüftungsschlitzen, und sie brennen vor Schmerz, als die Nerven wieder zum Leben erwachen. Sie setzt den Wagen zurück, biegt auf die Straße ein und gibt Gas. »Ich bin Evelyn«, sagt sie. Ich versuche zu antworten, aber meine Zähne klappern so sehr, dass mein Name kaum herauskommt. Evelyn schaut in den Rückspiegel. »Wurdet ihr verfolgt?«

Marian schüttelt den Kopf, und wir fahren zügig zur Grenze. Wir sind noch nicht sicher. Denn in jedem Auto, das uns entgegenkommt, könnte ein IRA-Mitglied sitzen. Sie würden auch Evelyn töten, weil sie uns geholfen hat.

»Kann ich bitte dein Telefon benutzen?«, frage ich sie, und sie reicht mir ihre Tasche.

Ich wähle Fentons Nummer. »Haben Sie meinen Sohn?«

»Nein«, antwortet er, und die ganze Welt scheint stehen zu bleiben. Ich habe das Gefühl, als würde meine Brust zerquetscht. »Finn ist bei Ihrer Mutter«, sagt er dann, und ich breche in Tränen aus.

»Wo?«

»In einem Haus in Ballynahinch. Sie wird bewacht. Wo sind Sie, Tessa?«, fragt er, aber ich weine zu sehr, um reden zu können, deshalb gebe ich das Telefon an Marian weiter. »Hi, Detective«, sagt sie. »Wir sind auf der A29, Höhe Crossmaglen, in Richtung Süden. Wir haben keine Papiere für den Grenzübertritt. Könnten Sie da für uns anrufen?«

Er fragt sie etwas. Sie klingt ganz sachlich, als sie antwortet. »Wir wurden entführt. Sie wollten uns töten, weil wir sie verraten haben, aber wir konnten entkommen.«

Evelyn auf dem Fahrersitz hört das Gespräch mit, wirkt aber bewundernswert unbeeindruckt von dieser Information. »Jenseits der Grenze in Monaghan gibt es ein Krankenhaus«, sagt sie nur.

Marian gibt diese Information an den Detective weiter. »Er wird uns dort treffen«, sagt sie, nachdem sie aufgelegt hat. »Die Polizei bringt Mama und Finn dorthin.« Ich schließe die Augen.

...

Im Krankenhaus warten zwei Krankenschwestern vor der Notaufnahme auf uns. Sie wickeln uns in Foliendecken und führen uns in die Behandlungsräume.

»Wie lange waren Sie im Freien?«, fragt die Krankenschwester, die sich um mich kümmert.

»Vielleicht eine halbe Stunde oder vierzig Minuten.«

»Und hatten Sie während dieser Zeit irgendwann Schuhe an?«

»Nein.«

Die Krankenschwester schleppt eine Wanne mit warmem Wasser vom Waschbecken herüber. Ich sehe zu, wie sie mir die Hosenbeine hochkrempelt, ohne etwas zu spüren. Sie verabreicht mir ein Schmerzmittel. »Das wird jetzt wehtun«, sagt sie und lässt meine Füße vorsichtig in das Wasser gleiten.

Unter der Wasseroberfläche sind meine Füße weiß. Ich schaue neugierig auf sie hinunter. Dann fängt es an zu brennen, als sie warm werden. Die Haut wird erst rot, dann verfärbt sie sich lila.

»Das ist gut«, sagt die Krankenschwester, »genau das wollen wir sehen. Geht es Ihnen gut?«

Ich nicke und kämpfe darum, die Füße im Wasser zu lassen. Sie misst meinen Blutdruck und meine Temperatur, prüft meine Finger und Ohren auf Erfrierungen. Es ist ein schönes Gefühl, behandelt zu werden. Sie erwähnt weder das Blut an meiner Kleidung, noch fragt sie, vom wem es stammt. Schließlich hebt sie meine Füße aus dem Wasser und umwickelt sie mit Mullbinden. »Sie werden Frostbeulen bekommen«, sagt sie. »Aber die gute Nachricht ist, dass Sie alle Ihre Zehen behalten werden.«

Sie befestigt gerade einen der Verbände, als ich ein Kleinkind auf dem Flur schreie höre. »Entschuldigung. Entschuldigung, nur eine Minute!«, sage ich.

Ich humple in den Korridor. Finn zappelt murrend in den Armen meiner Mutter, der Fenton und zwei uniformierte Polizisten folgen. Ich humple unbeholfen mit meinen halb bandagierten Füßen auf ihn zu, und mein Herz pocht in wilder Freude. Finn dreht seinen Kopf und sieht mich. »Mama«, kräht er, zeigt auf mich und wirft sich in meine Arme.

Marian kommt ebenfalls aus ihrem Zimmer und klatscht in die Hände, als sie Finn sieht. Der Detective schaut von mir zu ihr. »Ich weiß nicht, wo ich anfangen soll«, sagt er.

41 Ich will nicht richtig einschlafen. Es ist mir zu bequem hier, alles ist so behaglich, das weiche Krankenhausbett, die Kissen.

Ich liege auf der Seite, mit einem Kissen unter dem Kopf und einem weiteren zwischen den Knien. Sie haben mir vorher nicht die Kleider vom Leib geschnitten. Ich weiß nicht, warum ich das erwartet hatte. Die Krankenschwester hat mich gebeten, einen Krankenhauskittel anzuziehen. Danach sah ich zu, wie sie meine befleckten Kleider in einen durchsichtigen Plastikbeutel verstaute und ihn einem Constable übergab. Dann kratzte sie den Dreck unter meinen Fingernägeln weg und übergab ihm auch diese Proben.

Wir sind in einem neuen Krankenhaus, einem Universitätsklinikum mit moderner Ausstattung. Eine Ärztin hat eine Traumauntersuchung durchgeführt und auf jeden meiner Wirbel gedrückt, um zu sehen, ob ich da empfindlich reagiere. Sie hat mich auf blaue Flecken und Schürfwunden untersucht und einen Teil des Krankenhauskittels nach dem anderen zurückgeklappt, so dass der Rest meines Körpers immer bedeckt war. Schließlich war sie mit der Untersuchung fertig. »Ihr Blutdruck und Ihre Herzfrequenz sind ein wenig niedrig«, erklärte sie mir, »wahrscheinlich aufgrund der Dehydration. Wir legen ihnen einen Tropf mit Flüssigkeit und Elektrolyten an.«

Ihr Ton war ruhig und sachlich, ohne ein Fünkchen Neugierde. Ich war ihr sehr dankbar, dass sie ganz normal mit mir sprach.

Ein Pfleger brachte mir das Abendessen auf einem Tablett, mit Eiswasser und einem Becher Schokoladenpudding als Nachtisch. »Bekommen wir eine Sonderbehandlung?«, fragte ich, und er lachte. Seine Miene verrät, dass er meine Bemerkung für sarkastisch hielt, und ich sagte: »Nein, es ist wirklich gut.«

»Stellen Sie sich vor, wie Sie sich erst fühlen werden, wenn Sie wirklich gutes Essen bekommen«, erwiderte er.

Zum ersten Mal seit Langem muss ich nichts tun. Meine Familie ist in Sicherheit. Vor ein paar Stunden hat ein Constable meine Mutter und Finn in ein nahe gelegenes Hotel gefahren, wo sie übernachten werden. Mein Haar auf dem Kissen fühlt sich kühl an, und im Zimmer riecht es nach Eukalyptus. Ich verharre in dieser Idylle und lasse mich treiben.

…

Fenton kommt am nächsten Morgen wieder. Er erklärt, dass Marian und ich aus Gründen der Beweissicherung getrennt befragt werden. »Hätten Sie uns ohnehin bald gefunden?«, frage ich ihn.

Er zögert, bevor er antwortet. »Nein.«

»Haben Sie sich nicht mit dem MI5 abgesprochen?«

»Man sagte uns, sie hätten keine Unterlagen darüber, dass Sie oder Ihre Schwester jemals für sie gearbeitet haben.«

Ich starre ihn an. »Haben Sie das schon Marian erzählt?«

Er nickt. Ihr Pfandkonto wurde leer geräumt. Sie hat bei der Schweizer Bank angerufen und erfahren, dass ihr Konto vor zwei Tagen, am Tag unserer Entführung, leer geräumt worden war.

»Das verstehe ich nicht.«

»Fangen wir am Anfang an«, sagt er. »Warum wurden Sie verdächtigt?«

»Es lag nicht an dem, was wir getan hatten. Eine Operation zur Ermordung der Justizministerin ging schief, und jemand hat uns die Schuld daran in die Schuhe geschoben. Man hat uns reingelegt.«

»Wer weiß sonst noch, dass sie beide Informantinnen waren?«

»Unsere Mutter«, antworte ich, »und unser Führungsoffizier, Eamonn.«

Der Detective fordert mich auf, meine Treffen mit Eamonn zu beschreiben. Er bittet mich um eine Beschreibung von Eamonn und um eine Auflistung von allem, was er jemals von mir verlangt hat. »Haben Sie sich jemals mit jemand anderem vom MI5 getroffen?«, fragt er dann.

»Nein. Warum hat Eamonn uns nicht geholfen?« Selbst wenn Marians Peilsender versagt haben sollte, wusste Eamonn, wo sich das Bauernhaus befand. Er hätte es checken lassen können.

Fenton schüttelt den Kopf. »Das ist schwer zu sagen. Der MI5 neigt nicht gerade zur Transparenz.«

»Wenn Sie raten müssten ...«

»Sie haben jemand anderen geschützt. Jemand anders hat das Attentat sabotiert und wurde vom MI5 angewiesen, es Ihnen in die Schuhe zu schieben.«

»Aber wir haben doch für sie gearbeitet.«

»Vielleicht hielten sie den anderen Informanten für wertvoller. Er stand vielleicht höher in der Hierarchie.«

»Sie hätten uns also geopfert?«

»Das ist schon vorgekommen«, sagt Fenton. »Und zwar weit häufiger, als man denkt.«

»Wen haben sie geschützt? Wer hat uns beschuldigt?«

»Das werden wir vielleicht nie erfahren.«

Es war also wirklich ein Hexenprozess. In solchen Prozessen konnte man sich nur schützen, wenn man jemand anderen beschuldigte. Vierhundert Jahre später funktioniert dieser Mechanismus immer noch genauso.

Der MI5 hatte beschlossen, uns zum Wohle der Allgemeinheit sterben zu lassen. Ich hatte nie in Betracht gezogen, dass sie uns auf diese Weise benutzen könnten. Beim letzten Mal am Strand, als wir feierten, hatte Eamonn mich fast geküsst. Und ich war so dumm, dass ich nicht bemerkte, dass das alles eine operative Strategie war.

Der Detective fragt mich, was in dem Bauernhaus passiert sei. Es fühlt sich an, als würde ich Ereignisse beschreiben, die schon Jahre zurückliegen, dabei haben meine Füße immer noch Blasen vom Laufen durch den Schnee. Ich beschreibe, wie Seamus den Raum betritt, dann halte ich inne. Aber er weiß ja bereits, dass die Unterredung gewaltsam endete, er hat unsere Kleidung gesehen.

»Es war Selbstverteidigung. Seamus wollte uns umbringen.«

»Die Staatsanwaltschaft hat Ihnen und Marian als Gegenleistung für Ihre Informationen vollkommene Straffreiheit zugesichert.«

Ich erzähle ihm, dass Marian Seamus ihre Haarspange in den Hals gerammt hat, und er hört mir mit unbewegter Miene zu.

»Warum haben die Wachen Sie beide entkommen lassen?«

»Wahrscheinlich aus Selbsterhaltungstrieb«, spekuliere ich. »Sie haben uns nicht daran gehindert, Seamus zu töten, deshalb hätte die IRA sie bestraft. Sie müssen erleichtert gewesen sein, dass ihnen ein Ausweg geboten wurde.«

Ich bin mir allerdings nicht sicher, ob das wirklich stimmt. Ich erinnere mich an den Ausdruck in den Augen des Türstehers, als er uns sagte, wir sollten weglaufen. Er wollte uns nichts antun.

Ich hoffe, wir sind nicht die Einzigen. Ich hoffe, dass andere, die die IRA verschwinden ließ, noch am Leben sind. Dass die Bewaffneten sie nicht erschossen haben, sondern entkommen ließen. Möglich wäre es, sage ich mir. Vielleicht gibt es Dutzende wie uns, die überlebt haben.

...

Die Polizei hat mir frische Kleidung mitgebracht. Eine marineblaue Strickjacke, ein weißes T-Shirt mit V-Ausschnitt und eine Jogginghose. Und einen fleischfarbenen Baumwoll-BH und einen Schlüpfer in einem versiegelten Plastikbeutel. Die Vorstellung ist irgendwie seltsam, dass jemand bei der Polizei meine BH-Größe kannte.

Ich sitze mit Finn auf dem Krankenhausbett und warte auf meine Entlassung. Meine Mom lehnt am Fenster. »Ihr hattet beide keine Mäntel an«, sagt sie. »Ihr hättet erfrieren können.«

»Sind wir aber nicht«, sage ich und lasse Finn auf meinem Schoß hüpfen.

»Du bist gehumpelt.«

»Nur wegen der Blasen. Wir mussten lange laufen, als wir geflohen sind.« Aber meine Worte klingen nicht so beruhigend, wie ich gehofft hatte.

Marian betritt den Raum, ebenfalls in frischer Kleidung. Der Detective folgt ihr.

»Die IRA hat eine Erklärung abgegeben.« Er reicht mir sein Handy.

Ich scrolle über das Bild von Seamus in einem senfgelben Cord-Blazer und lese die Erklärung. »Ein engagierter Freiwilliger, Seamus Malone, ist gestern Morgen bei einer unbeabsichtigten Explosion in South Armagh auf tragische Weise ums Leben gekommen.« Weiter wird in der Erklärung Seamus' Vermächtnis erwähnt, sein Ansehen bei seinen Kameraden und Pläne für ein paramilitärisches Begräbnis mit Ehrengarde. Der Trauergottesdienst soll in der St. Peter's Kathedrale stattfinden, mit einer Beerdigungsprozession zum Milltown-Friedhof. Weiter unten heißt es: »Zwei weitere Personen, Marian und Tessa Daly, starben ebenfalls bei der Explosion. Sie waren vor ein

Kriegsgericht gestellt und der Beihilfe für schuldig befunden worden.«

»Oh«, sage ich leise. Mit ist, als würde ich in einen leeren Fahrstuhlschacht treten. Ich schaue den Detective an, dann Marian und meine Mutter. »Alle die uns kennen, werden glauben, dass wir tot sind. Das kann ich ihnen nicht antun.«

»Dir bleibt keine andere Wahl, Liebes«, erwidert meine Mutter. »Entweder das oder die IRA wird nach dir suchen. Aber jetzt bist du in Sicherheit, und das ist alles, was zählt.«

Finn rutscht auf meinem Schoß hin und her, und ich streiche ihm übers Haar. Ich kann nicht nach Hause gehen, ich kann nicht einmal zurückgehen, um mich zu verabschieden. »Was wird jetzt passieren?«

»Sie bekommen neue Identitäten«, antwortet der Detective. »Und werden von Nordirland nach außerhalb umgesiedelt.«

Marian verzieht den Mund zu einem schmalen Strich. Sie liebt Belfast noch mehr als ich und hat noch nie woanders gelebt. Ich trinke einen Schluck Eiswasser durch den Strohhalm. *Wir sind gar nicht so schlecht dran*, sage ich mir. *Wir hätten gestern auch getötet werden können.*

»Möchten Sie zusammen oder getrennt untergebracht werden?«, fragt der Detective.

»Zusammen«, antworten wir gleichzeitig.

42 Es regnet in Dalkey. Der Regen prasselt auf die Klippen und die Eisenbahnlinie, den Leuchtturm und den Hafen, die Schieferdächer und Schornsteine und auf das Dachfenster über dem Tisch, an dem Marian und ich gerade frühstücken. Der Tisch selbst ist voller Teller.

Keiner von uns konnte sich entscheiden, also teilen wir uns die Polenta, die Crêpes und einen Zitronenplunder, der zusammen mit einer Pressstempelkanne mit Kaffee, Milch und Tassen auf den viel zu kleinen Tisch gestellt wurde.

Ich schneide Toast und lege ihn auf das Tablett des Hochstuhls. Finn nickt, studiert die Auswahl und beißt erst dann ab. Marian träufelt Honig auf ihren Crêpe, ich bestreiche meinen mit Kirschmarmelade und rolle ihn dann wie eine Zigarre auf. An den Tischen um uns herum sitzen Leute, die sich angeregt unterhalten. Marian isst die Hälfte ihrer Polenta, dann tauschen wir die Teller über den Tisch.

Die IRA hält uns für tot. Sie glauben, dass wir in einem

verschlossenen Raum waren, als das Bauernhaus explodierte.

»Noch etwas Kaffee?«, fragt Marian.

...

Nachdem ich das Café verlassen habe, schnalle ich Finn in seinen Kinderwagen, und wir spazieren durch das Dorf. Wir haben uns in der Republik Irland niedergelassen, in einem kleinen Dorf an der Küste, dreißig Minuten südlich von Dublin. Die IRA hat auch viele Sympathisanten in der Republik, aber mir ist schon aufgefallen, wie wenig sich die Menschen hier mit den Ereignissen im Norden beschäftigen. Ihr Leben ist wie gewohnt weitergegangen, während unseres jenseits der Grenze zusammengebrochen ist. Das würde mich wütend machen, wenn es nicht auch dafür sorgen würde, dass wir hier sicher sind. Unsere andere Option für eine Umsiedlung war eine Stadt im Südosten Englands, und ich konnte mir nicht vorstellen, dass mein Sohn eines Tages mit einem englischen Akzent sprechen würde.

Wir sind jetzt seit einer Woche in Dalkey. Wir haben uns eine Vorgeschichte zurechtgelegt, aber keiner der Einheimischen scheint besonders überrascht zu sein, dass wir hier gelandet sind. Sie sind es gewohnt, dass Besucher gern bleiben.

Dalkey liegt auf einer Landzunge an der Südspitze der Bucht von Dublin, mit Blick über das Wasser auf die Stadt und die Fähren, die von Dun Laoghaire ablegen. Ich finde alles an Dalkey reizvoll, alles hat genau die richtigen Proportionen – die kurvige Hauptstraße, der Bahnhof, die Kirche, die Häuser, die Zedern und Schirmkiefern. Ich weiß nicht, ob das an meiner Nahtoderfahrung liegt oder an dem Dorf selbst.

»Irgendwann wird es anfangen, dich zu nerven«, unkt Marian.

»Wahrscheinlich«, gebe ich fröhlich zurück.

Die Polizei stellt uns für ein Jahr eine Unterkunft zur Verfügung. Ich wohne in einem kleinen Neubau am Rande des Dorfes. Man sieht dem Haus nicht an, dass es der Polizei gehört und als Unterkunft für Informanten und Leute im Zeugenschutzprogramm dient. Ich frage mich, wie es den anderen ergangen ist, die vor mir dort gewohnt haben, ob sie Angst hatten oder überfordert waren. Es macht eine Menge Arbeit, seinen eigenen Tod vorzutäuschen. Eine Menge Verwaltungsarbeit.

Jede Stunde fällt mir etwas anderes ein. Das Essen in meinem Kühlschrank. Die nicht zurückgegebenen Bibliotheksbücher. Das Zeitungsabonnement. Es wäre einfacher, diese Aufgaben selbst zu erledigen, aber die Sache ist die, dass ich ja eigentlich tot sein muss. Also muss ich meine Mutter anrufen, meine nächste Angehörige, und sie muss in meinem Namen überall anrufen und versuchen, den Kundenbetreuern zu erklären, dass ich gestorben bin und dass sie meine Kontonummer nicht kennt. Gestern hat sie einen ganzen anstrengenden Nachmittag damit verbracht, meine Autoversicherung zu kündigen.

»Tut mir leid, Mom«, sagte ich.

»Hättest du nicht Tom als nächsten Angehörigen angeben können?«, gab sie zurück. »Das geschähe ihm ganz recht.«

In unserer ersten Nacht jenseits der Grenze rief ich Tom noch aus dem Krankenhaus an. »Ich bin in der Republik«, sagte ich. »Mit dem Baby.«

»Oh. Wegen der Arbeit?«

»Nein. Du solltest dich setzen.«

Nachdem ich meine Erklärung beendet hatte, herrschte eine lange Stille. »Du hättest dich nicht in die Sache hineinziehen lassen sollen«, sagte er dann. Seine Stimme klang kalt. »Was hast du dir dabei gedacht? Wie soll ich jetzt meinen Sohn sehen?«

»Es ist nur eine kurze Zugfahrt von Belfast aus.«

»Fick dich, Tessa.«

Tom wird noch lange, lange Zeit wütend auf mich sein. Vielleicht werden ihm die Fahrten hierher irgendwann normal erscheinen. Er wird Finn dann für längere Zeitabschnitte nehmen. Oder vielleicht, ganz vielleicht, ziehen er und Briony ja nach Dublin um.

Unsere Mutter plant, in unsere Nähe zu ziehen, vielleicht nach Bray. »Hast du die Hauspreise gesehen?«, sagte sie. »Absolut schockierend.«

Sie sagte, dass sie immer, wenn sie in Andersonstown unterwegs ist und so tun muss, als würde sie über den Verlust ihrer Töchter trauern, an den Wohnungsmarkt in der Republik denkt.

In Dalkey spaziere ich mit Marian und Finn die Hauptstraße hinunter bis auf die Landzunge hinaus. Von hier aus kann man die DART-Züge sehen, die an der Bucht entlang bis nach Howth fahren.

»Was wirst du jetzt tun?«, frage ich Marian.

»Keine Ahnung.«

»Willst du wieder als Sanitäterin arbeiten?«

»Nein«, sagt sie, »nein, ganz bestimmt nicht. Was ist mit dir?«

»Keine Ahnung.«

...

Am Telefon fragt mich Fenton nach der Stadt aus, und ich antworte mit einer seltsamen Nervosität, als wollte ich, dass er beeindruckt davon ist, wie wir uns gerade einleben.

»Haben Sie noch Angst, Tessa?«, erkundigt er sich.

»Nein.«

»Es wäre normal, wenn Sie Angst hätten.«

»Hab ich nicht.«

»Sie stehen im Moment vielleicht noch ein bisschen unter Schock«, spekuliert er.

Doch das Gegenteil ist der Fall. Ich fühle mich sehr lebendig. Wenn unser Telefonat beendet ist, werde ich mit Finn durch Dalkey spazieren, um mir die Weihnachtskränze und die leuchtenden Tannenbäume in den Häusern anzusehen.

»Für manche Menschen ist die Rückkehr noch schwieriger als die Gefangenschaft«, sagt Fenton. »Das kann in gewisser Weise noch schmerzhafter sein.«

Ich nicke und denke, dass er Menschen meint, die für längere Zeit entführt wurden. Ich wurde nur etwa vierundzwanzig Stunden lang festgehalten. *Deshalb werde ich mich schneller erholen*, denke ich. *Vielleicht habe ich das ja schon.*

»Ich will Ihnen nur helfen, Tessa.«

Aber warum sollte ich Hilfe brauchen? Ich habe meinen Sohn. Ich habe Essen, einen Stapel Bücher zum Lesen. Ich habe meine Schwester und meine Mutter. Nach unserem Telefonat macht Finn ein Nickerchen in seinem Kinderwagen, während ich ihn durch das Dorf schiebe, an der Küste entlang und über die Eisenbahnbrücke, vorbei am Friseur, an der Metzgerei, am Weinladen und an der Kinderkrippe. Ich kann gar nicht genug von alldem kriegen.

43 Finn steht an der Hintertür, die Handflächen auf das Glas gepresst, und schaut hinaus, wie er es in Greyabbey getan hat. Die Aussicht hier ist anders – ein kleines Stück überwucherter Garten, keine Weide mit Schafen –, aber das scheint ihn nicht zu stören. Ich hocke mich hinter ihn, und wir beobachten Vögel, die durch die winterlichen Sträucher huschen. Dies ist wohl jetzt mein Garten. Also sollte ich die Namen der Sträucher lernen. Und auch die der Vögel, wo ich gerade dabei bin.

Finn watschelt von der Tür weg und fängt an, auf die Knöpfe des Geschirrspülers zu drücken. »Nein, nein«, sage ich, und er sieht mich an, dann drückt er erneut auf einen Knopf.

Er richtet hier genauso viel Chaos an wie zu Hause. Ich bin froh, dass er derselbe ist, dass er die Reise hierher unbeschadet überstanden hat. Ich wusste nicht, ob es ihn verändern würde, zu sehen, wie zwei Männer mit Skimasken seine Mutter einfach mitnehmen, aber es scheint keine Spuren hinterlassen zu haben. Er ist immer noch so gutmütig, neugierig und nervig wie eh und je. Heute hat er bereits eine Flasche Spülmittel auf dem Boden verteilt und Blaubeeren hinter das Sofa geworfen.

Aber allzu viel Schaden kann er hier nicht anrichten. Das Haus ist einfach und gut durchdacht eingerichtet. Es gibt ein Sicherheitsgitter für die Treppe, ein Kinderbett, einen Hochstuhl, sogar einen Wäschekorb. War ich so viel wert? Ich habe keine Möglichkeit, meine eigene Bedeutung in diesem Konflikt einzuschätzen. Der MI5 war schließlich bereit, mich sterben zu lassen – wie nützlich kann ich da schon gewesen sein?

Am Telefon versuche ich, das Fenton zu erklären. »Hier gibt es sogar einen Haartrockner«, zähle ich auf. »Und eine Käsereibe und ein Sieb. Warum das alles?«

»Wie bitte?«

»Warum macht sich die Polizei so viel Mühe meinetwegen?«

»Sie haben Ihr Leben als Informantin riskiert«, antwortet er. »Ich würde meinen, dafür können wir Ihnen schon einen Föhn stellen.«

»Die Hypothek ist bestimmt nicht besonders günstig.«

»Ich erinnere Sie nur sehr ungern daran«, erwidert er, »aber Sie hatten ein Haus und einen Job, was Sie beides aufgeben mussten.«

»Sie riskieren auch Ihr Leben, als Detective. Das hier muss doch mehr kosten als Ihre Pension.«

»Eigentlich nicht. Unterm Strich.«

»Oh. Gut zu wissen.«

»Sie und Marian haben viel zum Frieden beigetragen«, fährt er fort.

»Ich will aber nicht, dass dies hier eine Belohnung für den Tod von Seamus sein soll.«

»Das ist es auch nicht, Tessa.«

»Aber die Polizei muss seinen Tod doch gewollt haben.«

»Nein, eigentlich nicht. Er wäre im Gefängnis nützlicher für uns gewesen.«

»Ich werde Ihnen das Geld zurückzahlen«, sage ich. Der Detective seufzt nur.

...

Die Verbindungsbeamtin der Polizei in Belfast hilft mir in praktischen Fragen. Sie arbeitet mit Zeugen im Schutzprogramm und Informanten daran, eine neue Identität aufzubauen, versorgt sie mit Ausweisdokumenten unter einem neuen Namen, einer Krankenversicherungsnummer, einer Bonitätsgeschichte, einem Hochschulabschluss und einer Liste früherer Wohnsitze.

»Ich habe in Larne gewohnt? Wirklich?«

»Mm-hmm«, brummt sie. »Was ist mit Larne?«

»Nichts. Es ist nur ... es ist eben Larne.«

Wir erstellen gemeinsam einen gefälschten Lebenslauf für mich, mit gefälschten Referenzen. »Wofür sind Sie qualifiziert?«, fragt sie.

»Produzentin von politischen Radiosendungen.«

»Das könnte schwierig werden«, räumt sie ein. »Sonst noch etwas?«

»Ich weiß nicht.«

»Denken Sie in Ruhe drüber nach.«

Wir bekommen für die nächsten Monate eine kleine

Summe für unseren Lebensunterhalt, was ein Segen ist. Keiner von uns hatte viel gespart, und der MI5 hat Marians Pfandkonto leer geräumt. Sie müssen davon ausgegangen sein, dass sie umgebracht würde und die Gelder anderweitig weiterverwendet werden könnten.

Von Eamonn werde ich nichts mehr hören. Er wird sich mir nie erklären. Ich erinnere mich, vor Monaten auf der MI5-Website etwas gelesen zu haben. »Der Aufbau unserer Beziehung zu Ihnen steht im Mittelpunkt dieses Prozesses.« Manchmal denke ich, dass Eamonn vielleicht um unser Leben gekämpft hat und von seinen Vorgesetzten überstimmt wurde. Aber wahrscheinlich ist das nicht, er hat vermutlich die Regeln einfach akzeptiert. Wir wissen noch nicht einmal, wer der andere Informant war, für den sie uns opfern wollten. Die Friedensgespräche gehen weiter. Höchstwahrscheinlich ist Eamonn immer noch in Nordirland, wo er nach wie vor Spitzel führt.

Ich denke oft an eine Geschichte, die er mir erzählte. Dass er einmal eine Informantin vor einem Luxushotel auf dem Steg eines Strohbungalows traf. Ich denke daran, wie nah wir an etwas Ähnlichem dran waren. Und ich hoffe, dass sie, wer auch immer sie war, ihn früher als ich durchschaut und sich von ihm befreit hat.

...

Am Nachmittag kaufe ich einen Weihnachtsbaum an einem Stand hinter der Kirche. Marian kommt vorbei und hilft mir mit der Lichterkette, wickelt sie mit den Händen ab, während ich um den Baum herumgehe.

»Fühlst du dich schuldig?«, frage ich sie.
»Nein«, gibt sie sachlich zurück.
»Seamus war dein Freund.«
»Ja. Und doch wollte er uns beide umbringen.«

44

Unsere Mutter ist im Januar nach Bray gezogen. Sie beschwert sich immer noch jeden Tag über die Stadt, was anfangs auch echt war. Jetzt jedoch entspringt das hauptsächlich ihrem Schuldgefühl. Sie würde nie zugeben, dass ihr Bray besser gefällt als Andersonstown.

In den ersten Wochen hat sie als Reinigungskraft gearbeitet, aber dann hat sie auf eine Anzeige eines Hundeausführdienstes geantwortet. Sie hat ein Bild von jedem der Hunde an ihren Kühlschrank geklebt.

Ich bin um meinetwillen froh, dass sie hier ist, aber noch mehr wegen Marian. Für sie war all das schwieriger. Sie kann Damian und Niall nicht informieren, dass sie entkommen konnte, dass sie noch lebt.

»Vermisst du sie?«, erkundige ich mich bei ihr.

»Ja.«

Am meisten Sorgen macht sie sich um Niall, obwohl Fenton versprochen hat, ihm einen Deal anzubieten. Immunität im Austausch gegen Informationen. Sie hat dem Detective gesagt, er solle New York erwähnen. »Er wollte schon immer dort leben.« Wenn Niall das Angebot annimmt, bekommt er etwas Geld, genug für einen Neustart. Er ist noch jung. Dieser Teil seines Lebens wird mit der Zeit verblassen.

»Ich werde sie wiedersehen«, verkündet Marian entschlossen. »Eines Tages. Wenn wir alt sind.«

Der Konflikt wird irgendwann enden. Eine Meinungsverschiedenheit über die Begnadigung von IRA-Gefangenen hat die Friedensgespräche zwar verlangsamt, aber die Verhandlungen kommen insgesamt immer noch gut voran. Was jetzt für uns noch gefährlich ist, wird nicht ewig so bleiben. Eines Tages wird man sich auf ein Friedensabkommen einigen, die IRA wird sich auflösen, und dann können wir die Grenze wieder sicher überqueren.

...

Es ist März. Das Radio spielt, während ich das Frühstücksgeschirr abwasche. Die Moderatorin verliest die Schlagzeilen des Tages: Rückgang des britischen Leitindex, eine Kabinettsumbildung. Ich stelle Finns Schüssel auf den Wäscheständer. »Eine hochrangige Persönlichkeit der IRA hat sich als MI5-Spitzel entpuppt«, sagt sie, und ich drehe den Wasserhahn zu, um zuzuhören. »Über zwanzig Jahre hat Cillian Burke für die britische Regierung als Maulwurf innerhalb der IRA gearbeitet.«

Mir läuft ein Schauer über den Rücken. »Ein Informant aus dem Innenministerium hat Burkes Namen an die Presse weitergegeben, weil er besorgt über dessen Rolle bei einer ganzen Reihe von Verbrechen ist. Burke ist gestern Abend aus seinem Haus in Ardoyne, Nord-Belfast, geflüchtet und befindet sich derzeit an einem unbekannten Ort. Es werden jetzt Fragen an den MI5 laut, ob der Geheimdienst Burke bei der Begehung von Straftaten, darunter Bombenanschläge und mehrere Morde, unterstützt hat.«

Jetzt verstehe ich, warum sich der Zeuge des MI5 damals weigerte, die Beweise gegen Cillian bei seiner Verhandlung zu erläutern, warum sie den Fall gegen ihn platzen ließen. Wie sagte Eamonn noch? »Im Dienste des Allgemeinwohls.«

Burke war ihr Agent. Im Radio kommentiert ein politischer Analyst die Situation. »Wir sollten nicht naiv sein. Wenn man einen Spitzel in einer Terrorgruppe einsetzt, bewegt man sich in einer Grauzone, und man muss gewisse Opfer bringen.«

Das hört sich vernünftig an, solange man nicht selbst, wie Marian und ich, zu diesen Opfern gehört.

»Ich verstehe das nicht«, gesteht Marian am Telefon. »Cillian hat für die IRA geblutet. Er war der härteste Hund von allen.«

»Vielleicht waren das seine Anweisungen«, antworte ich. »Sein Führungsoffizier könnte ihm gesagt haben: Du musst der Rücksichtsloseste sein, du musst der Gewalttätigste sein, oder sie kommen dir auf die Schliche.«

...

Als ich am Abend Finn bade, greife ich, ohne wirklich darüber nachzudenken, nach dem Schloss an der Türklinke und verriegle es. Damit die bösen Männer nicht eindringen können.

Das ist das erste Anzeichen. Es ist vordergründig bedeutungslos, nur dass ich in der nächsten Nacht Finns Kinderbett aus seinem Zimmer hole und neben mein Bett stelle, damit ich höre, wenn jemand versucht, ihn mir wegzunehmen. Ich bin davon förmlich besessen. Als ich es Fenton erzähle, reagiert er entsetzt. »Keiner sucht nach Ihnen, Tessa. Die IRA hält Sie für tot.«

Ich habe Flashbacks. Nicht von Seamus' Tod – diese wenigen Sekunden waren so schockierend, dass sie mir jederzeit als Bilder vor Augen kommen. Nein, ich sehe Finn, der in seinem Hochstuhl festgeschnallt ist und sich windet, um sich zu befreien. Das lässt mich nachts aufwachen, wenn ich darüber nachdenke, wie die Männer mich hätten zwingen können, ihn in seinem Hochstuhl allein zu lassen, und was dann mit ihm passiert wäre.

Marians und meine Legenden haben gehalten. Wir sind unbedeutende Gestalten, verloren im Chaos des Konflikts. Andere haben viel mehr lose Enden hinterlassen. Aber die Angst breitet sich immer noch in mir aus, wie schwarze Tinte im Wasser.

Die Straßen hier sind schmal, und ich mache mir Sorgen, dass das Auto in einen Graben rollen könnte, während Finn in seinem Autositz angeschnallt ist. Ich beobachte, wie er ein Stück Brot isst, und mache mir Sorgen, dass er sich verschluckt. Ich stelle mir vor, wie ich dann auf die Straße laufe, ihn halte und laut um Hilfe rufe. Ich mache mir Sorgen, dass seine Erkältung in Wirklichkeit eine Meningitis sein könnte. Ich mache mir Sorgen wegen einer möglichen

Gehirnerschütterung, wenn er sich den Kopf stößt, und halte sein Gesicht auf gleicher Höhe mit meinem, um zu prüfen, ob seine Iriden die gleiche Größe haben.

Eines Nachmittags beobachtet meine Mutter, wie ich Finns Temperatur messe. Ich schiele auf das Thermometer. »Kein Fieber«, sage ich.

»Ich habe es dir doch gesagt, Tessa. Es geht ihm gut, es ist nur eine Erkältung.«

Ich säubere das Thermometer mit Reinigungsalkohol, während Finn mit einem Spielzeugauto über den Wohnzimmerboden fährt.

»Es wird nur immer schlimmer werden, weißt du?«, verkündet meine Mutter.

»Wie bitte?«

»Das ist erst der Anfang.« Sie zählt es an den Fingern ab. Als ich als Kleinkind einen Fieberkrampf hatte, als Marian von einem Baum fiel, als ich als Fahrschüler einen Autounfall hatte, als Marian eine Lungenentzündung hatte.

»Ich verstehe nicht, worauf du hinauswillst.«

»Du kannst ihn so nicht großziehen«, erklärt sie. »Du kannst nicht die ganze Zeit so viel Angst um ihn haben.«

Irgendwann wird er von meiner Tätigkeit als Informantin und von der Entführung erfahren. »Wie soll ich es ihm beibringen?«, will ich von meiner Mutter wissen.

»Du weißt nicht, wie er reagiert«, sagt sie. »Vielleicht findet er es gar nicht beängstigend, vielleicht ist er nur neugierig.«

»Er wird denken, dass ich ihn nicht beschützt habe.«

»Ach, Tessa.«

...

Vor einigen Wochen hat mir Fenton eine Broschüre von Victim Support geschickt. Ich krame sie jetzt wieder hervor. Der Leitfaden ist nicht sonderlich spezifisch.

Darin wird geraten, anfangs Geduld mit sich selbst zu haben. Die Genesung könne eine Herausforderung sein, und man rät zu Aktivitäten, die körperlich und emotional nicht zu anstrengend sind. Im Moment kann ich mir keine einzige Tätigkeit vorstellen, die weder körperlich noch emotional anstrengend ist.

Diese Müdigkeit ist laut Broschüre vorhersehbar, aber der Leitfaden sagt nicht, wie lange dieser Zustand anhält oder was danach kommt. Dafür empfiehlt er, in den ersten sechs Wochen nach dem Vorfall nicht viel zu tun und sechs Monate lang keine wichtigen Entscheidungen zu treffen. Ich habe mein Haus, meinen Job und meine Freunde verloren. Ob das alles unter die Rubrik Entscheidung fällt?

Oft möchte ich einfach nur nach Hause zurückkehren. Ich vermisse den Lough, die Gassen und die Aussicht aus meinem Küchenfenster. An den meisten Morgen schaue ich immer noch als Erstes nach dem Wetter für Belfast.

...

Der Winter dauert und dauert. Es regnet wochenlang, Eisstürme fegen durch das Dorf, und dunkle Wolken türmen sich über der Dublin Bay. Nach Einbruch der Dunkelheit draußen zu sein macht mich nervös. Das ist ziemlich unangenehm, wenn die Sonne bereits um vier Uhr nachmittags untergeht, aber die Uhren werden endlich vorgestellt, und die Tage werden wieder länger.

Eines Morgens stoße ich Finn auf der Schaukel auf dem Spielplatz an, unterhalte mich mit der Frau neben mir und stelle fest, dass ich den Zaun nicht ein einziges Mal nach einem Schützen abgesucht habe.

Marian wartet anschließend bereits in einem Café an der Hauptstraße auf uns. Als wir ankommen, übergibt sie mir einige Papiere. »Kannst du das für mich durchlesen?«

»Was ist das?«

»Meine Bewerbung«, verkündet sie.

Marian hat etwas gefunden, was sie tun will. Sie wird im Herbst am University College in Dublin Jura studieren. Ich habe immer noch keine Ahnung, was meine Zukunft angeht. Wir haben überlebt, und ich möchte etwas Sinnvolles tun.

Am Wochenende fahre ich mit Finn in die Wicklow-Berge. Wir wandern unter Vogelbeerbäumen und an schmalen Bächen entlang, die durch den Torf fließen. An klaren Tagen kann man die Mournes auf der anderen Seite der Grenze sehen. Diese Berge und die Mournes waren einst Teil einer ununterbrochenen Gebirgskette, die sich über Europa bis nach Russland erstreckte. Der Granit unter meinen Füßen ist hier derselbe wie in den Mournes.

Als seine Beine müde werden, trage ich Finn auf meinem Rücken, und wir gehen den Hang hinunter. In dem Moment kommen uns zwei Männer auf dem Weg in entgegengesetzter Richtung entgegen. Wir nicken uns im Vorbeigehen zu. Sie tragen rote Jacken mit der Aufschrift Wicklow Mountain Rescue, und mir wird ganz leicht ums Herz, als ich darüber nachdenke, wie das wohl als Arbeit wäre. Es wäre etwas Nützliches, was ich tun könnte.

EPILOG

Wir sind an der Nordküste angekommen. Finn wollte sie unbedingt sehen. Er hat sein ganzes Leben lang davon gehört und weiß, dass die Burg Dunseverick das Vorbild für Cair Paravel in Narnia war. Ich war besorgt, dass er enttäuscht sein könnte und das eigentliche Schloss im Vergleich zum Film verblasst, aber er fand es toll. Er mochte den schachbrettartigen Fußboden und hat mit Begeisterung die Geschichte gehört, dass ein Teil der Klippe einst abgebrochen und die Schlossküche dabei ins Meer gestürzt ist.

Nachdem wir Dunseverick verlassen haben, gehen wir an den Klippen entlang zur Hängebrücke. Finn geht vor mir her. Er hält sich an beiden Seiten fest, das Meer rauscht tief unter ihm. Wir bleiben in der Mitte stehen, über dem Wasser schwebend, zwischen den beiden Klippen.

Als der Wind auffrischt, beginnen die Seile zu schwanken. Ich will ihm gerade versichern, dass wir nicht in Gefahr sind, da bemerke ich, dass er keine Angst hat. Er wippt sogar, um die Brücke noch mehr zum Schwanken zu bringen. Ich fange an zu lachen.

»Was denn?«, fragt er.

»Ach, alles.«

Von hier aus können wir die Burg auf der Klippe sehen, die über das Meer nach Schottland zeigt. In der Burg wurde früher ein Leuchtfeuer angezündet, um Hilfe herbeizurufen, wenn sie belagert wurde. Das will ich auch. Ich möchte, dass die Schlösser entlang der gesamten Küste Leuchtfeuer entzünden, um zu signalisieren, dass wir endlich Frieden haben.

DANKSAGUNGEN

Danke an Lindsey Schwoeri, meine Lektorin, für ihren Instinkt und ihr Vorstellungsvermögen, ihre unerschütterliche Freundlichkeit und ihren Humor. Danke an Emily Forland, meine Agentin, für ihre Großzügigkeit und Weisheit.

Ich bin euch beiden so dankbar.

Mein Dank nach Nordirland geht an Mairia Cahill, Mark Devenport, Allison Morris und Aisling Strong.

Ich bedanke mich bei Jane Cavolina, Sarah Delozier, Molly Fessenden, Allie Merola, Kate Stark, Mary Stone, Lindsay Prevette, Jennifer Tait, Colin Webber, Amanda Dewey, Patrick Nolan, Andrea Schulz, Brian Tart und allen bei Viking und Penguin.

Vielen Dank, Federico Andornino und allen bei Weidenfeld & Nicolson.

Und danke auch an Michelle Weiner von der CAA. Und an das Michener Center for Writers.

Danke, Jackie Brogadir, Nick Cherneff, Tina Cherneff, Kate DeOssie, Donna Erlich, Nicole Fuerst, Allison Glaser, Lynn Horowitz, Allison Kantor, Suchi Mathur, Justine

McGowan, Madelyn Morris, Althea Webber, und Dank an Marisa Woocher für deine Freundschaft.

Ich danke meiner Familie, insbesondere meinen Eltern, Jon Berry und Robin Dellabough.

Und vielen Dank an Jeff Bruemmer und Ronan und Declan, mit all meiner Liebe.

Jane Harper
Der Sturm
Thriller
Aus dem Englischen von Matthias Frings
396 Seiten. Gebunden mit Schutzumschlag
ISBN 978-3-352-00968-6
Auch als E-Book lieferbar

»Ein Meisterwerk.« Booklist

Ein Sturm hat Kierans Lebens vor zwölf Jahren von einem Tag auf den anderen verändert: Ein Mädchen verschwand spurlos in der See, sein Bruder kam durch seine Schuld ums Leben. Als er nun in seinen Heimatort auf die australische Insel Tasmanien zurückkehrt, spürt er die Schuld noch immer. Nun aber hat er mit seiner Freundin Mia ein Kind und glaubt, die Vergangenheit hinter sich lassen zu können. Kurz nach seiner Rückkehr jedoch wird am Strand eine tote Frau gefunden – und plötzlich brechen alte Wunden wieder auf. Bald wird Kiernan klar, dass dieser Mord mit ihm zu tun hat – und mit all dem, was während des Sturms vor zwölf Jahren geschah und niemals wirklich ans Tageslicht kam.

»Jane Harper ist für Australien das, was Tana French für Irland ist: eine Schriftstellerin, deren psychologisch reiche Handlungen mit einem tiefen Verständnis für den Schauplatz einhergehen.« The Washington Post

Regelmäßige Informationen erhalten Sie über unseren Newsletter.
Jetzt anmelden unter: www.aufbau-verlage.de/newsletter

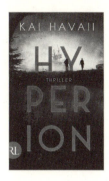

Kai Havaii
Hyperion
Thriller
512 Seiten. Klappenbroschur
ISBN 978-3-352-00974-7
Auch als E-Book lieferbar

»Ein Undercover-Agent ist ein Schauspieler, der um sein Leben spielt.«

Felix Brosch, ehemaliger Elitesoldat und Geheimdienstagent, hat nach dem Unfalltod seines kleinen Sohnes den Halt verloren. Er führt ein zurückgezogenes Leben auf einer Berghütte in den Alpen. Bis eines Tages eine alte Bekannte vom BND bei ihm auftaucht. Eine neue, rechte Terrororganisation treibt auf der ganzen Welt ihr Unwesen. Ihr unbekannter Anführer verbirgt sich hinter dem Namen Hyperion – der Lichtbringer. BND und Mossad vermuten, dass er einen Mitstreiter hat: Broschs englischen Cousin Simon, den er seit seinen Teenagertagen nicht mehr gesehen hat. Das Ansinnen, sich seinem Cousin zu nähern, lehnt Brosch zuerst entschieden ab. Dann aber wird bei einem Anschlag in den USA ein Junge getötet, der ihn an seinen Sohn erinnert, und er weiß, dass er handeln muss.

Regelmäßige Informationen erhalten Sie über unseren Newsletter.
Jetzt anmelden unter: www.aufbau-verlage.de/newsletter